元寇と玄界灘の朝凪

江刺家　丈太郎

郁朋社

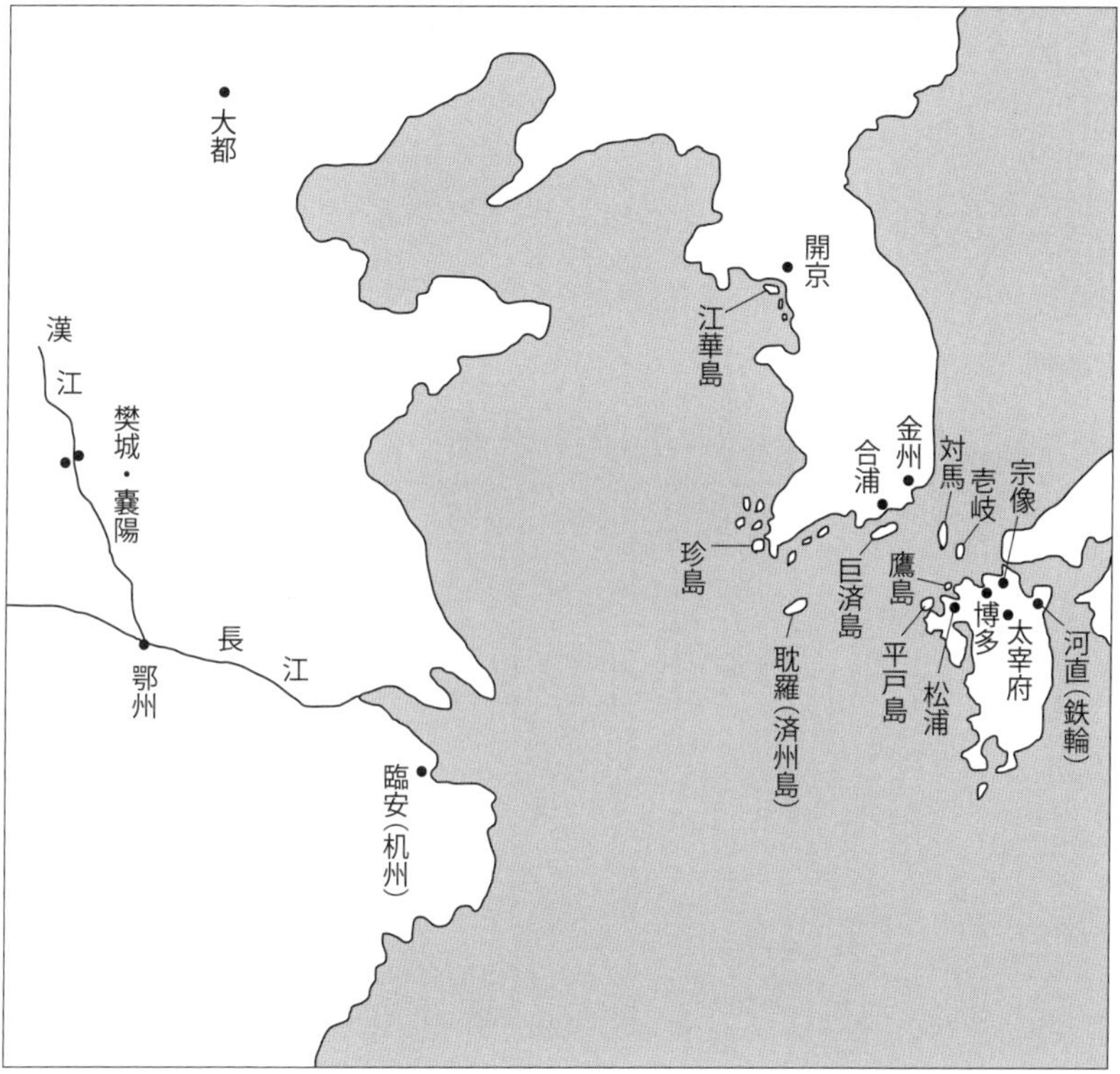
大都
開京
江華島
漢江
樊城・襄陽
鄂州
長江
臨安（杭州）
珍島
金州
合浦
巨済島
耽羅（済州島）
対馬
壱岐
宗像
鷹島
平戸島
松浦
博多
太宰府
河直（鉄輪）

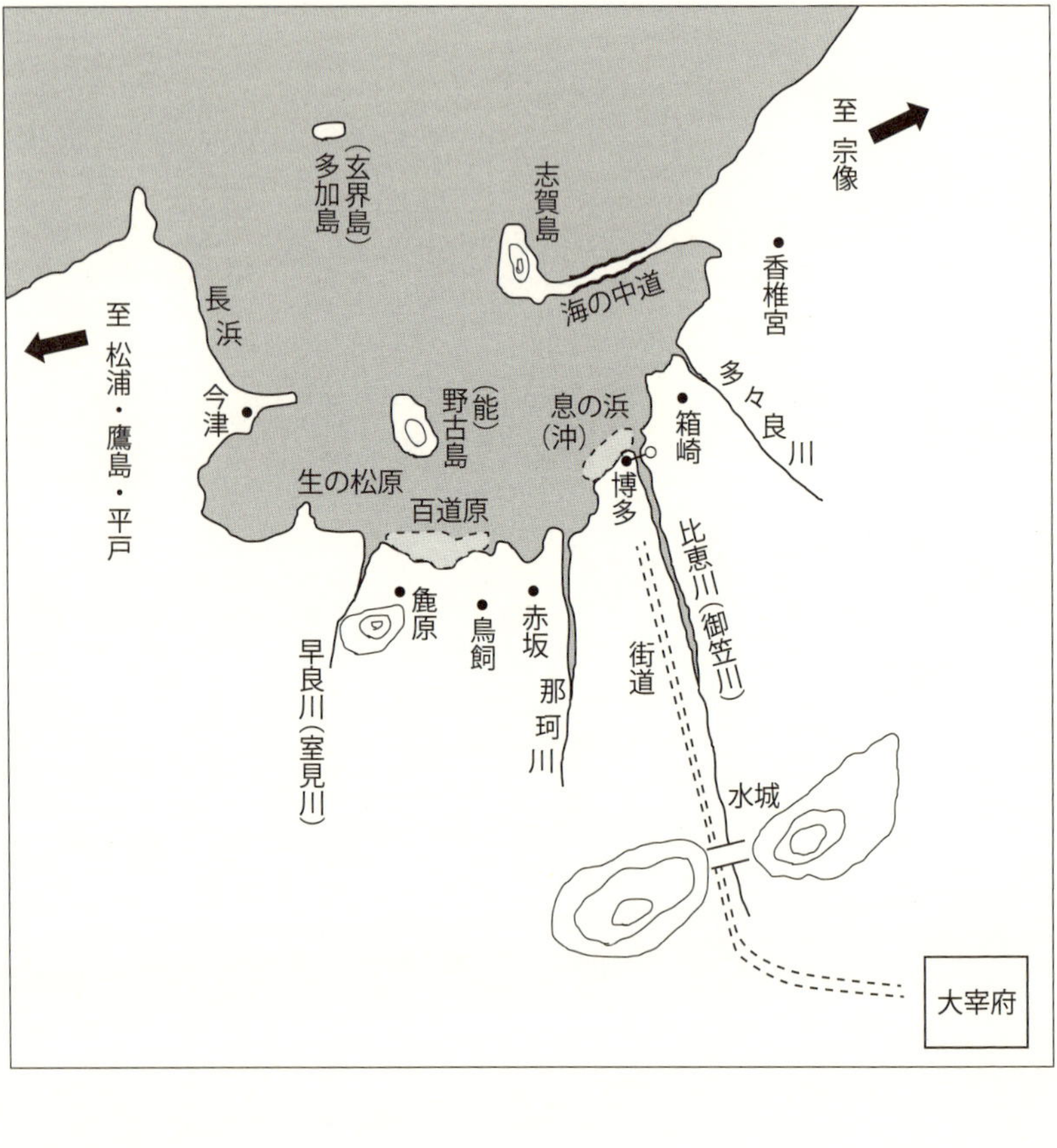

至 宗像
（玄界島）多加島
志賀島
海の中道
香椎宮
長浜
至 松浦・鷹島・平戸
今津
（能）野古島
息の浜（沖）
箱崎
多々良川
生の松原
百道原
博多
比恵川（御笠川）
麁原
鳥飼
赤坂
早良川（室見川）
那珂川
街道
水城
大宰府

元寇と玄界灘の朝凪

プロローグ

　クビライ暦の至元三年十一月、高麗暦元宗七年（日暦では文永三年、西暦一二六六年）に高麗国の咸安《かんあん》（朝鮮半島南端の合浦の近く）出身で、もともとは僧であったが還俗《げんぞく》してモンゴル皇帝、世祖（クビライ）の側近にまで昇進していた趙彝《ちょうい》という者が、南宋征討の足場固めに苦慮していた世祖に、

「日本に使者を遣わして（南宋との交易を断たせ）、我が国に通好を求めさせるのが宜しいでしょう。それには、吾が出身の高麗は、永きに亘って日本と隣好を結んでいますので、高麗国王に日本への案内を申し付ければ事は容易に運びましょう」

　と進言したのがモンゴル国による日本侵寇の発端であった。

　ここ十数年もの間、南宋征討問題でさんざん苦労させられていたクビライは、この献策を大変喜び、兵部侍郎（陸軍次官）の黒的《こくてき》と礼部侍郎（文部次官）の殷弘《いんこう》を高麗に派遣し、高麗国王に両名をモンゴル国の使者として日本まで案内させるよう命じた。

　クビライは十五年前、実兄でありモンゴル皇帝であったモンケから、南宋征討の勅命を受けた。クビライは、モンゴル騎馬軍団防御対策が施されている長江（揚子江）の湿原地帯を慎重に避け、大軍を西域まで大迂回させた後、南東へ急転進させた。その間兵の大半を疫病などで失うという難行軍の

末、翌年やっと南宋の南に到達して南宋と通じていた大理国（雲南）を服従させて南宋を包囲することに成功した。

クビライは、地政学上の問題と、いまだ戦機が熟していないことから、性急な南宋征討が容易でないことを悟った。

そのため、軍の大部を大理国に駐留させて引続き安南（ベトナム）を攻略させる一方、クビライ自身は内モンゴルの本営地に戻って、旧金朝支配地の経営を確かなものにさせるとともに、今回の遠征の経験を踏まえ、漢人と呼ばれる旧金朝時代からの女真人《じょしん》、キタイ人等の将官や官吏達を取り込んで、得意な騎兵攻撃が役立たない南宋の征討策を練り、機会を窺っていた。

特に、湿潤な気候と疫病、ぬかるんだ荒地と険しい山々、更には無数の河川と湖そして東には前面に拡がる海、それらを天然の外堀としつつ自在に出入りし操る一千艘以上の大型戦艦と百万を優に超える南宋軍をいかにして打ち破るかが難題であり、とても迂闊に手を出せる相手ではない。

しかし、逡巡して一向に出陣しないクビライに痺れを切らした皇帝モンケは、モンゴル軍の伝統であり身上でもある電光石火、短期決戦で南宋親征の強攻策を決意した。

当初は懲罰的な意味合いも兼ねてクビライを作戦から外したが、そのため初動作戦が順調に運ばなかったこともあってクビライを復帰させて左翼の一軍を担わせ、また大理国に残した軍を北上させ、自らは本隊を率いて敵の正面を撃破すべく南下し、三方面からの包囲殲滅作戦を敢行した。

ところが、自ら率いる中央軍は馴れない気候風土の下、四川の険しい山岳地帯の山城に籠城する南宋軍にてこずった末に夏の炎暑の下での疫病で、名だたる武将が次々病没する中、皇帝モンケ自身も釣魚山の本陣で急病死した。

その後、クビライは内輪の権力闘争を経てモンゴル国皇帝となり、「世祖」と称することになったのであった。

その世祖は、日本国を招諭《しょうゆ》して、南宋の海の交易網を断てば、陸も海も南宋を完全に孤立させる大包囲網を完成させることができ、かつ日・麗両国の水軍を南宋攻略に利用すれば、更に万全の体制が整うと考えた。

他方、高麗国は過去四十年近く、六次に亘ってモンゴルの侵略に晒され続けるという悲惨な状況が続いていた。特に都の開京《かいけい》（京城近辺）を護ることが不可能となってからは、本土から僅か川幅程度の小さな海峡を挟んだ江華島《こうかとう》へ遷都し、この島を要塞化して立て籠もり、海峡をもって独立を維持していたのであった。

しかし、その代償はあまりにも大きく、その間、本土の隅々までもがモンゴル軍団の馬蹄で蹂躙されることになり、旧都の開京をはじめ主な町々は灰燼《かいじん》と化した。

もっとも、当初はモンゴル軍に叩かれているばかりではなく、高宗十九年（西暦一二三二年）に京畿道処仁城でモンゴル軍の征討派遣将軍サルタイを賎民集団が討ち取るという僥倖などにも恵まれ、モンゴル軍の一時的退却はあったものの、かえって容赦のない報復が加えられて一層の酸鼻を極めることになった。

なんとか生き残っている者も、草の根や木の皮をかじって飢えをしのぎ、高麗史に〝骸骨野を覆う〟とまで書き記されるように屍で国中が埋めつくされる地獄絵図であった。

その上、地方の土豪や将軍達が高麗王朝に見切りをつけ、地位の保全やモンゴル国での官爵を得るため、競ってモンゴル国側へ寝返り、領地や領民を差し出して臣下となったため、北西部を中心に国土の四分の一以上がモンゴルの直轄地に編入されてしまう惨状であった。

ついに高麗王元宗は、反対する武人派を粛清し文人派の宰相李蔵用《りぞうよう》の献策を受け入れてモンゴル国の軍門に下ることを決意し、朝貢及び人質を差し出すことに応じた。

更にはモンゴル国の法令や制度を国内に受け入れることも受諾した。

しかし、その後も国内の混乱が続き、その内には武力をもって高麗王を一時廃位させたりする武人などが現れたため、高麗王が復権するには、モンゴル軍の力を借りなければならなかった。

そのようなことから、ますますモンゴルの支配が強まり、モンゴルの役所が全国に置かれたばかりか開京にモンゴル軍約六千名が駐在した。もっともモンゴル軍とは言っても真のモンゴル人は将官の数名と直属の督戦部隊だけであり、大多数はモンゴルに征服された金朝の旧治下にあった女真人を始めキタイ人など華北の諸々の民で構成された、いわゆる漢人である。

また、その他に既に投降したりなどしてモンゴル軍の指揮下にある高麗人の部隊二千名も常駐することになった。この高麗人部隊の将兵達は、モンゴル人への手前もあってか、それとも国と民、そして先祖や親類縁者さえも裏切ったという屈折した複雑な心情からか、モンゴル人や漢人以上に同じ高麗人に対して極めて厳しくあたった。その軍を率いる将の名は洪茶丘《こうさきゅう》で、祖父の大宣と父の福源は、鴨緑江沿いの一城の守備隊長であったが、モンゴル軍がやって来ると一戦も交えずに降伏し、城を明け渡した。それ以降は、モンゴル軍に忠勤を励み、案内役や先鋒を買って出てモンゴル軍の高麗征討に重要な役割を果たした。

茶丘は、同じ高麗人に対してとりわけ冷酷非情かつ残忍であった。その理由は、人質としてモンゴルにいた高麗王族の讒言により父の福源が処刑されたことから、その汚名をそそぎ高麗王への復讐のため一層モンゴル国に忠勤を励んだ。いつも冷酷な手段で期待以上の成果を挙げる洪茶丘は、世祖の信任が篤くなり、高麗帰附軍（投降した高麗人で編制されたモンゴル軍）総指揮官を任されることになったのである。

このようなことから、高麗国王を始め高麗人からは、この部隊とそれを指揮する洪茶丘は、蛇蝎《だかつ》の如く嫌われることになった。

モンゴル軍は、懸案であった江華島の要塞王城の完全破壊を高麗国王に急がせた。

また世祖は、目的は南宋、それとも日本への侵攻のためなのか明言を避け、高麗国王に米を三―四千石搭載が可能な大きさの外洋軍船、一千艘の建造を命じた。

これは、疲弊しきった高麗国にとっては、国中の民を動員し、国中の山々の木々を切り倒して船を建造せよと同等の過酷な命令であったため、とてもすぐには応じられるものではなかった。

世祖から高麗国王への「日本へ道案内せよ」との詔書には、「風濤《ふうとう》の険阻《けんそ》を以って辞となすなかれ（日本への風波が厳しかったからといって、日本を説得する目的が果たせなかった、などとの言い訳は許さない）」など、その他あらゆる言い逃れや言い訳を絶対許さない、との厳命が書き連ねられてあった。

他方、日本国王への国書には、

「大モンゴル皇帝と高麗国王とは君臣の関係ではあるが、戦火を交えたとはいえ、高麗人民を慈しんでいるので、その関係はあたかも父子の関係のようであり、今では高麗の君臣は感激して我が国に朝貢している。日本国は、南宋とは通じているものの、わが大モンゴル帝国とは一度も和好を通じていない。これはわが国を良く知らないからと思われるので、ここに使者を遣わす。ついては今後は相睦まじくしようではないか。四海は一つの家であり、あえて我が国と友好を結ばないなど、一国の理《ことわり》とは思えない。戦火を交うることなど誰が好むところであろうか。日本国王よ、決断せよ。不宣《ふせん》」と、

敢えて末尾に不宣とあるのは、「十分に我が意を尽くしていない」という友人に対しての書簡用語を用いることにより、臣に対しての書簡ではないとの配慮であった。それは、一見、大モンゴル帝国の皇帝が他国に発する国書としては、前例のない丁重なもののようであるが、しかし体裁は極めて友好を取り繕っているものの、内容はあからさまな恫喝そのものであった。

高麗宰相の李蔵用は、日本国がこの国書を受け入れてくれれば問題はないが、これまで日本は、中華の皇帝に対しても己を対等な「天皇」と称し、皇帝の臣下である「王」とは一切称さなかったこと、またかつて、渤海国や新羅国に対しては日本への臣礼や朝貢を求めたことも承知していたので、日本は申し出を拒絶するだろうと怖れた。そうなれば、世祖クビライは間違いなく日本へ出兵するであろうし、その際には当然高麗は、モンゴルの兵站基地として更なる軍船、兵糧米の責務を負わされるばかりでなく、先鋒としての出兵も余儀なくされるなど、国にも民にも大災難が降りかかってくるのは必至であると考えた。

高麗国は、いまだ復興の兆しもなくモンゴル国から命ぜられた毎年の朝貢の品々さえも満足に整えることができないため、世祖から度々叱責されるありさまである。

それどころか、朝貢のためにモンゴルへ使者を派遣する路銀さえも近臣や官吏、はては商人からも借り入れるなどして何とか工面している惨状にある。

モンゴルの日本への使者を前にして、宰相の李蔵用は一計を案じて実行した。

それは使者を一旦、合浦（馬山）から巨済島の松辺浦《しょうへんぽ》へ送って冬の大荒れの対馬海峡を望ませ、白い牙を剥く魔物のような波に度肝を抜かさせ、その間に日本への渡航の無益を説きに説いて、使者自らの判断で渡航を断念させるよう仕向けることであった。

その計略はまんまと成功した。果てしなく押し寄せる玄界灘の天を蹴る荒海に怯えた使者達は、翌年の正月には早々に江華島へ引き返してきた。

李蔵用は、使者を丸め込み弁明の書とともに使者を本国へ帰還させたのであった。

しかし、世祖には日本国への通好を進言した趙彝を始め多くの高麗人の配下や食客を抱えていることもあって、小手先の策や言い訳などが通じる訳がない。果たして小賢しい高麗国の策に世祖は激怒し、八月に再び前回と同じ二人の使者を江華島に遣わした。

その際の詔書の冒頭で「高麗王は、やたらと食言が多いので、心から反省すべきだ！」と厳しく叱責した後、「今後は日本との通諭は、卿に委ねるので朕の意を体して必ず本件を成就させよ」と厳命した。高麗国は震撼した。

つまり、今回の黒的と殷公の高麗への来訪目的は、日本への国書を高麗に運ぶことだけであり、その後の国書の日本への送付と交渉の責任の全ては高麗国王にあるとした。

才人宰相李蔵用の策は、一時的には国難を何とか先延ししたものの、結果的には、心ならずも日本国招諭の全責任を高麗国王に押し付けることになってしまい、高麗国を一層困難な状況に追い込むことになってしまったのだ。

李蔵用は、モンゴル国書を日本へ遣わす際に、高麗国王元宗の啓(書簡)を祈るようにして添付した。それには、事を穏便に済ませ何としてでも日本との戦を回避したいとの願いと、もし交渉がこじれた場合に備えて、問題を日・モンゴル国の二国間の関係だけに引き戻し、高麗国はこの責任からなんとしてでも逃れようとする苦心惨憺の啓であった。

啓にはまず、言葉を尽くしてモンゴル皇帝を褒めそやし、高麗国はその統治に服して幾年にもなるが、皇帝の恩恵に浴しているとして、日本も皇帝の申し出に従うよう懇願した。それでも、もし心配なら「日本からしかるべき使者を(直接)蒙古に派遣し、世祖の心情を確かめてみては如何か?」と追記した。

二年後の文永五年(西暦一二六八年)一月、高麗使として起居舎人(近衛・秘書長官)藩阜《はんぷ》によって、二年前の日付のモンゴル国書と高麗国王の啓(書簡)が大宰府にもたらされ、それはすぐに鎌倉幕府へ送達されたところ鎌倉は大騒ぎになった。幕府は政務と軍事は司るが、「異国のこと」つまり国書の処理は、慣例にしたがって朝廷の専権事項としていた。

幕府はすぐに関東申次《もうしつぐ》の役(幕府と朝廷の連絡係り)の西園寺実氏を通じ、時の亀山天皇と実際に政務を取り仕切っている後嵯峨法王へこの国書と啓を奏達した。

時あたかも朝廷では、後嵯峨法王の五十歳の祝賀式典が明年行われることになっていたので、宮廷内総動員でその準備や舞楽の練習に明け暮れていたところであったが、これらを全て取りやめて院評定（実質的な朝議）が何日も深夜まで重ねられた。

しかし、なかなか結論が出せないでいた。

その時、関白の近衛基平は鎌倉の執権北条政村から幕府、北条一族は全員一致して〝断固拒絶〟であると西園寺公を通じて内々知らされた。その〝断固拒絶〟は己の信念と全く同じであることから勇気づけられた。

また、後嵯峨法王は執権であった北条泰時の推挙によって践祚《せんそ》（天皇即位）できた経緯がある上、とりわけ法王が最も可愛がっている長男、宗尊親王は、生母の出自が低い（異母弟は後深草上皇、亀山天皇）にもかかわらず、北条一門の尽力で名称だけとはいえ十有余年もの間、征夷大将軍に祭り上げられてもらっていた。その間、宗尊将軍は鎌倉で花鳥風月を愛で和歌三昧の幸せな日々を送っていた。

ところが文永三年六月二十日、将軍の正妻宰子《さいこ》と出産護持僧良基《りょうき》との密通が露見し、良基が逐電したのを機に宗尊将軍は廃され京へ送還されたが、しかし将軍職は宰子との間の当時三歳の子、惟康《これやす》（後嵯峨法王の孫）が襲った。

したがって基平は、幕府の決定に法王が異を唱える筈はないと見切っていたので、関白の最終見解として「返牒有るべからず。（返書はすべきでない）」と毅然と表明できた。

一気に流れが定まり、二月十九日の院評定で、関白基平の主張通りモンゴル国の国書に対して「無視」することが決せられた。

基平は、無視の理由として、国書はモンゴル国の皇帝が、日本の「天皇」ではなく、あたかも臣下をさす「国王」に呼びかけていることが非礼であるとし、またモンゴル国は大国であるとの威勢を示しながら、我が国の臣属を文面では求めていないものの、高麗国の従属・隷属をあからさまに強調し、最後に「兵を用いる」とほのめかしている。我が国は、これまで聖徳太子の国書に代表されるように、いかなる国とも対等以上の立場を堅持してきたことから、このような無礼な国書には返答を出さずに無視するのが適当との結論であった。モンゴル国の国書を無視する以上は、高麗国王の啓も一考だにされない。

この時、関白近衛基平は弱冠二十三歳。

また、この時の執権、北条政村は六十四歳であったが、モンゴル国による高麗の惨状やモンゴル国と南宋との関係を渡来僧達などから常々聞き及んでいたので、「モンゴル国書の無視」から惹起される事の重大さを認識することができる数少ない日本人の一人であった。

したがって政村は〝国難ここに至る〟と悟り、それに備えるためには、国中の武士の統率と兵備を整え、幕府の威令が国内の隅々にまでも行きわたり、国内が一枚岩になることが焦眉の急であると考えた。

将軍職には源氏三代以降、歴代宮家や五摂家からの者が名目上就いているが、所謂「お飾り」にすぎない。

しかし、その「お飾り」も平氏姓を名乗ってはいるものの、有力武士から見れば、はるかに見劣りのする伊豆の在庁官吏にすぎない家系の北条氏にとっては、権威付けの必要上からも是非とも必要な存在であった。

全国各地の兵武に直接携わるのは、守護・地頭の御家人達であり、それらの誰もが納得できる血筋の者による体制固めが急がれた。

そのためには、将軍職は幼児ではあってもそのまま宮家の惟康を戴き、そして北条一族の宗家（嫡流家）である者が執権職に就いてこそ、まず北条一族を統率し、そして将軍の代行として全国の守護・地頭の御家人に号令を発することができるのである。

執権正村は、幕政にあっては前例のない大英断を下して実行した。

それは、北条一族の得宗家（嫡流家）の本流中の本流で連署の職にあった時宗に執権職を譲り、傍流である自らは入れ替って、執権補佐役の連署に下ったのである。

この時、時宗は弱冠十八歳であった。

第一章

小飛《シャオヒー》は、小間使いの葉《よう》に腕が抜けるのではないかと思われるほど手を強く引っ張られて、本土の文殊山城を望む海峡を隔てた江華島の外城壁から外城内へ、転げるように階段を駆け下りた。

外敵を防ぐための外城の二丈（約六メートル）近い壁は、モンゴルとの約束に従い、かなりの部分が既に取り壊されているが、その取り壊しを行う石工たちの足場のためにところどころに残されている階段とまだ取り壊されていない壁が、無残な虫食いの古布のように海岸に沿って延々と連なっている。

ともかく今見たことを父に告げなければと息を切らせて、取り壊された石材が乱雑に積み上げられている城壁の下を駆け抜け、待たせてあった天蓋《てんがい》と帳《とばり》のついた輿《こし》に飛び込んで自宅へ急がせた。

徒で併走する葉は、髪は後頭部の一箇所で束ね、着衣は黒衣の中間姿の男装である。その葉が輿を担ぐ下人に対して、もっと急ぐようにと大きな甲高い声で命令しているのを小飛は上の空で聞いたが、胸は早鐘のように高鳴っていた。

小飛は、たった今まで目の前の海峡で、本土からやって来た叛乱軍制圧のために国王が派遣した三艘の高麗水軍の戦艦に対して、江華島から出撃した十数艘の三別抄《さんべつしょう》と呼ばれる特別部隊の小船が、クルクルと周りを取り囲みぶつかり絡み合って戦端が開かれたのを目撃したのであった。

本土からの戦艦は、それぞれの二本の帆は降ろされ、二十本余りの櫓で走行していた。四〜五十名の兵が甲板に居並び整然としたドラや太鼓が鳴り響いるが何故か弱々しい。それに併せて矢を射掛けているが動きも緩慢である。一方、取り囲んだ三別抄の十人余りの兵が乗った幾艘もの小船からは、殺気を帯びた雄叫びや喚声が、そこかしこから地響きのように沸き起こり、降り注ぐ矢などは全く意に介さず、兵は俊敏な動きで果敢に綱や縄梯子を国王軍の船縁に投げ掛けては乗り移って激しく戦った。

三別抄とは、その左右と呼ばれる第一（左）、第二（右）隊は、軍の中から特に選りすぐった優秀な将兵を集めた特別治安部隊の夜別抄《やべつしょう》のことである。また第三隊は、モンゴル軍の捕虜となって、さんざん拷問や苦役を強いられた後、なんとか逃げ帰った者達で編成され、人一倍にモンゴルに対しての恨みと復讐心に燃えたぎっている神義隊のことである。

この三隊は高麗軍の精鋭中の精鋭であって、特に総称して三別抄と呼ばれている。

三別抄が叛旗を翻したのは、元宗が世祖（クビライ）のいる燕京《えんけい》（後の大都・北京）から帰国したその日であった。

元宗が燕京へ行ったのは、世祖の許可を受けることなく内乱によってやむなく一時的に退位したことや、江華島から開京への遷都（出陸）が遅れていることについての弁明や釈明を行うためであった。また同時に売国の臣や将軍達が勝手に領土を世祖に献上したことに対して、その領土の返還を求める陳情の訪問からの帰国でもあった。

しかし、世祖からは、「朕の許可なく勝手に退位を行ったことは言語道断のことであり許しがたい。卿《けい》（元宗）は朕の即位の際の感恩の表に〝小臣より、ひいては後孫に及ぶまで、死をもって報いとなさん〟とあれほど誓ったことを忘れたのか。今回は特別に目をつむるので今後は、後孫に及ぶまで高麗王の進退については必ず朕の許可を得よ。モンゴル皇帝の許可の下にのみ高麗国の存立がある。次の王からは、モンゴル皇帝に対して高麗国王は永遠に忠誠を尽くすという誓の証に、王の名前の始めには必ず〝忠〟という一文字を後孫に及ぶまで入れるようにせよ」と厳命され誓わされた。そして一刻も早い江華島城砦の完全破壊と開京への遷都、既に命令している一千艘の軍船の建造、献上が遅れている貢物の督促等々厳しく責め立てられた。

領土の返還については全く無視されたばかりか、慈悲嶺以北（平安道と黄海道北部）はモンゴル皇帝の直轄とし、モンゴル国に併合すると改めて正式に宣言され、モンゴル中央の役所の総合分署にあたる東寧府《とうねいふ》が置かれることになった。更になんとその長官には、北部六十余城を勝手に世祖に献上し、元宗と高麗人民を裏切った崔担《さいたん》が任命されたのである。

あまりにも厳しい叱責とあまりにも酷い仕打ちのため、元宗は世祖の前で平伏したまま言葉を発することができなかった。後ろに控えていた宰相の李蔵用が、見るに見かねて元宗に替わって世祖への受け答えをする有様であった。

また、李蔵用の発案であった、元宗の世子諶《しん》に世祖の皇女降嫁を願い出たが、「このような場に相応しくない話題であり不謹慎である」とこれまた叱責され、「別の機会に願い出るように」と、にべもなく一蹴された。

その傷心の元宗を開京まで出迎えに文武百官が挙《こぞ》って江華島を出た、将《まさ》にその留守中に叛乱が起きたのであった。

時は至元七年(高麗暦元宗十一年、日暦文永七年、西暦一二七〇年)の五月二十九日のことであった。

三別抄は、もともとモンゴルに対しては徹底抗戦を叫んでおり、江華島から開京への還都(出陸)には断固反対であった。何といっても軍の中枢最強部隊の強硬な反対であるので、文官たちは積極的に遷都を執行することができなかった。

これが、遷都と王城破壊の進捗状況を世祖に報告するために派遣されて来ていたモンゴル軍の監督下でありながらも工事が思うように進まないでいる理由であった。

しかし帰国途次の元宗は、世祖のあの怒りとあまりに無体《むたい》な仕打ちに衝撃を受け、懸案のうちできるものから早急に手をつけなければ、ぐずぐずしていると国の存続が危うくなると心底怖れ、せめて遷都だけでも真っ先に行わんと、何かと勅命に従順でない三別抄の廃止を決意し、開京に到着するやいな「即遷都」と「三別抄の解散」を宣したのであった。

その時、江華島に保管してある三別抄の名簿をモンゴル軍に手交するとの噂が立ったことから三別抄は一層激怒し、高麗王に見切りをつけての謀反であった。

名簿がモンゴル軍に渡ると、本人は無論のこと家族どころか一族までにも累が及ぶ。

海上の戦いは、装備では劣る三別抄ではあるが、戦意、迫力それに経験の全てで完全に国王軍側を圧倒していた。

三別抄側は、矢を射掛けられて、船縁をよじ登るまでに何人もの将兵が海に落下していったが、それらを全く意に介さず黙々と三艘に後から後からよじ登っていった。

一旦、一人でもよじ登ってしまうと国王軍側は、その迫力に圧倒され隊列を乱し総崩れとなり、ひたすら逃げ惑うばかりであった。軍船内は瞬く間に血飛沫が飛び散り、兜を被ったままの国王軍の兵の頭が空中を素っ飛んだりしているのを、この世の出来事とは思えずに小飛は外城壁の上から呆然と眺めていたのである。

ついに三艘のうちの二艘に炎が上がると舵が利かなくなってしまい、ぐるぐる回りながら潮に流されているうちに沈没してしまった。残りの一艘は完全に三別抄に拿捕された。

そのほかにも浜辺のあちらこちらで、天まで昇る煙が上がっていた。それは島から抜け出そうとした者たちが三別抄に斬られ、その遺体を死者が持ち出していた家具を薪として焼かれている煙だった。

小飛は、やっとその時になって、

「これは夢ではなく、この世のことなのだ。もう、この島からは逃げだすことはできない」と正気付き、体中が震えだしたところを葉に腕を引っ張られたのであった。

外城内は、大変な混乱振りであった。

市井の民の多くはこの外城壁と内城壁の間の外城内と呼ばれるところに住んでいるが、一体何が起こってどのような情勢なのか、混乱の極にあった。

荷車の響きの下、悲鳴、叫び声、怒鳴り声、泣き声で混沌とした、まさに阿鼻叫喚の巷の中で「島を出ようと船に乗った者は、三別抄が一人残らず首を切り落としているぞー」と、ひときわ大きな声で叫んでいる者もいた。

二十名の小隊単位の何組もの兵卒達が、そこかしこの立派な門構えの家々に押し入り、それは国王を出迎えに行っているのであろう官吏の留守宅と思われ、金品を強奪した後、運びきれなかった家具などが門前の道に散乱していた。

また、官吏の妻女や子女を縛って連行している者もいた。妻女達の中には憐れにも髪を乱し、半裸同然の薄絹だけをまとった裸足の者もいた。上流婦女にとっては、家族以外の男に容姿を晒すことさえ大きな恥辱であって、通常なら大変な騒ぎになるところである。ましてや、このような姿は平時なら黒山の人だかりになるのであろうが、民衆は、今は自分のことだけで精一杯で、それどころではなかった。

四辻の高札を取り囲んで殺気立った群衆が何やら口々にわめいていた。

葉が小飛の輿を待たせ、群衆を掻き分けて、何が書かれているのか見にいったところ、それは三別抄の「告」であり、

「モンゴル軍が、高麗人民を殺戮するためにやって来る。国を救おうという志のある者は、今すぐ毬庭《きゆうてい》（蹴鞠を催す広場）に集合せよ！」と慌しい殴り書きの文字が記されていた。

葉が輿を待たせている場所に戻ってみると、二十人余りの兵卒が輿を降ろさせ、まさにその帳《とばり》を開こうとするところであった。

「下司野郎！　汚い手で触りやがって、誰の輿だと思っていやがる。ア・ノ・ウ様の御家族の者だぞ！」

葉は、帯に差した刃渡り一尺余りの日本を発つ前に前主から授かった銘のある短刀に手を伸ばしながら怒鳴った。

情けないことに、輿を担いでいた下人四人と先導の若者一人それに槍と薙刀を携えている私兵の二人の計七人の男どもは震えていた。

葉はその不甲斐ない男達をチラッと見やると「チッ」舌打ちをし、なおも帳に手をやろうとしている者の背中に向かって「汚い手で触るなと言ってるだろう！」と一層大きな声で再び怒鳴りつけた。

帳を開けようとした小隊長らしき軍装の兵の手がピタリと止まり、ゆっくり振り返った。

その顔は怒りに震え真っ赤となり、野獣のような凶暴な風貌であった。

薄汚い蓬髪に無精髭、左の目には赤銅の鋳物の眼帯をしており、その鋳物の絵柄は虎が月に向かって咆哮しているものであった。ただ見るからに粗末な造りであるので、絵柄が虎なのか狼かそれとも犬か狐か良く見ないと判らないが、縞模様があるのでかろうじて虎と判別できる代物である。その眼帯に穴を穿ち、革紐を通して頭の後ろで結んであった。

「汚い手か、良く見てみろ！」と唾を飛ばしながら吠え、葉ににじり寄って右手を突き出し目の前で掌を開いた。

人差し指と中指の二本の指の先が潰されて醜く変形していた。

葉はモンゴル軍の拷問には生爪を剥く、それでも吐かない者には指先を石で叩き潰す、更には指で目を抉り取り、その空の眼窩に溶かした鉛をゆっくり流し込むとか聞いていたので、この男が三別抄のうち最も始末に悪いと評判のモンゴル軍に捕らえられ拷問を受けたことのある神義隊の者だとすぐに判った。

「国のため、モンゴルと闘うこと数十回、矢傷六箇所、槍・刀傷は数え切れず、この身体、この顔、この手が汚いか！　この手が汚いか！」とにじり寄り、唾が葉の顔に飛び散った。

鼻息は荒く、真っ黒な乱杭歯の間からは腐った魚の臭いがした。

「おーよ、命があるところを見ると捕まった後に一寸拷問されるとベラベラとモンゴル軍に吐いたな。何を吐いた。もし吐かなければ、もう片方の目を失うどころか今頃は首を切り落とされていた筈だ！　お前が吐いたために、仲間が何人も捕まり、殺されたのではないか！　おーよ、真の勇者ならとっくに死んでいる筈だ、生き恥を晒しやがって恥を知れ！」

行き掛かり上とはいえ、葉は絶対言ってはならないことを絶対言ってはならない相手に言ってしまった。もう、後戻りはできない。

高麗に来て、まだ三年しか経っていないので高麗の言葉に堪能でないこともあるが、アノウの一人娘のお姫い様の小間使いであることから、いつも下男たちに命令、罵倒する言葉ばかり使っているので、丁寧な言葉どころか普通の言葉でさえ満足にできないということもある。

また、なによりも小飛が外出する度に供をする葉に向かって、アノウの檀那から「高麗人には絶対弱みは見せるな。逃げる者や弱い者に襲いかかる。心して小飛を護れ。後は余が何とかする」と常日頃言われているので、ついついこのように高飛車に出てしまったのである。

見る見る男の顔が今度は、蒼白になっていった。

「若造！　もう許せん。アノウの身内だろうと何だろうと許せんぞ！」と、刀の柄を握り刀身の半身

を抜きかかったところ、

「鉄兄弟、許せ許せ！　許してやってくれ！」と葉の背中から声がした。

振り返ると馬に跨って戦支度に身を包んだアノウの私兵の頭目である朴将軍が、にこやかに笑いかけていた。

「将軍」とは呼ばれているが、アノウの私兵三十人ばかりを束ねる頭目である。

その後ろには、これも戦装束に手に手に槍や薙刀を携えた配下の卒がバラバラと四、五人駆け寄ってきた。

「オオーこれは朴の兄いー、いや朴将軍」

鉄と呼ばれた小隊長は、一瞬たじろいで驚いた顔をした後、破顔一笑し、愛想笑いの顔になった。

「こいつは倭人（日本人）でなー、言葉を知らん小娘だ。俺の顔に免じて勘弁してやってくれ」と朴将軍。

「小娘？　こやつ女か、ギャハッハハ、こんな真っ黒な肌にヒキガエルのような不細工な顔の女は見たことがない！　倭人の女か！　言葉を知らない？　やっぱり、アハハハー、倭人の女か！」とわざと皆に聞こえるように、周りを見回しながら一際大きな声で笑った。

葉は朴将軍がアノウの指示で、王宮や三別抄の主だった将官たちに付け届けをしていることは知ってはいたが、このような小隊長にまで顔見知りがいるとは驚きだった。

後で知ったことだが、朴将軍と鉄と呼ばれたこの小隊長の二人の父親は、三十八年前の高宗十九年（西暦一二三二年）モンゴル軍が忠州城を攻めた際に、共に奴軍として闘って死地を潜り抜けた後、義兄弟の契りを結んだ由。この戦いは両班《りゃんぱん》（文武の地元の名門土地貴族）を中心とした所謂良民で組織された正規軍が〝モンゴル軍来る〟の第一報が入るやいなや、いち早く逃げだした後、残された官・私の奴隷が団結し、奴軍を組織して死に物狂いで奮戦した結果、モンゴル軍を撃退したのであった。モンゴル軍退却後に戻ってきた正規軍が城の中の財宝が紛失していると騒ぎ出し、奴軍の幹部を処刑しようとしたことから、怒り狂った奴軍の叛乱が起り、正規軍軍人や役人らが惨殺され家々が焼かれた。

その後、どのような経緯があったのかは知らないが、奴隷の身分から脱した二人の父親は忠州を出奔し、共に開京で市中の監獄の獄卒となって家庭を持ち、一軒の掘っ立て小屋に二家族で住んだことから朴将軍と鉄小隊長は実の兄弟のように少年期を過ごした由。長じて二人とも軍籍に入ったが、朴将軍は、出自が低いにもかかわらず、その才能と血の滲む努力で異例の隊正（下級将校）に抜擢されたが、軍内での出自の蔑みと嫉妬の中で苦悶していた頃、武人としての抜群の技量と統率力がアノウの目にとまり私兵の頭目に引き抜かれて私兵の統率・訓練と警護を取り仕切るばかりでなく、また小飛と葉の武術の師匠でもあった。

そして、モンゴル軍に捕らえられた後に逃走し、三別抄の神義隊で燻っている鉄に朴将軍は、日頃から金銭はもとより何かと面倒を見てきた。

「アノウの御息女がその輿に座乗されておられる。私がこうしてお迎えに参ったのだが……いやはや鉄兄弟とまさかこんな所で会うとは奇遇奇遇。しかし変事もここまで来ると全く先が読めぬわ。まーこれからも鉄兄のお力添えを宜しく頼むぞ」と言いながら下馬して周囲を見渡すと、さっと銭の入った布袋を鉄の胸に押し付けた。

鉄も馴れたもので、素早く受け取り胸当の下にしまいこむと、

「将軍、朴将軍、この倭人の娘っ子をしっかり躾ておけよ。今度無礼を働いたら即座に首を落としてやる。それにしてもこれが女か、ガッハッハ……また、会おう！」と一際大きな声で嗤い、部下をまとめて何処かに去っていった。

江華島の城砦は、外城壁が十五里ほどで囲まれ、内城壁がその中に西に奥まったところに更に一里二十町で囲まれている。元宗の居住する王宮は更にその中の北西に位置する。

島と本土とを隔てる海峡からは、かなり奥まったところにあり、王宮は島のほぼ中央に聳える高麗山の海峡側の麓に位置している。

王宮の城壁と内城との間には尚書省などの上級官衛や李蔵用宰相をはじめ高級官僚、朝官（王城勤務）達の邸宅が散在するが、アノウの広大な屋敷も王城の城壁と南側の内城との間にある。

当主のアノウは正式には阿濃知羅馬爾《アノウチラーマニ》という名前のペルシャ人である。

高麗人より背丈が頭一つ高く顔中が紅い髭で覆われ、高い鼻に碧眼であるという特異な風貌から極めて目立つ存在で、「風姿魁偉」と島内で知らない者はいない。

もっとも風姿ばかりではなく、その財力においては高麗国の主だった人々に金を貸し付けるなどで国中の有力者に影響力を持っている。

アノウはもともと、ペルシャ人が大きく稼いでいるという福建の泉州で、自分自身も南海との貿易に携わって一旗揚げようと、ペルシャのヤズドから一族の期待を一身に背負ってやって来た。

しかし、同じペルシャ人同士であっても、泉州ではイスラム教徒が強い絆で結ばれ南海貿易を独占しており、またこまごまとした小商いは、景教（キリスト教）の信徒の独壇場であった。そのため、泉州でたった一人のペルシャ古来のゾロアスター（拝火）教徒であるアノウには、仲間や伝手《つて》がないため交易や商売に参入する機会に恵まれず、ほとほと困り果てていた。

そんな折、倭人と呼ばれている日本人が、禁輪となっている南宋の銅銭を求めて極めて上質な砂金を持って時たまやって来ることを知った。

南宋の銭は日本へ持ち帰れば何倍もの価値が生じるとのことである。

もっと驚いたのは、その銭を得るための金であるが、南宋、高麗では、金一両に対して銀は十三から十四両の交換になるが、日本ではなんとたったの五両だけであり、更に銭も南宋では銀一両が七百五十文であるが日本では僅か二百五十文にしかならないそうである。これを扱えれば巨利を貪ることも夢ではない。

その他にも日本からは真珠、水銀、硫黄、木材を、南宋からは書籍、陶磁器、綾錦、紙、墨、茶、南海の香木などが正式に交易され、これらだけでも無事に運べば、確実に莫大な利益を得ることができる。

勿論、このような旨い話を目聡《めざと》い南宋人が見逃す筈がない。日本の博多には唐人街と呼ばれる街を造るほどに南宋人が多く移り住み交易を取り仕切っていた。

また南宋商人のうち王氏、張氏などの名門有力者は、神代の時代から宗像《むなかた》水軍と呼ばれ、博多一帯ばかりか玄界灘を支配し、天皇家の祈祷や祈願をも行う正一位勲二等という極位の宗像《むなかた》大神を祭る神宮の大宮司でもある宗像一族と婚姻関係を重ね、その所生（生んだ子）が一族の宗家となっている。そのほかにも、南宋商人は大宰府（筑前、筑後、肥前、肥後、豊前、日向、大隈、薩摩の九国と対馬、壱岐、多禰《たね》の三島）を実質的に司る少弐（武藤）氏一族の子を猶子（養子）にしたりして、博多ばかりか九国三島の聖、官、俗、全てにわたり確固たる地盤を築いていた。

南宋との交易には公式には二通りしかなく、一つは地方を支配する守護が幕府の許可によって行うものと、二つには公家・寺社などが朝廷の許可を得て行うものとである。

しかし、いずれも大宰府での手続きと税が課せられる。

また日本側の荷主にとって、ひとたび海難事故が起これば、莫大な損失を蒙ることになるため、泉州往復の大海を安全に乗り切る大型の船や宗像の熟練の水手《かこ》、梶取《かんどり》（船頭）などを押さえている南宋商人に頼らざるを得なかった。

事実、南宋の船は事故で浸水したとしても「水密艙」と呼ばれる隔壁で船倉が十五〜二十にも仕切ってあるため一部の浸水で留めることができるので安全であるうえ、他の倉の荷物を護ることができた。

また、船底が尖底竜骨となっていて大波にも強く、速い。

更には、可動式の帆柱であるため逆風でも前進することができるうえ、万一、大嵐に遭っても個々の船に定盤針（羅針盤）が備え付けられているため方角を見失うことがない。

唯一の欠点は、喫水が深いため水深の浅い所での航行ができないことと、よほど整備された良港でなければ接岸できないことぐらいである。

季節の風と潮を慎重に選べば、夏季の博多行き、秋冬に泉州に戻る大海を横切る片道は僅か五、六日の航海ですむ。

それに比べると日本の船は、誰の目から見ても丸木舟に毛が生えた程度（事実最も重要な船底部分は丸木を刳《く》りぬいたものを使用）のもので信頼性には雲泥の差があり、三艘に二艘が無事に往復できれば大成功と言われており、とても貴重な荷を託すことはできない。

したがって、日本の荷主は莫大な傭船料や手数料を南宋商人に支払うばかりか正規の納税の他、慣習で大宰府、泉州の役人などにも賄賂を配るため利潤は大きく削がれてしまう。

また、南宋の銭は高麗においても重宝されているので、交易は日本ほどではないにしても、これを扱えば十分商売になる。

そこで、アノウは江華島に第二の拠点を構え、イスラム教徒がその教義から利息を取る貸金業ができないこと、南宋商人たちが、モンゴル国に何時抹殺されるか判らない高麗王朝や高麗人との取引に二の足を踏んでいるのを幸いに、表向き南宋—麗の正式な交易に携りながら貸金業に力を入れることにした。

そして金を貸している強みを利用し、また金を借りていない者には賄賂を配って諸々の権益を拡大し、徐々に高麗人の競争相手を排除して麗—南宋間の物産の取引や貧窮高麗人の子女を買い取って南宋へ売る奴隷売買などの密貿易を独占するようになっていった。

特に南宋への子供の売買は、大きく儲かった。

その一方、日本とは、泉州への一か八かの無謀な密貿易を繰り返していた松浦《まつら》党の有力一家の一つである松浦虎丸と密かに手を結んだ。南宋直行と比べて多少日数はかかるが、拠点の江華島へ日本からの荷を一旦運びこませた後、高麗の荷とともにアノウの大型船に積み替えさせて南宋へ転送した。南宋からの日本への物資は、帰路の船を利用して逆の道筋を辿る。

玄界灘の島々と高麗半島沿岸に沿って北上する航海であれば、松浦党の脆弱な船でも容易に、そしてほぼ確実に江華島までは行き来できるし、その上、大宰府の役人や博多の南宋商人達の目を誤魔化すことができる。

大宰府の役人や博多の南宋商人を飛ばし、南宋の交易港も泉州の代わりに慶元（寧波《ニンポー》）、臨安（杭州）などの提挙市舶《ていきょしはく》（貿易管理官衛――密貿易の監視や税金の徴収を司る）の取締りがさほど厳しくない港を選び、また地方の小役人には賄賂をしっかり掴ませた。

その結果、麗、南宋の官憲に対して怖いものが全く無くなり、アノウはみるみる財を成すことができ、まさに順風満帆であった。

アノウの邸宅は、三別抄の兵が二、三百人で取り囲んでいた。

朴将軍は、その取り囲んでいる隊を指揮している校尉（中級将校）とは顔見知りであるどころか、付け届けをする度に親しく酒を酌み交わす仲でもあったのだが、校尉は朴将軍に単騎で駆け寄ってくると、いつもの〝将軍〟とは呼びかけずに他人行儀に言葉をかけた。

「下馬し、全員に武器を供出するよう命じてもらいたい」

心なしか声が震えていて顔は蒼ざめていた。

校尉に微笑みかけていた将軍は、異変を感じて咄嗟に馬を降りると同時に自らの佩刀を手渡し、配下に命じて武装を解いた。ただ葉だけは、素早く件《くだん》の短刀を内懐に隠したが、全員無腰のまま門内に入り中央に設えてある輿台の上に小飛を乗せた輿を降した。

前庭の左塀の松の大木の下には、邸宅の雇人や私兵、併せて五十人余りの男達が一塊になって不安そうな顔をして屯しており、右塀の花壇の前には女中や下女など女ばかりが三十人余りの塊りとなってしゃがみこんで肩を寄せ合い、その肩を震わせながら恐怖に嗚咽していた。

校尉は、予めアノウの指示があったのか、小飛、葉、朴将軍の三人を邸内客間へ導いた。

男四人が座っていた客間の空気は息が詰まるほどピーンと張り詰めていたが、新たな四人の入室で一瞬緩んだ。

アノウが真っ先に口を開いた。

「やー小飛、無事だったか、心配したよ。それにしても、お前は何でも見たがったり聞きたがったりするので、本当に困ったもんだ」と場の全員の顔を見渡しながら快活に笑った後、「大事な話があるので、お前もここに座って聞きなさい」と先客三人が座っているのと同じ南洋から持ち込まれた一人掛けの黒檀の椅子を指した。

校尉は入口に直立不動で立ち、朴将軍はアノウ、葉は小飛の席の後ろにそれぞれ立ったまま控えた。

先客の三名のうち将軍姿の恰幅の良い方は、叛乱軍総指揮官になった将官、裴仲孫《はいちゅうそん》であり、痩身の将官は夜別抄《やべつしょう》指諭《しゅ》（三別抄の別名——参謀）の盧永禧《ろえいき》であった。

二人が今回の叛乱の首謀者である。

アノウはこの二人の将官には面識はない。もともと三別抄には、二人の上役にアノウの思い通りになる何人かの名族出身の将官がいたのであったが、それらは皆、今回この二人による血の粛清に遭ったのであった。

二人とも顔は蒼ざめて、さんざん脂汗をかいたのであろう、肌が蝋のようにツルンとして生気がなく、目だけが血走っている。誰の目から見ても何日も食事や睡眠を十分に摂らず、心労で疲弊しきっているのは明らかであった。

その血走った四つの目が小飛を睨むように見つめた。

高麗の社会では、このような男の席に女が、ましてや小娘が同席するなど考えられないことであり、二人からすれば、アノウのこの接客態度は異人とはいえ、客人を全く馬鹿にした常軌を逸した振る舞いにしか思えなかった。

しかし、二人はそれらの不満を吹き飛ばすほど、噂には聞いていたが初めて見る小飛の容貌に驚かされた。

栗色の髪に透き通るような白い肌と細い頸、すんなりと伸びた手足は衣の上からもふっくらとした弾力が想像でき、深い碧眼は父親とは若干異なる濃い緑が点《さ》している。また気高くスッと高い鼻の下には、形の良いふっくらとした桃色の唇があった。

このような女人はこれまで見たこともなく、なぜか息を飲むような神々しさがあった。

〝異国にも観音様がいるとしたら、きっとこのような顔立ちなのだろうか〟裴はチラッと小飛に目を遣ると、あわてて目を逸らした。

最後の一人の客人は、二十歳を越えたばかりだろうか、明らかに高麗人とは異なる濃い眉毛の若者であった。赤銅色の顔は彫が深く、頭髪は髻《もとどり》を結わずに白い麻紐で束ねて垂らしている。髪を垂らすなど当地では野卑な風体ではあるが、服は純白の木綿錦《もめんにしき》で背中の真ん中に絵緯《えぬき》に金糸で丸い縁取りの中に波を蹴る千石船を浮かせており、高麗では見たこともない手の込んだ鮮やかな紋様である。

その若者はアノウとの交易のため数日前に江華島に到着し、たまたまアノウ邸に逗留していた松浦党の若頭領の小金丸である。

松浦党の船団を率いる頭領は、江華島に来ると必ずアノウ邸に逗留して、取引の打ち合わせを兼ねて懇談し親交を深めることになっているが、今回は頭領の虎丸が出発直前に突然吐血したので急遽嫡子の小金丸が頭領の代行としてやって来たのであった。

小金丸はこれまで何度も頭領の下で江華島には来ていたが、船と船荷を護るため停泊している船内で船子（船乗り）達とともに寝泊りするのが常であり、アノウ邸を訪問するのは今回が初めてである。

裴が三別抄決起の大義名分を説明し始めたところ、小飛は小金丸が時々、自分に向かって微笑んでいるのに気付いて驚いて俯いてしまった。

再びそっと頭をもたげて小金丸の様子を伺うと、じっとこちらを見据えて相変わらず微笑んでいる。

「なんと礼儀知らずで、恥知らずな厚かましい男だろう。人前で、初めて会った女人を見つめ微笑みかけるなんて……」と心の中で小さく呟いて、再び俯いてしまった。

なおも熱い視線を感じていたが、「ひょっとしたら、何かの間違いか思い違いかもしれない」と再々度、恐る恐る顔を上げて見ると、今度は真白い歯を見せてニヤリと笑いかけてくるではないか。

小飛は思わず口を「へ」の字にして相手に目を剥き、眉間に皺を寄せて頬を膨らませて険しく睨みつけた。

　すると後の方で「クククッ」と笑いを噛み殺した小さな声が聞こえたので、振り返ってみると、なんと葉が黒い顔を赤くして肩を震わせているではないか、小金丸は自分にではなく、後ろに立って控えている葉に対して微笑を飛ばしていたのであった。

　そういえば四年ほど前にアノウが虎丸に小飛に倭語（日本語）を学ばせたいので同じ年頃の倭人の小間使いをと頼み、一年後に連れてこられた娘が二つ年上の葉であった。

　葉と小金丸はもともと顔見知りであったに違いない。

　小金丸が小飛の脹《ふく》れっ面に気付いて、一瞬驚いて戸惑った顔をしたので、小飛は、顔を真っ赤にして恥じ入ってしまい頭の中が真っ白となり項垂《うなだ》れた。

　それ以降、叛乱の首謀者の二人が縷々江華島の状況や今後の計画を説明しているのを小飛は上の空で聞いていた。

　裴仲孫が明瞭な大きな声で概略を簡潔に述べると盧永禧はその都度、重苦しい低い声で補足や説明を加えた。

「遷都（出陸）の督促と監視のために駐屯していたモンゴル兵二十名余りを、我々は一人残らず宮城内の広場で切り捨てた。また、決起に反対する将軍や官吏も悉く処刑した」

「その家族もすべて処刑した。だが、海岸線の守備兵への指令が僅かに遅れたため、ほんの一歩違いで元宗の妃妾や侍女達が脱出してしまった。最も重要な人質を取り逃してしまって慙愧に耐えぬ。その後を追って脱出しようとした輩は切り捨てたのだが、果たしてどれほどの人数になるやら……」

「我々は元宗の弟である承化侯温公を王に戴き、新たに官府を署置（設置）した。これでモンゴルと戦う我々が正統な高麗王朝であり、対岸の開京はモンゴルに隷属する傀儡であることは言うまでもない。そして新たな都をこの島から珍島《ちんど》に移すことも決定した」

「現在の敵はモンゴル兵を含めると一万余り、一方わが正規の三別抄は三千余りであるので、この場合、籠城戦がまず考えられるが、外城壁のほとんどが破壊されて全く役に立たないうえ、内城壁も一部破壊されているので残念ながら籠城は不可能である。金剛庫（武器収納蔵）に保管されていた全ての武器は我々の手に帰したが、王城、官衛の金庫や糧食庫のものは全てを集めてみても大した量にならなかった。傀儡軍だけとの戦いならば、このままでも十分であり瞬く間に殲滅させてみせるが、モンゴル軍が相手だとそうは簡単にはいかないだろう。そこで我々は一両日中にここを引き払い南下し珍島へ遷都する。珍島はこの島と同じく四方海に囲まれている上、開京からは遠く離れているので追ってくるには船を揃えるに月日がかかるだろうし、幸い開京から珍島の対岸の全羅道までの道・県の官民からは真正高麗国に加わりたいと申し出が相次いでいる。たとえ敵が陸伝いに珍島の対岸にまで来ようとしても抵抗に遭って難儀するであろうし、その間に珍島に鉄壁の城塞王都を構築する」

そして、本題に入った。

「ついては、アノウ殿は高麗国で財を成された訳であり、新たな真正高麗国に応分の負担をしていただくために我々と共に珍島へ同道してもらいたい。モンゴルの大軍相手の戦と遷都を同時に行うには様々な困難が伴う」

「特に兵、武器、銀、銭、材木、糧食が何よりも重要である。珍島対岸の全羅道は国の最大の穀倉道であるにもかかわらず、作物は開京へ運ばれてしまい官衛の庫は全て空だと聞いている。また民衆の米や雑穀も暦年の苛斂誅求《かれんちゅうきゅう》（過酷な税の取立て）のため底をついており、その日の食事にも事欠く有様である由。ここで得た糧食などを珍島へ運んだとしても瞬く間に食べつくしてしまうのは必至である。悪いことに稲の刈入れの時期までには後四ケ月近くも待たなければならない。このままでは新たに兵を受け入れたり募ったりすることなど全くできない。そこでアノウ殿には新都建設のための米、材木又はそれ相応の銀・銭などの援助をお願いする次第である」

丁寧な言葉使いではあるが、有無を言わせぬ二人の言い振りであった。それにはモンゴル兵や高官を殺戮し、自らの退路を断って命を賭けているという切迫感が漂っていた。

しかし、アノウには敵対する傀儡王朝の中枢への影響力には自信があったので、二人への対応にはまだ余裕があり穏やかに反論した。

「確かに高麗国の恩恵に浴して、ここまで財を築くことができた」と感謝し、

「ただ、期待されるものは運悪く今は、あまり持ち合わせていない。若頭領（小金丸）が持ち込まれた二艘の船荷は、余の船に積み替えて三日前に慶元へ向け出航してしまったし、積み替えを終えて日本へ持ち帰る船荷は、今回は泉州の近くの徳化鎮の焼き物ばかりなので、腹の足しにも築城の材料にもならない。しかもこれらを、摂津（大阪）の湊に運び込まなければ銭にならないことになっている。勿論、江華島の各港に碇泊中の私の大小の船と、この邸宅にある全ての物を新国王に献上する心算であるが、ただ金目のものは余りない。銀や銭のほとんどは開京の王朝廷臣や官吏に貸し付けてあるので、我々が珍島へ行くとなると取り戻せないことになり期待に応えられない。ましてや、米や材木な

どは……」

裴が途中で遮り、

「良く解かった。果たしてこのような事態に至っても、開京の者達から貸した銀や銭が取り戻せるものかな？」

裴はアノウが一番心配していることをグサリと聞いた。

「しかしアノウ殿は、高麗に置いてなくとも南宋の泉州宅にはしっかり貯め込んでいるでしょうから……」

冷たい上目使いで嫌味たっぷりに言った後、一呼吸置いて更に続けた。

「いずれにしても江華島の老若男女全て珍島へ連行する所存であり、新都の建設に参加してもらうことになっている。同時に丁壮《ていそう》（働き盛りの男）は三別抄の麾下《きか》に置き、兵としての訓練も積むことになる。貴殿が今は供出する金も米もないと言うのであれば、特別に江華島に残留することを認めようではないか。しばし猶予を与えるので三万石の米と三千本の木材又は右相応の銀・銭を珍島へ運んできてもらいたい。それまではこの娘子を預かる」と堂々と脅迫してきたが、人質を取りアノウを江華島に残留させることは、予《かね》て用意してあったかのような口ぶりであった。

「高麗国内に怖いものは無い」と見くびっていたアノウだけに、謀叛による死を覚悟した裴の〝娘を人質〟に衝撃を受けた。

「甘く見すぎた。しかし何としても小飛だけは手放せない」

アノウには小飛を手放せない理由があった。アノウの高麗人の妻は、裕福な貿易商の娘であったが、その父が南宋との交易で船が遭難したのがきっかけで、その後次々と不運に見舞われ、遂にアノウに多額の借金をしたまま夫婦で心中した。その時に質として取られていた悲しい過去を背負った娘が、小飛の母である。その薄幸の母も十年前に小飛が五歳のときに胸を患って没した。

ペルシャの正月は彼岸の中日（春分の日）で、その日にペルシャ中の篠懸《すずかけ》の木が一斉に芽吹く日であり、ゾロアスター（拝火）教徒にとって一年で最も重要な日でもある。

正月の前の五日間に部屋中をナスリーン（ヒヤシンス）の花で飾り、お供え物を沢山準備し、白檀と乳香で聖なる甘い香りの火を焚く。

そして毎日繰り返し直系の御先祖五十名余りを順番に遡って一人一人の名を呼び上げた後、神話の神々や聖人の名も同様に数十名を一人一人順番に呼び称えた後に、御先祖が天から降りてくるのをお待ちする。天界から降りてきた御先祖の魂が正月からの五日間を室内に滞在し、地上の一族の心と交流し、そして天界に帰っていく。この行事を毎年欠かさずに行っていると、地上の一族が危機に瀕した際に、その危機に対応するに最も相応しい御先祖の一人が、守護天使となって救いに来てくれると信じられている。

アノウは妻の死後の最初の正月前の五日間、ナスリーンが高麗では入手できないので、入手可能な様々な花で部屋を一杯に飾り、羊の肉などを供え、小飛と共に部屋に籠もって聖なる火を焚き、御先祖のすべての名前と神々と聖人の名を繰り返し呼び続けていたところ、六歳になったばかりの小飛が、それを聞いて唱和しだした。

唱和どころか過去帳も見ずに、僅か五日の間で、御先祖と神話の神々と聖人、合わせて百名を越える名前の呼びかける順番や発音までもが正確に淀みなくできると知って、アノウは我が娘ながら小飛の才に瞠目した。

「自分の全ての知識と財産は、この娘に託したい」と決心したのであった。

ペルシャでは、ゾロアスター教徒は新しく興ったイスラム教徒に席巻されたため、ヤズドやケルマンなどの地方の小さな町や、土漠の中の谷などで寄り添って目立たないように暮している。また、イスラム教が国教であることもあり、宗教上の差別から官吏、武人、学問への道が閉ざされている。仕事としては土漠で羊を飼うか、荒地を耕作するか、同じ教徒相手の小さな商いをするか、その程度のものしかなくペルシャにいる限り将来への展望は全く開けず閉塞感に満ち満ちている。

しかし歴史を遡れば、ゾロアスター教はアレクサンダー大王に滅ぼされるまでアケメネス朝ペルシャ帝国の国教であった。西はナイル川（エジプト）から天竺（インド）に至るまでの大帝国であったが、帝国の言語はペルシャ語ではなく帝国の支配を容易にするため、なんと被支配地の民が最も多く用いるアラム語を敢えて公用語とし、支配者階級であるペルシャ人は日常の言葉と全く異なる異国語を必死に学んだ。支配のためとはいえ、その異国人への配慮、協調性と異国語への執念、感性がゾロアスター教徒の血に脈々と受け継がれており、それが他国の言語に堪能になる理由であろうとアノウは信じている。

一族の中から〝これは〟と思われる少年が現れると、一族を挙げてできる限り諸々の教育を与えて育てる。そして青年になると一族中の金を集めて別天地（異国）へ送り出し、その地に根付かせ、成功するにしたがって、その者は故郷の一族への仕送りをするのは当然のこととして、更に重要なことは、新天地に根を張り、一族の優秀な若者を順次呼び寄せて発展させることである。

アノウも国から従兄弟四名、甥二名を呼び寄せて泉州と慶元（寧波）に配置して仕事を手伝わせ覚えさせている。

また、泉州には南宋人の妻との間に成人したばかりの息子がいるが、ペルシャ語を学ぼうともしないうえ、商才がないどころか極めて軟弱であり、とても仕事を任せられない。

しかし、絵と書に才があるとの評判なので、その道を歩ませている。

アノウは故郷や南宋にいる自分の一族を全部見渡してみても、小飛の「才」と「感性」がずば抜けていると確信している。苦もなく高麗、ペルシャ、閩《びん》（福建）そして不完全ながらも日本の言葉を喋ることができるのも、その証の一つに過ぎない。

ゾロアスター教徒は確かに父系を重視するが、イスラム教徒、南宋人、高麗人のように男系絶対とは異なって、「個人の才」「一族への貢献」「先祖への供養」、この三点を最重要視するので男女の違いなどは大きな問題ではない。

また、反対に実の子であっても一族の命運を託すに足らなければ、それなりの道を歩ませ、一族の本流から完全に排斥しなければならないという厳しさも併せ持つ。

アノウは、小飛を親子の情というよりも一族の中の突出した才能を持つ一人の子供として自分の跡継ぎにし、これから商売、ゾロアスターの教えと儀式、一族への貢献の仕方などを叩き込もうとしていた矢先であった。

その大事な娘が、三別抄の狼の群れの中になど考えたくもなかった。

「小飛は……」とアノウは慌てて言いかけたが、裴はそれを無視し小金丸に向かって、

「倭人の船は千石船が二艘と聞いたが、密貿易とは不届き千万の限り、船荷ごと没収する。貴殿ら一統の処分は珍島についてから決定する」と告げた。

「……」

小金丸は呆然自失の体で口を開け、目は空ろで天井に顔を向けて何の反応もなければ反駁もない。〝裴の高麗語の意味が理解できなかったのではないか〟と葉が慮って大きな声で日本語に訳したが、無言で相変わらず天井を見上げたままだ。

大事な船二艘と積荷の全部が召し上げられ、更には身の上の処分を受けようとしているのに、この若者は宙を見つめたまま口を開けている。こやつは気が動転して放心してしまったのか、それとも馬鹿なのか？　と、裴と盧の二人は顔を見合わせた。

小飛は、父親と離れ離れにさせられるということで恐怖のあまり震えが起きているところに、小金丸の全く頼りにならない不甲斐なさに悲しみを通り越して怒りが湧き起こってきた。

アノウはこれまでのように高飛車に出ても、二人の叛乱首謀者には効果がないどころか逆効果になるとすぐに悟った。そして、なるべく低い声で相手を刺激しないように三万石の米と三千本の材木の調達が荒廃した高麗国内でいかに困難であるか、またモンゴルと南宋が戦っている現状下での南宋からの調達も絶望的であること、更にはこれまで日本国からは材木を確かに高麗や南宋に運んだりもしたが、これは〝倭板〟と呼ばれる檜や杉などの王城内や寺院の装飾の一部に使用するもので、多くても一船十数本分を薄板にしたものでしか入れていない。いかなる材木でも構わないとはいえ三千本も

の数を玄界灘越えすることの困難さや、米は倭国内でも常に逼迫しているので、これらの調達が如何に困難であるか等の状況を縷々述べた。そしてその後、銀や銭は貯め込むものではなく、動かしていればこそ生きて増えてくるものと強調した。したがって泉州の本宅にもそれほどは置いておらず、開京に既に貸し付けてあるものを回収しない限り揃えるのは不可能であるが、借り手の都合もあり、どんなに急いでも徴収には少なくとも一、二年は必要だと一気に捲《まく》し立てた。

裴はアノウの申し出を拒絶し、材木、兵糧米や軍資金などの調達は、今年の米の刈入れ前までに珍島へ持ってくること、人質はその担保であると顔色一つ変えずに言い放った。

ただ裴にしても叛乱後の展開が全く読めないだけに、内心迷っていた。

アノウからの兵糧米又は軍資金が新王朝にとって極めて重要であるのは確かではあるが、アノウの娘子を三別抄の錯乱した粗野な兵卒達から護りきることは、この状況下では必ずしも保障できない。万一のことが起こって、アノウを敵に回す愚だけは、影響が大きいだけに是非とも避けねばならないとの思いがある。

アノウに今後も協力させるためには、娘子の珍島への移送とその後の取り扱いをアノウの昵懇《じっこん》の倭人、すなわち、意志薄弱で扱い易いと見た小金丸に委ねてしまうのが責任を予め回避できて最も適当と判断した。

出発は六月一日と決められ、それまで校尉とその配下の兵が館を監視することになった。

小飛は絶望のあまり失神した。

その後の種々のやり取りの結果、アノウの傍には朴将軍が残り、小飛と珍島へ同道するのは小金丸と葉だけと決められた。残りの雇人や女中達は適宜三別抄に振り分けられることになり、その場で引き取られていった。

雇人や女中達の慟哭の声が邸を振動させた。


小飛達の出発は、六月一日の夕刻となってもまだ連絡が来ない。何分、島中の大小の船一千艘余りに兵と人質の家族や島民併せて三万人余り、武器や糧食、更には家財道具を積めるだけ積み込んでの移動であるので、舳先《へさき》と艫《とも》がぶつかり合いながら長く連なる船隊を幾つも組んでの順次の出航となるため、予定が大幅に遅れているようであった。

小金丸の船二艘は、三別抄が監視する必要から船団の最後、殿軍の二艘の戦艦に挟まれての航行と決められている。

また、当初予定していた島民全員の乗船は、船腹の関係上無理だと判ったので、足手まといとなる島民の老人や子供は置いていくことになった。

一日の夕刻、アノウは朴将軍、小飛、小金丸、葉の四人と最後の夕餉を摂った。

使用人全員が連れ去られたので、アノウは高麗に来て初めて自ら夕餉の支度をした。

アノウが炊事をすることに皆が腰を抜かすほど驚いた。また、その手際のよさで更に皆を驚かした。

高麗においては、炊事専用の土間や水屋がある家では子供の頃から男は、そこには立ち入らないものとなっている。

邸の食料という食料は全て三別抄に持ち去られてしまっていたが、二日ほど前に雇人が屠った羊の骨や皮そして腱などの屑肉が、別棟の小屋に桶に入れられて打ち捨てられ蠅がたかっていた。アノウはそれを取り出し皮の毛を削ぎ取り、一口大の大きさに切って水に入れて岩塩で煮込んだ。そしてもう一品として、米は持ち去られていたが、米櫃の底にたまっていた米粉を挽《ひ》いて水に溶き、鉄板に延ばして薄い餅《ぴん》を焼いた。

アノウにとっては、ペルシャで〝キャラポチャ〟と呼ばれる貧民の羊の屑肉煮込み料理は、少年期の大の御馳走で涙が出るほど懐かしいものであるが、四人にはそうではなかった。

特に小金丸は、あまり獣肉を食べ慣れていないこともあり、羊の腐りかかった屑肉の黄色い獣脂が厚く浮きあがった汁を啜り、皮には剃り残した毛が残ったままのものを食べたところ、あまりにも臭いと刺激が強すぎた。

まだ食べ終えないうちに小金丸の腹から「ゴーッ」と木枯しが吹きすさぶ大きな音がした。

それは、卓を囲んだ全ての者に聞こえるほど大きなものであった。

「御免」と小金丸は一声叫ぶと顔色を変えて厠に飛び込んだまま、なかなか戻ってこない。

「アノウ様、あの若造、本当に大丈夫ですかな」

朴将軍は、顎を厠への廊下を指して渋面で呟いた。

だらしない腹具合のこともさることながら、先日の裴との会話の途中で茫然自失した、あの頼りない有様を指し、明らかに小金丸の人物、力量についての疑問と、その男に小飛を托すことへの懸念であった。

傍で聞いていた小飛も、同意するかのようにため息混じりに大きく何度も頷いた。

しかしアノウは、皆の心配を払拭するかのように、

「ある日、虎丸殿は私に、小金丸のことを〝鳶が鷹を産んだ〟と一族の者から冷かされていると嬉しそうに笑って語られたので、それは喩《たとえ》が小さくて適切でなく〝虎（虎丸）が龍を産んだ〟のでしょうと応じたところ、虎丸殿は一層大きな声で笑われて語るところによれば、『いや、龍は宗像の衆の御先祖だそうで、それを自慢として、一族郎党と下人に至るまでが胸と肩に龍の鱗の刺青をしている。だからムナカタ（胸肩）という博多の戯言《ざれごと》があるくらいである。拙者から見ればヘビの鱗にしか見えないけどな。東の宗像、西の松浦とよく比べられるが、宗像は昔から天皇家との関係が深いとはいえ、松浦党は嵯峨源氏の血を引き、治める領地・領民の数においても遥かに勝っている。対馬、壱岐にも松浦の者が数多くいる。しかし、それにもかかわらず誰もが格として松浦は宗像の次としている。悔しくて情けなくて仕方がない。なんとか宗像の上になるのが、松浦党の悲願である。玄界灘一帯の漂着物は、宗像神宮の繕いにあてると大宰府が認めているので、右を楯にとって、宗像が漂着物を全て得る権利があると嵐にあって帆柱が折れたりして湊に避難した船を、難破して漂着したと難癖を付けて何度船荷を奪われたことか、いかんともし難い。拙者の生んだ鷹には、龍かヘビかは知らないが、そいつらを平らげてもらいたいものだ』と冗談半分・憤慨半分で語ったので二人して大笑いしたことがある」と語った。

そして、急に声を落として、

「小金丸には、今回初めて会ったのだが、なかなか見どころがある。将軍はあのことを心配しているのだろうが、あの場合、裴に対して強く出ても弱く出ても二艘の船と船子は、有無を言わさず取り上

げられていただろう。裴は始めから奪う決心をしてここへ来ていたのだから。珍島への大移動には、船はいま幾らあっても足りない……。相手が既に心を定めて臨んできた場合、あのように全く思いもかけない態度に出て、自ら動かず相手が動くのを見定めて、次の展開に備えるのが最善の策である。抗《あらが》ったり媚びたりしても無駄だ。いや、さすが虎丸殿の嫡子、まだ二十二歳と聞いたが、あの若さであの老獪さ、実にお見事だ。これで、とりあえず珍島まで小金丸が二艘の船と船子を操ることになったし、向こうに着いても小飛を護ってくれることになった」と、将軍や小飛の予想に反し思いもかけず小金丸を絶賛した。

「小金丸の兄者さんを、松浦の者は皆が……、大好きです。子供達も」と突然、アノウの檀那の話には滅多に口を差し挟まない葉が小金丸を擁護しだした。

しかも「兄者さん」と親しげに呼んだので皆が驚いた。

葉が語るところによると、葉は十四歳でアノウに引き取られるまでの五年間を松浦の舘で過ごしたとのことであった。

葉の生まれたのは五島群島（列島）と呼ばれるところであったが、島々は併せて百四十余りもあり、そのなかでも最も小さな島の一つで生まれた。島は極めて貧しく、島の者が生き延びるためには島の掟で、それぞれの家で生まれた子供は、一人を除いてすぐに間引くか人買いに売るかなどして口減らしをしなければならなかった。

葉は、九歳のときに弟が生まれたので銭五貫で博多の人買いに買われた。この人買いは、方々の島で、合わせて十二人の子供を一人、銭五貫から七貫で買い入れていた。

葉が子供達の中で一番の年長であったが銭五貫と安値であったのは、あまりにも華奢な体型であるのと、幼少のころから一年中、猫の額のような小さな畑や浜辺の海草干しなどの母の手伝いで肌が日に焼けて真っ黒であったからだ。

その人買いは、買い取ったばかりの子供達に従順を強いるための脅迫の手段として、その子供達の中で一番の年長の子を選び、何の落ち度がないにもかかわらず船中で皆の前で何度も打擲《ちょうちゃく》したり、なにかと難癖をつけて飲食を与えなかったりとする見せしめを常としていた。

この時も、たまたま一番年長であった葉が犠牲となった。

普通の子なら親元を離れた心細さや不安な気持ちの下で泣き叫びながらも大人のされるままになってしまうものであるが、葉はその人買いの脹脛《ふくらはぎ》に鼈《すっぽん》のように噛みつき、どんなに蹴られても殴られても立てた歯を離さなかった。

遂には、人買いの脹脛を喰いちぎってしまった。

その事件は、虎丸の湊の一つに船が給水に立ち寄った船上での出来事であったので、噂はたちまちに拡がり、虎丸の知るところとなった。

虎丸は自ら停泊中の件の船に赴き、葉の子供ながらも不敵な面構え、丈夫な歯と顎、そして澄み透った漆黒の瞳を確かめると、銭十六貫という男丈夫以上の値で葉を買い戻すことを申し入れた。

他の子供達の手前、見せしめに葉の鼻を削ぐか、耳を切り落とすかしなければ納まらないと決めていた人買いは、破格の値にもかかわらず当初は売り渋ったが、結局は値も値であったし、何せ松浦党のこのあたり一帯を支配する有力頭領直々の申し入れであるので、今後のことを考えれば、渋々ながらも応ぜざるを得なかった。

そのような次第で、葉は館に買われてきたのであった。

松浦の館は、丘というよりも小高い山の上にある山城であった。

そこからは、玄界灘を目の下に鷹島を遠望することができ、虎丸が直接支配している四湊と七村を見渡すことができた。

山頂に設けた一際高い櫓の下に瓦葺の母屋があり、その前面に馬場を兼ねた中庭があった。その周りを船子や女中達の住む幾棟もの板葺きの建物が取り囲んでおり、さらにその外側は車輪状に、先を尖らせた太い丸太の柵で周囲が囲われている。門の上には門櫓があり、ここには弓矢や槍が備え付けられていて常に三〜四人の番卒が常駐していた。

十数頭余りの馬、そして犬や鷹の他に山頂の櫓には鳩小屋があって十数羽の鳩が飼われ、航海中の船からの連絡に使われている。

支配下のそれぞれの湊と村にも高い櫓があって半鐘が吊り下げられており、それをもって館、湊、村そして船との間で互いに連絡を取りあうことができるようになっていた。

館に引き取られた葉は、女中達と同じ棟であったが特別に一室を与えられ、虎丸の三人の男の子と同様に育てられた。

特に虎丸の奥（妻）の菊は「やっと娘ができた」と殊の外喜んで、何かとこまごまと面倒を見、自ら女としてのたしなみや素養を与えようとした。しかし葉は、女の子の遊びや着る物などには全く興味がなくむしろ男装を好んだ。

朝には決まって小金丸とその二人の弟にくっついて虎丸の先祖が寄進した館と同じ山の中腹にある菩提寺に行き、朝の勤行《ごんぎょう》の後の住職から小金丸たちが読み書きを習う席に勝手に座りこみ、また昼からは小金丸が多くの子供達を従えて小船で魚取りなどに行くのにも必ず混じった。つまり、一日中小金丸の後にくっついていたことになる。

小金丸は誰に対してでも気さくで年長者には礼儀正しく、またどんな小さな子にも面倒見が良かったので、通りかかると大人から、ヨチヨチ歩きの子供までの誰からともなく、笑顔で「小金丸！」と親しみをもって呼びかけられていた。

普段めったに口を開かない葉が、小金丸のことになるとアノウや小飛も初めて聞く己自身の身の上話を交えて語っていたところに、小金丸が厠から蒼ざめて戻ってきて、「フーッ」とため息をついて口を拭ったので、座の全員が大笑いとなった。

そこに校尉が駆け込んできて、

「対岸のモンゴル軍がいよいよやって来ます。開京の密偵によるとモンゴル軍が二～三千人と高麗軍の全軍に今夜中の出動命令が出たそうです。船にはまだ載せきれないものがありますが、それらは打ち捨てて出航することに決まりました、アノウ様はこの館からは出ないでください」と緊張した顔つきで念を押した。

まだ外は漆黒の闇に包まれていたが、南西からの明け方の風が吹いていていた。

小飛は、裏庭に駆け出して用意してあった庭土の入った青磁の小さな壷に、連翹《れんぎょう》の小枝を三本切り取って挿《さ》し木にした。

どの枝が根付き易いのか良く判らなかったので、古枝二本、新枝一本を挿した。

この連翹は、開京の郊外にある小飛の母の墓の周りに植えられていたものを、何年か前に庭へ挿し木で増やしたものである。

母の生家の裏庭は、この連翹の花で埋め尽くされていたそうで母の一番大好きな花であった。またこの花について母が、

「この連翹の花は、冬の寒さが厳しければ厳しいほど春には美しい花を咲かせるのよ」と病床で微笑みながら小飛に語ったのが、小飛にはなぜか忘れられない。

幼心にも母の連翹に託した何かを感じたのか、その時の情景と母の声が鮮明に瞼と耳に焼きついているのである。

ゾロアスターの正月に父が望んで止まなかったナスリーン（ヒヤシンス）は、高麗での入手は望むべくもなかった。そのかわり花びらの形状が似ているという連翹の花の最盛期と重なることから、毎年、毎年、部屋中をこの花で溢れるほど飾って部屋を黄色一色にすることで、小飛は天から降りてくる母との会話を一年の何よりの慰みとしていたのだ。

珍島という孤島にこの連翹がなかったら大変だと思い、挿し木用に青磁の壷を用意していたのであった。

小飛は父との慌しい涙の別れとなった。

アノウは、別れに際し、先祖の過去帳の写しと三別抄による邸内の徹底した略奪にもかかわらず、どこに隠し持っていたのか故郷のペルシャ北辺の山でしか採れないというラピスラズリーという紺碧

色の貴石が一杯詰った鹿皮の袋を持たせた。

珍島へ向けて船が出港し、夜が白々と明け始めると同時に、江華島辺りの上空が赤々と染まっていくのが見えた。小飛は、払暁に上陸したモンゴル軍の放火によって我が家が、島のあらゆる物が燃えているのに違いないと確信した。そして、あのような大火の中で父は果たして無事なのかと胸が潰れる思いであった。

「小金丸」と若頭領の名前と同じ船名の船には、小飛、葉そして、朴将軍が気を利かせて三別抄に然るべく手を打ってくれたのであろう、件の信頼できる校尉とその配下の一部が、又もう一艘の「虎丸」という頭領の名前の船には将軍の刎頚《ふんけい》の交わりの、例の葉から悪態をつかれいきり立った、隻眼の小隊長とその配下が乗船した。

何分南宋の徳化鎮の焼き物が船倉どころか船上までも満載されているので、これ以上は載せきれない。

「小金丸」の船子は、十五人余りであるが、それが皆恐ろしげな人相風体なので小飛はおののいた。葉によれば、松浦党配下には日本人の他に、安南（ベトナム）人、琉球人、瑠求（台湾）人、耽羅《たんら》（済州島）人、湘（湖南）人、粤《えつ》（広東）人、閩《びん》（福建）人などがいるそうで、ほとんどが裸体に赤の下帯一本、全身に刺青をしている者が多く、南方出の者は顔にも刺青を施していた。その内で一際大きな体型の粤人の男は、毛一本もない全くの禿頭であるが刑罰を受けて額に大きく〝犬〟と刺青が施されており、そのうえ舌先を切り取られていたので会話ができない。皆からは〝犬〟と呼ばれていたが、本人はそのことに全く気にも留めていない様子で、むしろその名を呼ばれると嬉しそうに口許を綻ばして涎を垂らしていた。葉は船子のほとんどと顔見知りであるが、特に〝犬〟とは親しい間柄であるようで、誰も理解できない〝犬〟の言葉をその仕草や顔の表情で理解することができた。

小飛の世界の高麗人は、男といえども、めったなことでは人前では裸体にならないものであったので、男の裸体を間近で見るのは初めてであるうえ、奇怪な刺青、むせ返るような獣の体臭で気分が悪くなった。

一人舷側にもたれて、なるべく船内を見ないように海だけを見つめ、風に当たっていた。

ところが、海には先を行く船団のなかから人質の何人かの女が子供を道連れに入水自殺したのだろう、三別抄に汚されたのか、汚されるのを嫌って飛び込んだのかは知る由もないが、波間に漂う色とりどりの高麗服や浮かび上がった人形のような赤子の死体を見つけたりすると、小飛は、こんな地獄絵を見るくらいなら、いっそのこと連翹の青磁の壷とともに、このまま自分も舷側から海に身を投げてしまいたい誘惑にかられた。

ゾロアスターの教えでは、「人は目一杯学び、働き、神と一族への義務を尽くし、そして人生を楽しむもの」とし、悲観や絶望は邪悪への屈服とみなされ罪となることや、まして自殺は勿論のこと世間から身をひく隠居・隠退さえも許されないという教えと戒めを忘れ去っていた。

その時、「ピーヒャー、ピッピーヒャー」と船の艫の方から笛の音が聞こえたので、振り返ってみると小金丸が艫の楼の屋根に腰掛け、紅蓮の炎に染まる江華島の空に向かって横笛を吹いている後姿があった。

件の長髪と白服を潮風になびかせて……。

「あーあー、こんな時に、笛なんか吹いて、三別抄の船団から逃れる策とか、私を父の許に返す方法とか、もっと考えること、することが沢山あるだろうに、暢気に横笛なんか吹いて、全く頼りにならない若頭領だ」と小飛はフツフツとこみ上げてくる怒りの激情の余り、眩暈《めまい》を起こしたため、目を閉じて舷側にもたれかかって大きな溜息を吐いた。今まで思いつめていた「自殺」「死」という不吉なものが、すっかり雲散霧消していた。

アノウは小飛の救出に何ら手を打つことができず、焦り、苦悶していた。

それというのも江華島でモンゴル軍に捕らえられて開京へ連行され、厳しい尋問を受けていたからである。三別抄とのかかわり、特に船、糧食、軍資金の協力についての疑いがあるとのことで、開京の西郊外の寺に朴将軍ともども拘禁されていた。

アノウは、手許に銀や銭が十分なかったことから、娘を人質に取られたと種々弁明したが、一向に聞き入れてもらえない。

原因は、頼りとした高麗高官面々からの救いの手が誰一人として差し伸ばされなかったどころか、有ること無いことを誇張してアノウを罪に陥れる証言が相次いだためである。

その中には、三別抄を率いる裴自らが、以前からアノウ邸を何度も訪問して謀叛の謀議を凝らしていたなどとまことしやかに語られていたり、冷血無比・極悪非道な金貸しのアノウを一刻も早く処刑するようにとの連名の嘆願書が政府に提出されたりもして、極めて深刻な状況に陥っていた。

これまでアノウは高麗高官面々に、年十割の複利の利息で銀や銭を貸し付けていたので、当初の貸付金が一年で元本の倍、二年で四倍、三年で八倍と鼠算式に増え、更には延滞に係る懲罰的な課金を課したため元本の百倍を超える者も多々いた。

明らかに返済不能に陥った者が、アノウを罪に陥れて何とか借金を棒引きにしたいと願うのは当然のことかもしれない。

借りるときはアノウに跪いて両手を合わせ神や仏と崇め奉るが、このような事態になると掌を返したような行動に出るのが人の性であり人の世の常であると、そのことを百も承知していながら、まだ彼らを思い通りに扱えるという甘い考えであったことに臍を噛んだ。

ところが、そんな七月のある蒸し暑い夜に、アノウは白檀や乳香などは江華島から持ち出せなかったため、蝋燭だけを燈して毎夜のゾロアスターの神に祈っていたところ、密かに訪れる者があった。

イブラヒムというイスラム名であったが、古都イソファーン出身の紛れもないペルシャ人の中年の男であった。イブラヒムは開京のダルカチ（占領地事務所長）の許へ燕京の尚書省（財務省）侍郎付からビチゲチ（書記）として一ケ月前に着任したばかりであった。

アノウが同じペルシャ人で、永く高麗で手広く商いをしており、今般三別抄とかかわっているとの嫌疑で拘禁されていると聞き及んで、高麗についての諸々の教えや教訓を乞いに来たとのことであった。

アノウは神の導きと喜んで招きいれ、久しぶりにペルシャ語で話した。

イブラヒムは、さすが古都の出身者だけあって上品でやわらかな言葉遣いであり、また彼の深い教養や温和な性格を裏打ちするような折り目正しい要点を衝いた会話であったので、殺伐としていたアノウの心を癒してくれた。

イブラヒムはダルカチでは、占領地の徴税と財務の責任者であったが、実際には破綻した高麗の税務や財務の仕事はほとんどなく、主なものはモンゴル派遣軍の兵站《へいたん》であった。

兵站は、設営、糧食・軍馬の調達、輸送、箭鏃（矢）の補充など多岐に亘っている。

アノウもある程度は聞き及んではいたが、ジンギスハーン以来、モンゴル帝国の徴税と財務の機構の構築と兵站などの執行はペルシャ人によって握られている。広い支配地から銀納による簡便な徴税方法を導入したマフムード・ヤラワチが嚆矢《こうし》で、以降、計数に明るくあらゆる言語に精通し、万国の地理にも物産にも知識があり、星の運行や気象も読めるということでペルシャ人の重用は日々に増し、現在、燕京の尚書省長官にアフマドが登りつめ、その下で多くのペルシャ人が執務している。しかし、このように高麗まで燕京からビチゲチとして出張《でば》って来るほどとは、正直アノウは驚いた。

もっともペルシャ人の重用は、財務やそれに連なる兵站などの尚書省の管轄に限った話であり、政務や軍事などの中書省や枢密院への登用は聞かない。

イブラヒムの悩みは、高麗人特異な面子や建前と本音が突然変転することなどで、漢人・南宋人の何倍も心情が複雑怪奇で理解できないで困っており、是に対応する助言が欲しいとのことであった。

しかし、それは面会のための口実であって、勿論アノウに対する好奇心もあったが、遠く故国を離れたペルシャ人同士の懐かしい会話を求めにやって来たのであった。

アノウもそれに気付いたが、不愉快ではなくむしろ嬉しく思った。

そして聡明で知識欲の強いイブラヒムなら既に百も承知しているだろうと察してはいたが、一応要望に応えるために形式的な高麗人の性癖を語った。

つまり、この国が漢、随や唐帝国の他に諸々の狩猟騎馬の民から繰り返し侵略と略奪を受けた悲惨でおぞましい過去がある。更には今回のモンゴル国によって全国土が四十年余りに亘り徹底的な破壊と略奪があったこと。そして侵略される度に必ず出現する国や民衆を裏切る文武の高官たちの存在があるため、それらから身を守るためには庶民に至るまでどんなに親しい身内や仲間内であっても建前、本音が常に変転せざるを得ないという内容の話である。

またアノウは自省の念を込めて、高麗人は異民族による圧政と同族による裏切りという生き地獄の中、屈折したたかさを身につけざるを得なかったこと、為政者はそれを承知の上でそれぞれの人の立場や背景を思いやり、時宜に応じた対応をしなくてはならない、と助言した。

イブラヒムからは、御礼の言葉とともに「ここだけの話として」と前置きして、モンゴル軍の南宋征討軍の最新の進捗状況とそれに伴う今後の高麗対策の予定が伝えられた。

それは、寺に隔離させられているアノウにとっては、現下の天下の情勢を知る上で極めて重要なものであった。

「南宋征討軍に関しては世祖の勅命により、三年前にアジグー率いる南宋征討軍、そのうち真のモンゴル騎兵は督戦部隊として僅か千余騎ではあるが、主力の漢人兵十万余りを擁して南進した。

派遣軍には尚書省から、同僚のペルシャ人のイスラム教徒アリー・ベグと景教（キリスト教）徒のマール・ユフナーの二人が財務と輸送の責任者として同行している。

長江（揚子江）の支流で漢水中流にある南宋最重要都市の襄陽《じょうよう》と対岸の樊城《はんじょう》の姉妹都市を落とすた

め、わが軍はこれまでの戦法を一変させた戦いを展開している。その二都市の周りを頑丈な防御壁で二重、三重に取り囲んで孤立させ兵糧攻めにしており、外との連絡を完全に断っている。付け城をその壁に沿って数十も築いた。また、漢水には木杭を川底一面に打ち、両岸からは鎖を幾重にも張って。南宋の救援船団の侵入を防いでいる。

このように、水陸ともに備えは完璧であるので、籠城軍への外からの補給は完全に断たれ、二都市からの脱出も不可能である。

この二都市さえ落とせば、背後を衝かれる心配をすることなく、わが軍は漢水の流れに沿って船を南下させ、そのまま本流の長江に入って下れば帝都の臨安（杭州）を容易に落とすことができる。

そのために、漢水の上、下流で新たに船の建造と七万人の水軍の訓練を現在進めているところである。

また、この二都市がなかなか落ちないようであれば、攻城投石機のマンジャニーク（回回砲）をペルシャから持ち込めばよいのではないかと思案している。これは、城壁を打ち砕く岩石を二里（宋尺の一里＝五五〇メートル）も飛ばすことができる。

漢水の川幅が一里半弱なので、対岸からでも十分狙える。

巨大なマンジャニークの輸送が大変であれば、工人をペルシャから呼び寄せて、前線でこの投石機を造ればよいとも考えている。

御存知の通り、現在ペルシャを含むフレグウルスの王は、帝（世祖）の甥のアバガであり、二人の関係は極めて親しく、官吏や軍兵の貸し借りを頻繁に行っており、これらの案の遂行に全く障害はない。

準備は万端であり、もはや南宋を得ることは、熟れた実が落ちてくるのを待つのと同じことである。ただ工作次第によって早いか遅いかの違いがあるだけである。

さらに高麗対策に関しては、南宋はこの襄陽、樊城の二城を救援するための軍を何度も北上させたが、わが軍が防御壁を築いて待ち構えているところにやって来る訳なので、その都度、徹底的に撃破している。また、城内からも撃って出てきたこともあるが、これも防御壁を乗り越えることすらできずにいる。そしてその度に南宋軍の虜囚を多く得たが、この取り扱いをどうするかで苦慮していた。

すでに防御体制は完成しているのでこれ以上の人力は必要なく、このまま生かしておけば、糧食が潤沢でない前線で飯を食うだけにやっかいである。

かといって、処刑してしまうとこれが当然噂になって今後の戦では、敵は命を賭してでも頑強に戦うことになってしまい良策ではない。

また、もし放免したりすれば、もともとが貧農の次男、三男であるので故郷へ帰ることもできず、飯を喰うために再び南宋軍に入ってしまう。

そこで世祖は、これら虜囚を日本征服のため糧飼《りょうし》を積ませることを兼ねて屯田兵として高麗に土着させることに決めた。そのために、近々屯田経略司を開京の北に置く詔が接到することになっている。

屯田経略司では、これら蛮子軍（南宋軍捕虜・投降軍）に高麗全土の中から入植地として適当な県約十箇所前後を選び出し、田畑、牛馬、農具そして高麗女を妻としてあてがうことになる。

そうなれば、もともと南宋には『好鉄は釘に用いず（良質の鉄は釘に使用しない）』と兵卒を蔑《さげす》む習いがあるうえ、かつ兵卒には飯だけを食わせ俸給はほとんど無く、あっても将官が掠め取っているため戦場での分捕り品だけが俸給にかわるものであるので、南宋で娘を持つ親は、決して兵卒には嫁がせない。

したがって、兵卒達にとっては田畑、牛馬を得るだけでも夢のような話であるのに、更に高麗人の女と所帯が持てると知れば、今後の戦において戦う前に競って、いや雪崩を打って我が軍に投降してくる筈である」

イブラヒムの説明は実に明快であるが、アノウにはあまりにも楽観的であり過ぎると感じたので、

「襄陽・樊城は、そんなに簡単には落城しないと思う。守将の呂文煥は、あの辺り一帯の名門の大軍閥であるうえ、南宋の賈《か》宰相の盟友で南宋の重鎮でもある呂文徳の実の弟であり、名将としての誉れが高い。また、南宋軍最大最強の精鋭部隊は、范文虎将軍が掌握している筈だが、将軍の妻は確か呂文煥の娘である。このような関係もあって南宋は最重要なこの二城を見捨てることなく何としても守りきろうとするであろう。また、たとえこの二城が落ちたとしても漢水と長江の合流地の長江中流の最大都市、鄂州《がくしゅう》がある。ここは、前皇帝モンケ親征の際に世祖が別軍として包囲して落とせなかった経緯がある。前二城以上の南宋軍が結集する筈である。また伝統ある鍛え抜かれた南宋水軍一千艘の戦艦には、モンゴル急造の俄《にわか》水軍では、とうてい歯が立たない」と断言した。

イブラヒムは、アノウの本拠が高麗ではなく泉州であると知ってはいたが、それにしても南宋事情についてかくも詳しいことに驚き内心舌を巻いた。

イブラヒムはアノウに隠しても仕方ないと思い、現在燕京の枢密院で既に決定事項であると尚書省

経由で洩れ聞いた話をアノウに語った。

「確かに南宋水軍は、世祖の一番の心配事であり頭痛の種であります。急造のモンゴル水軍が南宋の水軍とまともに戦えば勝ち目がないのは、御慧眼の通りです。

陸上での戦いでモンゴル軍が勝ったとしても、南宋が常勝の大水軍を擁していれば、漢水・長江が天然の要害となり南宋帝都の臨安は容易には攻略できないでしょうし、万一臨安へ進軍できたとしても長江河口を押さえておかないと南宋皇帝を取り逃がしてしまいます。そうなると各都市に散らばる総勢百万、いやそれ以上の陸上軍が水軍と連携して、広大な国土の中で、どのように展開し反攻をしてくるかは予想がつきません。それを阻止するためには長江河口を何としてでも押さえておかなければなりませんが、急造のモンゴル水軍は上流の二都市だけで手一杯になる筈であります。高麗水軍を加勢させたとしても、いかんせん戦力が脆弱であります。

したがって、一番の上策は、南宋水軍をこちらに取りこんで離反させ戦わずに勝つことであります。しかし襄陽と樊城が健在である限りは誰もなかなか乗ってこないでしょう。中の策は、日本の水軍と高麗水軍を長江河口に集結させ、モンゴル水軍を支援させつつ南宋水軍に当たらせることであります。そして最下策は、日本と手を握った南宋軍に対してモンゴル・高麗軍が戦うことです。最下策にならぬよう、これまで日本へは三度も招諭しましたが、大モンゴル帝国の武威を何と心得ているのか驕慢不遜にも一向に返牒《へんちょう》が来ないのです。今般、獲麟《かくりん》の状（最後通告）の国信使として、陝西路宣撫使の女真人、趙良弼《ちょうりょうひつ》にこれまでにない多くの随員を与えて近々日本へ派遣することになっております。世祖は日本への恫喝を込めて三千人の兵も一行に同行させたら如何かと提案された由ですが、さすがに趙はその提案を固辞したそうです。ただし、もしこれで成就しなければ、間違いなく日本征伐が決行されることになります」

アノウは、〝日本征伐〟に驚き、「世祖は、今般の日本招諭の返牒次第では、南宋と戦いながらも日本に攻め込む心算なのか？」と兵力を分割・分散する愚を問いただした。

「あり得ます、十分あり得ます」

イブラヒムは自信をもって断定した。

「その場合は南宋攻撃の障害とならぬよう、漢・高麗軍が主体になって征日本軍を編成することになりましょう」と、付け加えた。

この時、イブラヒムは、今回アノウが示した豊かな知識と洞察力、またこれまでの高麗での実績など勘案すると、今後のためにもダルカチの相談役としてアノウをモンゴル側に確保しておく必要があると痛感した。

アノウは続けた。

「屯田経略司が設置されたりすると大変な抵抗に遭うであろう。高麗全土は四十年余りもの間のモンゴル軍による戦禍に遭って民が生きていくのもやっとの状況下である。新たに山野を切り開いて開拓するのであればまだしも、それでも屯田兵が食べてゆけるまでには、少なくとも三年、四年はかかる。それまでの負担だけでも高麗王朝は耐えられないのではないか？　まして農民から田畑、牛馬、妻や娘を取り上げたりなどすると、絶望の余り命懸けの抵抗をし、民衆はますます三別抄に走る」と疑問を呈すると、

「三別抄は盗賊の類であり、私利私欲だけの徒党であるので放置していても自壊します。鎮定するには、高麗正規軍だけでも十分であると某は考えていますが、もし足りなければ駐留するわが軍が助勢すれば済むことです。屯田兵はこれから増えていくと思いますがどれだけの人数になるかは判りません。南宋軍兵卒の間でモンゴル軍に投降すれば、高麗で夢のような生活ができる。と、広く噂になって雪崩をうって投降してくるようになれば世祖の目的を達成することになり、更にこれで日本征服のための糧飼を積むこともできれば一挙両得で申し分ありません。

いずれにせよ屯田兵には、当面数千人分の土地や牛馬そして女が必要となります。しかし、これらの徴発、徴集を執行するのは高麗王の元宗であり、屯田経略司の役目は、あくまでも元宗より帝（世祖）へ献上されたものを、蛮子軍に配分する役目だけであります」とイブラヒムの説では、高麗国を犠牲とした南宋対策が何よりも優先され、三別抄問題については、あくまでも高麗王朝の責としていた。

アノウには疲弊しきったこの国に、このような屯田を強行すれば一層困窮し、餓死者が国中に溢れるのは目に見えており、とても正気の沙汰とは思えなかった。

しかし既に決定事項とのことであったので、それ以上追及しなかった。

イブラヒムの来訪の三日後の八月末に、「三別抄との関係の疑いは晴れた」とアノウ及び朴将軍の寺での拘禁が突然解かれた。

勿論、それはイブラヒムの取り計らいであった。

さらにイブラヒムは、アノウのために開京内に目立たない小さな邸宅と四人の使用人及び一人の色白で妖艶な妾を手配するなどの配慮までした。

アノウは、それを喜んで受け入れ、ダルカチからの相談事については何でも喜んで応じると快諾したところ、これには思わぬ効き目があった。

「アノウがダルカチの配下に加わった」との噂は、その日のうちに開京中に広まり、これまで借金棒引きを勝手に決め込んでいた者達の心胆を寒からしめるには十分で、督促や集金もしないのに僅かではあるがちらほらと貸付金の一部が返済されるまでになってきた。

アノウは、それを基に早速復帰に向け行動を開始した。

一に娘の奪還、二に商売の建て直しである。

そのためには、珍島の三別抄、日本の虎丸、南宋への連絡や打ち合わせが必須であり、少なくとも一千石以上の船が最低限必要である。アノウはイブラヒムに入手が可能か照会したが、船は三別抄が主なものをほとんど奪取したため余裕がなく、税として集荷した米などを運ぶ漕運船にも事欠く有様であったので、この希望だけは、さすがのイブラヒムでも適《かな》えるのが困難であった。

ただ、他（日本や南宋）から調達するのであれば、ダルカチが把握し既に燕京に報告している船腹数の員数外となるのでアノウの所有は可能であるとのことであった。

アノウは、船の取得のために手を打った。

南宋へ赴き船を回航してくるのが一番手っ取り早いのではあるが、モンゴル国支配下の高麗から南宋への密かな出国は可能であっても高麗への再入国は、絶望的である。次策として朴将軍に陸路で玄界灘に面する晋州か合浦（金州）へ南下してもらい、小船を仕立てて対馬、壱岐の島沿いを伝って松浦で虎丸より千石船と船子を借用するようにした。高麗半島の南端の大きな都市はまだ政府軍が制圧しているが、開京からそこまでは政府軍、叛乱軍が入り乱れて極めて危険であるので、十月の初旬、朴将軍に馬二頭を与え乗り換えさせながら一気に南下させた。

叛乱が起きて六ケ月、朴将軍が日本へ向けて出発してから三ケ月も経ったが、将軍はまだ戻ってこないどころか音沙汰もない。

したがってアノウは、珍島の三別抄と連絡が取れないでいた。

また、開京での貸付金の回収も思うようにはかどらない。

アノウから借金をしている者のほとんどが、三別抄に家族を連れ去られ、江華島の財産は奪われ家は焼かれている。その上、遷都のため開京に新居を建てなければならないのであるが、国庫は払底しているので下賜などは望むべくもなく、自らが工面しなければならない。工匠や人夫の極端な不足や水害で漢江上流の貯木場から材木が流失したことなどが重なり、工賃や材料の高騰もあって誰もが金策に四苦八苦していた。

庶民は更に悲惨で都の四辻には餓死者の死体が折り重なって放置されている。

また、たとえアノウが「質」として人や物を取り上げたとしても、船がないことには、それを換金する手立てがない。アノウの焦燥は極限に達していた。

他方、三別抄は日の出の勢いである。

珍島に到着した三別抄は、全国の州や県に新王、承化侯温王の名で抗モンゴルのために志のある者は珍島へ集れと檄を飛ばしたところ、開京以南では即座に呼応するところが多く、特に全羅道はほぼ全域、その他の道でも多くの官民がその旗の下に集い、珍島へ入島する者が引きも切らさない有様である。

また、三別抄に反抗するところには兵を派遣し、本土の約三分の一以上が瞬く間に三別抄に制圧された。

三別抄の活躍と躍進はアノウにとって、ほんの僅かではあるが慰みの材料になった。

少なくとも三別抄が活躍している間は、どこかで糧食などをも調達しているのだろうから、小飛の身代金支払いが遅れたからといって、即座に命を奪うようなことはしないだろう。

しかし、死を覚悟しているだけに何をしでかすか判らない相手である。江華島ではモンゴル兵や直属の多くの上級将官やその家族も殺害している。また、略奪や婦女子への暴行など軍紀は乱れ、殺伐としていた。

アノウは必死になって方々に手を回し、珍島とそれを取り巻く状況の入手に腐心した。

それによれば、珍島の北東の内陸に建設している三別抄の王城（後の龍蔵山城）が、ほぼ完成したとのことである。

また、元宗が八月に全羅道討賊使に任命した申思佺《しんしせん》が、百名余りの兵を率いて南下したが、羅州において三別抄に遭遇するや戦うことなく開京へ引き返した。

あまりの不甲斐なさに元宗は申に即日官を免じて、新たに九月に金方慶を全羅道追討使に命じた。

この齢六十歳になる老将の金方慶は、新羅敬順王の遠孫にあたり、若くして官兵部尚書翰林学士となり、清廉潔白、公平無私、その朴訥とした人柄は元宗の絶大な信頼を得ていたが、ただ擁する兵は僅か数十名余りに過ぎない。

金方慶が元宗の命により、悲壮な覚悟で僅かな手兵を率いて三別抄討伐に出発しようとしていたところ、駐留モンゴル軍元帥の阿海《あはい》が世祖からの命令が直接自分宛に届いているとして、金方慶の討伐軍にモンゴル軍一千余りが加勢すると申し出てきた。

混成軍は全州、羅州の叛乱軍を排除しながらひたすら南下し、珍島の対岸の三堅院に陣を敷いたが、船がないため珍島へ渡海することがかなわず、それどころか叛乱軍の襲撃で陣地の防戦だけで手一杯の膠着状態に陥った。

阿海は、増援軍を得て一気に決着を付けようと十二月に高麗水軍の全戦艦と漕運船の全てをこの地に結集させ、珍島に対して一斉攻撃を試みたが、待ち構えていた三別抄に混成軍はまず海戦で大敗を喫し、上陸を果たした僅かな軍もほぼ全滅し、這這の体で三堅院に引き返した。

そのうち、金方慶と三別抄との間で密使が行き来しているとの噂が立った。

「これでは、戦は続行できぬ」という阿海の訴えで、金方慶は開京へ召還となり徹底した取り調べを受けたが、事実無根であるとの結論に至り再び前線に戻った。

しかし、前線に戻ってからも金方慶が三別抄と通じているという噂は、モンゴル軍の中でますます実《まこと》しやかに流れ、たまたま三別抄の待ち伏せ攻撃にあったりなどすると、「やはりこれは……」と、モンゴル軍は僅か数十名の高麗兵に不審と疑惑の目を向けた。

この話を伝え聞いてアノウは、きっと金方慶は同じ民族の血をひき、つい最近までは同じ国王軍として共にモンゴル軍と戦って苦楽を共にした三別抄と刃を交えるのは忍び難いのではないか、金方慶は何らかの和平の方策を模索しているに違いないと確信した。

その頃、アノウから日本へ渡って、至急虎丸から千石船と船子の借用を命ぜられていた朴将軍は、合浦の牢獄に幽閉され呻吟していた。

朴将軍は、まだ三別抄や住民の叛乱が起こっていない金州では、アノウの名前を出すことで船の調達等に府庁の全面的な協力が得られるものと確信していたため、ひたすら合浦を目指したのであった。

ところが十月下旬に合浦に入ったところ、合浦を統治する金州府の守（軍司令官・知事）である李柱は、朴将軍がアノウの腹心であることを承知していたので、当初は客人としてもてなしたが、一向に日本への船の手配をせずに引き延ばし、そして十二月になると突然〝不審者〟として朴将軍を投獄した。

李柱は、アノウの配下に便宜を施すことで三別抄に恨まれることを恐れたのであった。三別抄からのモンゴル軍と傀儡王朝への攻撃の檄文は、金州一帯にも届いており、府庁内さえも不穏な雰囲気に満ち満ちていた。また、李柱の軍は一千人にも満たない州県徴発の軟弱な守備兵なので、強壮な三別抄と戦えばひとたまりもない。

特にその頃、金州の北に隣接する蜜城郡の叛徒が三別抄に呼応して地元の官吏などを皆殺しにし、金州に迫っていたので李柱は浮き足立っていた。

また、そのような状況下でありながらも連日、開京から李柱へ、一に近隣の三別抄や叛徒の制圧、二に日本への趙良弼国信使の渡航の準備、三に屯田軍受け入れのための土地や牛馬の調達等、四には日本征討の備えての大型造船所の開設と材木・工人の手配等々と諸々の命令・指示が矢継ぎ早に届いていた。どれをとっても、とても一地方官が担うには余りにも重過ぎるものであった。

三別抄や叛徒が迫り来る中、開京からの命令や指示に何一つ手を付けることができずに進退きわまった李柱は、すべてを投げ出し家族もろとも忽然と姿を消した。

逐電である。残された下僚たちは困惑しきった。

王朝側の軍がモンゴル兵とともにやって来るのが先か、それとも三別抄や叛徒達が府庁を占拠するのが先か、それが判らない現状では、迂闊にどちらかに肩入れをしてしまうと命にかかわる危険があるので、それを避けるために行政上の全ての責任を逐電した李柱に帰せしめることにした。

つまり、全てを現状のままとして新たな決断や実行は何一つしないことにしたので、朴将軍の幽閉が続くことになってしまった。

一方、朴将軍は巧みに獄卒を買収して、まだ、日本へ渡海できないでいる現状をアノウへの書簡に認《したた》めて送付したところ、アノウはやっと朴将軍が幽閉されているのを知ったのである。

第二章

「なんと！」と小金丸は驚きの声をあげた。

年が改まった元宗十二年二月初旬（文永八年、西暦一二七一年）のある夜半に小金丸は、夜別抄指諭（参謀）から三別抄を総括する将軍に出世した盧永禧に龍蔵山城の王宮に隣接する官邸へ呼びつけられ、「すぐに大宰府へ赴き、国王の啓（書簡）を送達するように」と命ぜられたからである。

暗い部屋の中、灯火は盧の卓上の粗末な蝋燭が一本だけであり、それがジジーッと音を立てると火影が揺れ、珍島へ着いて一層痩せこけた盧将軍の顔に鬼気迫る陰影が揺れた。それが死相のように見えたので小金丸は一瞬たじろいだ。

珍島での糧食の不足は深刻で、皆が飢えきっていた。一日の食事は朝・夕の二回と一応は決めてはいるが、それが守られているのは、その日に出撃をする兵達だけであって、他の者は夕食の一回きりであった。それもほんの少量の雑穀に数粒の米が浮かんだ粥に干し小魚のほぐし身が塩の代わりに一寸入っている程度のものであった。そのため、飢えを少しでも和らげるため、そこらに生えている雑草、木の葉や皮をその粥に混ぜて食しているありさまであった。

「虎丸」「小金丸」の両船に載せていた松浦への通信用の数羽の鳩さえ食料用に全羽供出を命ぜられたほどであった。

高位の者には特別な配給もあるが、噂によれば盧将軍は、それを断り配給だけの食事に甘んじているとの噂があった。また、彼には飢えなどは問題にならないほどの心労が重なっている様子で、それらが積み重なって壮絶な形相になっているのであろう。

「裴宰相の強い御希望である。急いでいるので本当は、鎌倉に直接行って幕府に手交するのが一番よいのだが……。伝え聞くところによると、幕府は国王の国書や啓などは、必ず大宰府を通さないと受け取らないと頑なだそうだ」

「高麗人でもない某《それがし》が、使者として国王の啓を持って大宰府に行くのも可笑しな話ではないですか？」

小金丸が疑問を差し挟むと、

「うーむ……そうなんだ、実は……」と、一瞬顔を歪めてしばらく小金丸の顔を見つめて考えていた盧は、一旦、視線を外した後、再び見つめなおすと語り始めた。

「昨年十一月に、わが軍（三別抄）が耽羅（済州島）を攻略したが……」

この戦いには、小金丸も手伝いを命ぜられ、持ち船二艘で三別抄の将兵三百人余りを珍島から耽羅へ運んだ。

「耽羅は、南海・南宋・日本との交易の要である。それ故、二年ほど前に世祖が側近にこの島を徹底的に探訪させた。その結果、南宋、日本への兵站基地として極めて重要であるということが判った。特に蒙古馬の放牧には、同島の高原は、気候に恵まれ良質の牧草が生い茂って最適であるうえ、船を建造するにも良港が多く、また良質の木材の入手が容易であるとのことだ。世祖は耽羅を特に重要な拠点として元宗に港湾等を整備するよう命じた。そういうこともあって、我々が兵を興すと元宗は、あわてて将軍高汝霖《こうじょりん》に全羅道徴発の兵七千を授け、耽羅を守れと命じたのであったが、わが精強の僅か二千の兵の前にあえなく陥落した」

盧の口許が少しほころんだが、すぐに元の仏頂面に戻り、

「承知の通り、それから一月後、つまり二ケ月前だが、阿海と金方慶の混成軍によるこの島（珍島）への総攻撃があったが……」

「ええ、見事な撃退でした。ほとんどを海上で打ち破り、僅かに上陸してきた敵兵を皆殺しにしました」

小金丸はそつなく応じた。

「耽羅、珍島とも、わが方の完勝であった。しかし、今や三別抄の兵力は一万余りに増えてはいるが、それは新参を含めての数である。今回の二回の戦いとこれまでの本土へ乗り込んでの数え切れない小競合いで、もともとの三別抄三千は、その半数以上いや七割近くも失ってしまった。熱い憂国の情と新参の兵への鏡とならねばとの強い思い入れもあって、戦には率先して矢面に立ち、また真っ先に切り込んでいったりしたためである」

盧は、急造りの梁や柱がむき出しになっている天井を仰ぐと、感慨深く目をつむって長嘆息して続けた。

「先月（一月）、元宗の特使として朴天澍が世祖の詔書を携えやって来たことを、知っているか？」

「ええ、招諭（降伏勧告）の為と聞きましたが」

「そうだ、世祖の詔書は、〝いま投降すれば叛乱によるこれまでの一切の罪を許す〟という趣旨であった。情けないではないか、われらのこの高麗の地で、傀儡王の元宗のものでさえなく、モンゴル皇帝が我々の罪を許すとか云々というのは……。世祖の恩情で我々高麗人が生きていけるかどうかなんて実におこがましく、許せない！」

憤慨しながらも、実は金方慶から一度だけあった心の込もった密書のことを思い出して盧は複雑な心境であった。

金方慶が〝叛乱による三別抄のこれまでの罪が許されるよう、元宗に一命をかけて奏上し、世祖にとりなしてもらうようにするので、異存がなければ余宛に密かに返書をもらいたい〟とあったが、裴からは無視するよう指示があった。

その後、三別抄と方慶との間に密使が行き来しているとの噂が立ったため、方慶の開京への一時召喚となったのであった。

しかし、この件は裴と盧の二人しか知らない密事である。

「で、特使の朴へは何と返牒されましたか？」

「裴宰相は、高麗の地からモンゴル軍が一兵残らず撤退した暁に和平の協議に応じよう、と答えた」

「さすがは宰相、痛快、痛快」

「痛快ではあるが、朴（特使）の話によれば、日本への獲麟の状送達の任を帯びた国信使の趙良弼が先月上旬、既に開京に到着しており、金州から日本へ向かうことになっている由。また、今月か来月には屯田経略司の長官として忻都《きんと》が増援軍を従えて着任する。忻都は在高麗の諸々のモンゴル軍を〝屯田軍〟という名の下で一つに統括することになっている由。したがって、この島（珍島）攻略に失敗した阿海などの将軍達は帰国を命ぜられた。世祖は、我々を討ち取るのに阿海だけで十分と思っていたようだが、我々が半島南部や三十以上もの主な島々を支配しているので、趙良弼が日本へ渡海するどころか、出航地の金州（合浦）にも行けず開京に留まっていることに激怒したそうだ。そして世祖は、まず何よりも高麗・モンゴルの全軍を三別抄攻略に振り向けることを決定し、また金州近辺に新たに一大屯田地を設けることにした由。これは、国信使を無事に日本へ派遣することと、日本からの返答次第によっては、間髪を入れずに日本討伐の軍が出撃できるよう兵と馬を養い、また戦艦の建造をすすめるためのものである。これらの準備のための糧食、船材、人夫などの然るべき手配を元宗に厳しく命じた由」

一瞬水を打ったような静寂が流れた。

語った方も聞いた方も、事の重大さから生唾を飲み、暫くの間、息を止めてしまった。

小金丸は「フーッ」と大きく息を吐いた。

世祖の日本征討の断固たる決心がありありと読み取れるからである。幕府や朝廷が戦わずに招諭を受け入れると、この高麗国のように惨めにもモンゴル国に隷属することになり、上下すべからく子々孫々塗炭の苦しみを味わうことになるであろう。

戦えば、多数の人命を失い、国家、朝廷、幕府存亡の戦いとなり、負ければ高麗国に倍する悲惨な結末になる。

もし戦いとなると、金州に集結したモンゴル軍は、玄界灘を越えた目の前の〝遠の朝廷〟〝西国の幕府〟とも呼ばれ、九国三島を統括する朝廷と幕府機能を併せ持つ大宰府を真っ先に攻め落とそうとするであろうし、それは小金丸の一族どころか松浦党の全ての領地・領民が矢面に立つことを意味している。

小金丸の心の臓が激しく高まったが、まだ自分を呼びつけた盧の真意が読み取れないでいたので、驚きを悟られないように平然な顔をして珍島と三別抄への話に戻した。

「いよいよですか、日本征討前にこの島への大攻勢をかけてくるのは……」

「あ、あーそうだな、モンゴル・傀儡併せれば、これまでの十倍、二十倍もの敵が相手になると覚悟せねばなるまいな。先ほども愚痴を言ってしまったが、三別抄の兵が一万に増えたといっても満足に弓を引ける者は少ない。生え抜きの勇者の多くは斃れてしまったので、はてさて、どのように戦えるものか……。南宋の方でモンゴル軍が敗退するようなことにでもなれば、敵兵がそちらに振り向けられるかもしれぬが、襄陽・樊城は今のところ膠着状態のままで、全く動きがないと仄聞《そくぶん》している。残念ながら期待できぬ」

盧の憂慮は深く、だんだんと小さな声になっていった。

突然それを振り払うように、しかと小金丸を正面から見据えると、

「そこでだ、小金丸。大宰府を通じて日本の幕府や朝廷に〝今次の金州から発する国信使趙良弼の招諭は、見せかけのものであり、今回の日本側の返答がいかにあろうとも、結局、モンゴル軍は大軍をもって日本侵略を行うことになっている〟と伝えておく必要がある。そして、〝侵略を防ぐ唯一の方

法は、モンゴル国に抗して正統な高麗国を建てた我々とともに珍島で戦うことであり、そのための軍兵と糧食を至急送るべきだ〟と教示すべきと決した」と、自分自身に言い聞かせるかのように大きな声で言って「うん」と頷いた。

「日本へ救援を請うのですね」

「救援を請うのが主眼ではない。モンゴルの日本征討が間違いなく行われることを伝えることが第一の目的であり、それを防ぐには我々に軍兵と糧食を送らなければならないということだ」と、盧は救援という言葉に意地になったが、続けて、

「ここで大きな問題は、我々が正統王朝を建て珍島へ遷都したことを日本へは何も伝えていないことである。つまり、高麗の正統王朝が我々だと知らない畏れがある、いや、きっと知らないだろう。これまで日本へ発した元宗の啓は、モンゴルの意を汲んだものばかりでモンゴル国を絶賛しているが、今次のものは、〝モンゴルの野蛮人は聖賢の憎むところであり〟等々、と内容において全てが真逆になる。年号すら異なるし、もっとも前回使用したであろうモンゴルの年号などは断じて使わない。また、啓を上奏し認《したた》めるにも官典に詳しい直学の士は、開京側に居るか又は江華島で切り捨ててしまったかで、残念ながら十分な知識のある者がここにはいない。前例を踏襲しようにもそのような宸翰《しんかん》（国王の手紙）や官翰（公文書）などは江華島に打ち捨ててきたので、啓の体裁はこれまでとは異なるものにならざるを得ない。したがって、大宰府はこれらの事情を知らないだけに、これまでとは相克する内容や体裁に不審を抱き、この啓を受け取らないかもしれぬ。そこでお主は名門の一族に連なる者と聞いているところ、大宰府に伝《つて》もあるであろう。ついては、高麗国が珍島へ遷都した現下の事情を

然るべく……」

もはや逃れられないと悟った小金丸は、抵抗するよりもむしろ積極的に協力することで、現状の囚われの身から何とか事態を好転させようと思い、盧の話を途中で遮って、

「どれだけお役に立てるか判りませんが、某が参りましょう。ただし某は駆け出し者でありますので、大宰府では門前払いを喰うやもしれませぬ。父の虎丸ならば要路筋は皆知っているので、船を一旦、松浦に寄港させ父を乗せて博多に乗り着け、大宰府に同道させましょう」と一気にまくし立てると、盧が「渡航は三別抄の船で」とこだわるのを押し切り、使用する船は〝小金丸〟とし、航行に万全を期すためには、船子は自分の配下と勝手に決めた。

盧は、当初は小金丸には何から何まで自分の命令に無理やりにでも従わせる心算であったが、小金丸が思いもよらず積極的に応じたために、命令ではなく何となく依頼のような雰囲気となってしまい、心ならずも小金丸の条件を飲んだのであった。

しかし、それであっても人質として小飛と葉、それにもう一艘の船の〝虎丸〟とその船子を確保しているので、〝よもや裏切りは無いだろう〟と踏んだからこそ小金丸の要求を呑んだのであった。

そして帰りかけた小金丸の背中に向かって、恐らく江華島で奪取した品であろう、

「朝廷、幕府、大宰府への献上品及び礼物は既に選んでおいたので、明日誰かに王宮に取りに越させるように」と命じた。

官邸での話を帰宅した小金丸に聞かされた小飛と葉は、二人でしばらく見つめ合い、小金丸がこの島を離れて日本へ行ってしまうことに、声こそ出さなかったが深い吐息を漏らした。

「日本から何時お帰りになられますか？」

と、小飛は丁寧な言葉遣いではあるが、不安な気持ちを悟られぬよう、敢えてつっけんどんに聞いた。

意地でも小金丸に頼り切っていると思われたくなかったからである。

「なるべく早く帰ってくる。明日出航して、大宰府で何もなければ大体半月か遅くとも二十日くらいかな……」

小金丸は二人の女の心配や不安を払拭するように明るく答えた。

二人の懸念を小金丸は痛いほど判っていた。

江華島から連れてこられた人質の女のほとんどが、この頃には三別抄の兵の女というべきか所謂〝慰み者〟にされていた。

元宗王への叛乱、モンゴル軍との戦いと明日の命も判らない異常な興奮・緊張と飢餓の下での兵には、刹那の慰めが必要であったし、そこには常日頃いつも見下されていた高官や役人の妻妾や娘が、住まいもなく何の防御もない裸同然に晒されていたので、その狂気は誰も制止することはできなかった。

幸いにも宰相の裴からは、小金丸、小飛、葉の三人にはアノウの軍資金のこともあり特別な配慮がなされ、龍蔵山城内の王宮からは若干離れているものの、それでも山城を取り囲む城壁の内側に小さな小屋をあてがわれて三人はそこに一緒に住んでいた。

小金丸配下の船子たちは、遠く離れた港で二艘の船で寝起きしているため三人の警備の役にはたたない。

裴宰相や盧将軍と直接つながり、この二人にいつでも面会ができる小金丸が出立してしまうと、二人の女は果たして安全かという心配があった。

島へ到着当初の小屋の周りは、江華島からの信頼のおける校尉が警備していたが、二百名余りの兵の指揮官でもある校尉は部隊ごと、本土でのモンゴル軍・政府軍との遊撃戦に転用されてしまい、その後どのようになったのか噂さえ聞かなくなった。

そのため現在は、あの隻眼の小隊長の鉄がその配下二十名余りを率いて小屋の近くに雨露を凌ぐだけの壁もない屋根だけの細長い掘っ立て小屋を建て、監視と警備を兼ねて寝起きしている。

他の兵や江華島から連れてこられた島民たちが、宮城、城壁、家屋の建設や糧食の確保のために日夜を問わず汗水を流しているにもかかわらず、この小隊は三人の監視と警備という名目で一日中何もせず過ごしていた。

小隊の一人一人が、モンゴル軍に囚われた時によほど酷い拷問を受け、身体や心が深く傷つけられたこともあって言動がすこぶる凶暴で、時たま理由もなく奇声を発し、取っ組み合いの喧嘩を起こすなど常軌を逸した行動が頻発していた。特に他の部隊の者とは、生死にかかわるほどの激しい争いをする。

盧将軍は、何かと問題の多いこの小隊を他の部隊や所属隊である神義隊からも切り離しておくために、この任務につけたのだと小金丸は推測している。

しかしその悪評の反面、小金丸はこの鉄の小隊に大変助けられていた。まず何よりも他の部隊の兵卒達がこの狂気の小隊を怖がって近寄らないことである。また、鉄はその押しだしと嗅覚の鋭さで、本土へ出撃し戦って引き揚げてきた部隊が上陸する海岸で待ち受け、本土で調達か徴発した糧食の一部を本営に納入する前に分捕り、小金丸達に分け与えてくれることである。

それは主に雑穀であったが、時たま干し魚や犬の肉などの御馳走もあった。

昆虫や野ネズミを自ら捕まえて焼いて食べている他の者達に比べれば、全く別格の扱いであった。

しかも鉄の分捕り品の分配は、全く恩着せがましくなく、あくまでもさりげなく小金丸達に最優先で十分配分した後、余った残りを自分の配下に分け与えていた。

ただ、酒だけは鉄が独占したが……。

しかし、世話になっているとはいえ女二人は、鉄兄を毛嫌いしている。

醜い容貌、粗野で卑猥な言葉と振る舞い、遠く離れていても漂う悪臭等々もあるが、特に小金丸が留守になった途端に鉄が獣に変わるのではないかという恐れが十分あった。

そういうのも、小飛と葉の二人は囚われの身の無聊《ぶりょう》を慰めるために小屋の中に閉じこもる性ではなく、周囲の兵卒達への威嚇を兼ねて裏庭で弓や撃剣の鍛錬などに励むことを日課の一つとしていた。

特にモンゴル軍から捕獲した蒙弓は、船に備え付けの和弓の半分以下の大きさで極めて軽く扱い易いうえ、それでいて和弓や麗弓よりも倍以上もの飛距離があったので、二人は夢中になった。二人の腕はメキメキ上達し、動かない的であればほぼ的確に射抜くことができるまでなった。意地でも和弓にこだわる小金丸の腕を二人はとっくに追い抜いていた。

更には、古布切れを人の頭大に丸め、警護の兵にそれを投げさせて射るのを競ったりしてはしゃいでいると、必ず鉄がニヤニヤしながらやって来て、指導と称して二人にアレコレ講釈しながら顔を近付けて二人の臭いを嗅ぎ取って恍惚となって、衣服や身体にその潰れた汚い指先で触りかかったことが再三あったからである。

もっともその度に葉に罵倒されるのであったが……。

鉄は罵倒されると今度は、目が据わり真剣な顔で二人に延々と説教を始めるのであった。それは決まってモンゴル軍の捕虜になるよりは死を選べというもので、特に女は捕虜になると地獄の苦しみどころではないというのであった。もし一瞬遅れて死に損なって捕まりそうになったら、泥をたっぷりと股間にすり込んで強姦されるのを少しでも遅らせ、敵が戸惑い焦ったり怯《ひる》んだ一瞬の隙を突いて刃物を奪って自刃するか、崖から飛び降りるか首を吊るかして必ず死ぬようにというものであった。まだうら若い未通女《おぼこむすめ》達にとっては、聴くに耐えられない話であるが、これまで同じ話を何十回も執拗に繰り返し繰り返し聞かされていたので、鉄の尋常でない空恐ろしさを感じていた。

約束の二十日間が過ぎ、三月中旬になっても小金丸は珍島には戻ってこなかった。

小飛は、気が気ではなかった。

小金丸が日本への渡海中に遭難したのか、大宰府での首尾が不調なのか、それとも我々を見捨てて逐電したのか、考えれば考えるほど妄想が悪い方に悪い方に湧いてしまう。小飛にとっては、そんな悪夢もさることながら何よりも、あんな頼りない男に自分達の命運を握られているのかというもどかしさ、不条理さが悔しくてしょうがなかった。

こんなに心配している我々に、戦っている相手でもない、すぐそこの日本からなら何らかの連絡の方法があると思われるが、それがないというのは、やっぱり小金丸はどこか抜けているのか、それとも不誠実なのか小飛の懊悩《おうのう》は深かった。

そのような中で開京からの密偵がもたらしたという噂では、モンゴル国の高い位の忻都《きんと》という名の将軍が多くの兵を率いて開京に到着し、高麗に駐留する全モンゴル兵を取りまとめて、珍島攻撃のために明日、明後日にでも出陣するというものであった。

また同時に、三別抄にも評判の良い金方慶が全傀儡高麗軍一千余りを取りまとめ、その忻都の軍に加わることとなったというものである。それは珍島の者たちの〝金方慶将軍なら何とかしてくれる〟という一抹の淡い期待を裏切るものであった。

さらに決定的なのは、元宗の支えであり、高麗人民の心のよりどころであった齢七十一歳の李蔵用宰相が、正月に元宗により罷免されたというものであるが、実際には世祖の命であった由。あらゆる物事が世祖の意のままであり、まさに傀儡王朝である。

反面、珍島の三別抄の兵卒達は意気軒昂であった。

前回のモンゴル阿海軍を撃退した自信に加えて、ここ一～両月の全羅道、慶尚道をはじめとする多くの都市への大規模な侵攻作戦が悉く成功し、守備兵を蹴散らし、役人を拿捕して食料を奪い、多くの艦船を奪うか焼き払ったのである。

そして、侵攻した都市や町からは三別抄へ加わるために一層若者が珍島へ集った。

この勢いであれば、たとえ阿海の十倍、二十倍の敵でも打ち破れると鉄は小飛や葉に豪語していた。

その一方、糧食の不足は一層深刻であった。もともと糧食自体が全国的に不足しており、敵を打ち破って官衛の庫から得られる糧食には限りがある上、抗蒙の軍であり傀儡政権を打倒すると標榜している以上、現地の庶民へも分け与えなければならない。それでいて珍島で養う人数は、日々増え続けていた。

三月の下旬になってやっと虎丸からの遣いの船が珍島に到着した。

珍島へ着けば舟は徴発されると小金丸から知らされていたのであろう、その船には三別抄に奪われることを覚悟して船子がたった六名の小型の老朽船であったが、船倉には米のほか勇魚《いさな》（鯨）、鮑《あわび》に鯣《するめ》や飛魚《あご》などの干し魚、味噌それに白濁の筑紫の酒と豪華な糧食で満されていた。

この小船には「小金丸」に乗船していて日本へ渡った者のうち、額に刺青のある粤《えつ》（広東）人の〝犬〟だけが梶取り（船頭）として戻ってきた。

〝犬〟は三通の小金丸からの書簡を携えていた。一通は、裴宰相宛で、桐の箱に収められ封蝋されていたので小飛は開封することができなかった。他の二通のうち一通は、盧将軍宛であったが、小飛はそれを、かまわず開封して一瞥すると再度封を施した。

それには「裴宰相宛書簡の通りの事情で、日本滞在が長引き帰島する目途がたたない。その間、小飛と葉の二人には何かと雑用に男手が必要なので〝犬〟を今般帰島させるところ、某が帰国するまで小屋の玄関口の小部屋にでも寝起きさせるよう鉄小隊長に指示を願う」との依頼状であった。

何かと〝犬〟に食って掛かったり、船子達と張り合いたがる鉄小隊長を抑えて欲しいとの小金丸の配慮である。三通目は、小飛と葉宛のものであった。

それには〝残念ながら今般、大宰府での用件を予定通り終えることができなかったので、これから鎌倉へ上ることになった。したがって帰島には後二～三ケ月くらいはかかると思うが、心配しないで待っていて欲しい〟と簡潔に記されていた。

これは、小金丸が二人に余計な心配をかけさせまいと複雑な事情を全て省略したものであった。

しかし小飛は待ちに待ったものがこのように進展がなく、二、三ケ月も更に待たされることと、その理由や説明が省かれていることに一層、小金丸の誠意のなさを感じて葉に不満と恨みをぶつけた。

「全く要領を得ない、一体なんのために日本まで行ったのか、ただただ日月を無駄にしてしまって……」

この頃には小飛と葉の関係は、単なる主人と小間使いの関係を脱していた。

江華島脱出時の言語に尽くせぬ恐怖、珍島に着いてからは、小飛・葉の二人を同じように扱う小金丸を含めた三人での寝食を共にした月日、またその後は二人だけの不安な毎日を支えあって過ごしたりしたので、同志というか姉妹のようになっていた。

もっとも二歳年下の小飛の方が主人であることから姉のような言動が多い。

「小金丸の兄者さんは、きっと考えがあって……」と葉はこの場合、小飛をとりなすのに精一杯であった。

事実と経緯は次の通り複雑であった。

小金丸は予定通りに松浦に立ち寄ったところ、すっかり別人のように痩せ細りまだ足許もおぼつかない虎丸と再会した。

再会の喜びにひたる間もなく、虎丸は事情を聞くと進んで〝小金丸〟に乗船し、博多に上陸してから輿で共に大宰府に入った。

それは春には珍しく冷え込みの厳しい二月の下旬であった。

虎丸が乗り込んできたので、すぐに大宰府の実質的最高責任者である小弐経資《しょうにつねすけ》（小弐とは大宰府の官職名であるが代々この職を世襲し、更に鎮西奉行及び三前と呼ばれる筑前、肥前、豊前の三国と対馬、壱岐の二島の守護職を兼ねる武藤氏一族の呼称となった）と面談することができた。

経資の語るところによると、大宰府は異国の国からのものであれば、たとえそれが地方の末端のものであっても公なる書簡であれば受けることができるが、そうでないものを受けることはできない。承化公温公を国王に戴く新王朝については、大宰府は勿論のこと幕府、朝廷も初めて聞く話であって全く承知していない。もし公のものでない書簡を受け取ったとなると、今後の悪しき前例となり、大宰府は異国内の諸々のことまでにも関与せざるを得なくなる。しかし虎丸親子の申し越しの本件は、事実ならば本朝にとって見過ごすことのできない由々しき問題である。ついては、本書簡を受け取ることはできないが、小弐の名の副《そえ》（添）書を授けるので、北条得宗被官（幕臣ではなく北条得宗家の家臣―陪臣）に直に手交すると同時に縷々本件の事情や経緯を述べて、書簡が連署・執権に必ず達するよう努めるべきと言い張り、承化公温王の啓を頑として受け取ろうとしなかった。

小弐の言葉の端々からは、啓に対する不審もさることながら、啓を受けた時のあまりにも重い責任への戸惑いと役職上の複雑な心境が漂っていた。

更に曰く、これまで三度のモンゴル国使節を受け入れたが、三度とも文面は似たり寄ったりであり、当初こそ大騒ぎしたが、今やそれが当たり前となって、朝幕共に全く緊張に欠ける。したがってモンゴル軍との戦支度は何一つ整っていない。九国（九州）の守護のうち任地にあるのは小弐だけであり、豊後の大友、薩摩の島津などは、遙任《ようにん》として一族郎党とともに鎌倉にあって任地へは下向してきていない。否、下向どころか歴代、任地の視察さえも行っていない。

また、守護の下で直接兵を抱える地頭なども、その大所は鎌倉か京に近い兼任の地に居るかで、これまた下向してきていない。恥かしながら某の配下の地頭達もその多くは惣家（本家）ではなく庶家（分家）や代理の者である。

したがって万一、モンゴル軍来襲時に直ちに迎え撃つことができる兵数は極めて少なく、全部併せても一千か一千五百名余りに過ぎないのではないか、と悩みは深かった。

しかし、このことを直接幕府に訴えるには、格式が高く名族の大友や島津への遠慮もあり、また大騒ぎしてモンゴル軍の来襲がなかった場合には幕府にその責任を問われかねないことを危惧しているのであろう、暗に小金丸にこれらのことを含めて幕府に力説してもらいたいとの要望が籠められていた。

屈強の武士ならば、大宰府から夜を日に継いで馬を駅舎で乗り捨て乗り換えれば僅か十日余りで鎌倉に到着することができる。

一方船だとどんなに早くとも到着するには十七、八日近くはかかることになってしまう。

事態は一刻を争う状況なので、大宰府が受け付けないにしても、せめて〝啓〟を早馬で鎌倉へ送達する便宜だけでもと望んだが、経資は頭を縦に振らなかった。

徒《いたずら》に月日を無駄にすることもできず、三月の十日過ぎに小金丸は博多で松浦へ帰る虎丸と珍島への三通の書簡を託した〝犬〟とに別れを告げ、「小金丸」の舳先を鎌倉へ向けたのであった。

第三章

「鉄、お前の命、五回は救ってやったぞ！」

葉は、血まみれで息も絶え絶えに船の甲板で横たわっている鉄に向かって怒鳴った後、鉄の矢の刺さっていない方の左足を蹴った。

小飛があわてて止めに入って、

「葉、鉄兄は命をかけて護ってくれたのよ……」とたしなめたが、葉はかまわず、

「こいつは、いつも大袈裟なんだ、いつも大きな口ばかり叩いて、だらしない。こんな傷くらいがなんだ、鉄、五回だぞ！　五回お前の命を救ったぞ！」

と怒鳴ると、鉄の足を前回以上強く蹴った。

鉄は「ウッ」と唸ると一つしかない右目を薄っすらと開け、葉に向かって力なくコクリと頷いた。

鉄の全身を真っ赤に染めた血は、何箇所かの刀傷や矢傷は本人のものであるが、斬った敵の返り血もあって、それらが混ざって血の雨を頭から被った様である。

それよりも何よりも鉄は、世にこれ以上醜いものは無いと思われる裴仲孫宰相の裏切りと、それに

よって多くの配下を失ったことに心身ともに打ちひしがれていた。

二十人余りの配下のうち、無事乗船できたのは四名に過ぎない。その命からがら乗船した配下達が己の傷も顧みず鉄の傷の手当をしてくれている。

介抱されながら鉄は、救えきれずに目の前で死んでいった配下達の情景が思い出され、言いようもない深い悲しみと怒りに己の傷の何倍もの心の痛みに身を捩《よじ》って唸り声をあげた。

己の血で血まみれの配下の一人が鉄の止血のため焼鏝《やきごて》を鉄の頭の刀傷に当てた。

これは、敵の後ろからの一撃で被っていた兜が割れて蒙ったもので、幸い傷は頭蓋骨を砕くまでには至らなかったが、顔一面に流れ落ちる多量の出血が止まらない。

「ジュッ」という音と共に肉の焼ける臭いと、髪の毛の焦げる臭いが小船の船上に漂った。他の部下達がそれに合わせて肩と太股に刺さっていた矢を同時に力まかせに引き抜いた。

「ウァッー」と悲鳴を残して、さすがの鉄も余りの痛みに気を失ってしまった。

この惨劇の始まりは、五月十五日のモンゴル・高麗傀儡軍による珍島急襲から始まったのではなく、三月下旬に小金丸の書簡が珍島へ到着したその日から密かに進行していた。

裴宰相は、官邸で盧将軍と二人きりで、はやる心を押さえ、手を震わせながら小金丸からの書簡の封蝋を切り紐解いたが、その内容に唖然とし腰を抜かすほど呆れ失望した。

それというのも、日本は元宗九年（モンゴル暦至元五年、日暦文永五年、西暦一二六八年）の藩皇によってもたらされたモンゴル国書以来、足掛け四年の間に計三度も招諭を受けたが、それらを全て無視し、返答さえもしないで使者を追い返している。

さぞかしモンゴルとの戦準備は整っているだろうと期待していればこそ、高麗でのモンゴル軍の日本征討の準備状況等を詳細に知らせるとともに、「共に戦おう」と申し入れ、援軍と兵糧の依頼をしたのであった。

しかるに小金丸の書簡では、幕府は全国の守護に対して「蒙古は凶心を挿《さしはさ》み、本朝を伺う由。異国用心するよう管内の御家人へ通告するよう」と警告の命令は下したものの、具体的な戦の準備や防御策は、ほとんど何も講じていない。また朝廷では二十二社への奉幣使の派遣と異国降伏の祈祷が行われただけであり、全国的に行われたのは、朝廷の祈祷を機に一般社寺での祈祷が広まった程度との由。

裴から見れば日本は、モンゴル軍の本当の強さや身の毛もよだつような非情さを全く認識していないと断ぜざるを得ない。猛虎の前に呆然と立ちつくす幼児に似ている。それは日本人全てが、江華島で小金丸が船や船荷を徴発され、罰せられると言われて進退窮まり虚脱状態となって空虚に天井を見上げている姿と重なって見えた。

裴は言いようもない怒りが湧き起こり、叱責するかのように盧将軍に不満をぶっつけた。

「倭人は恐ろしいまでの無知蒙昧《むちもうまい》、モンゴルの三度の使者に返書も与えず追い返しながら、それでいて兵も募らず、防御も施さず、兵糧も積んでいない。今般、承化侯温王の啓によって、たとえ覚醒したとしても〝獲麟の状〟の送達のために国信使の趙良弼が既に高麗に到着している現状では、戦支度にはもう間に合うまい。もはや日本は瞬く間に完膚なきまで叩きのめされるのは間違いない。とても今、我々と共に戦うとか兵糧の送付など思いもよらないであろうし又できる筈がない。日本からの援軍が無い以上われわれは……」

「まさか四年もの間、戦支度に全く手を打っていないとは驚きの限り。幕府には数多くの高名な南宋の禅僧達が武人を教導していると聞いていただけに……」と盧も憤懣やるかたなく裴に同調した。

盧はモンゴル軍が珍島への攻撃のために南下するのは、開京の密偵からの諸々の報告などを勘案するとここ一〜二ケ月以内と見ている。

遠く漢水で対峙している南宋軍とモンゴル軍は相変わらずの膠着状態であるし、日本からの援軍が全く期待できないとなると、今後は世祖の厳命を受けた圧倒的なモンゴル軍の前に珍島がどこまで持ちこたえるかの問題となる。

そして最終的には圧倒的なモンゴル軍と傀儡軍によって新王朝・三別抄は壊滅することは必定、余命もいよいよ幾ばくも無いと覚悟した。

しかし、この期に及んでは、あらん限りの知識と経験を振り絞って目一杯戦い、敵に一泡二泡吹かせて百年、千年後の高麗の民が事実を知って感涙にむせぶような壮絶な戦死を望んでいる。いやそれしかもはや残された道はないとの悲壮な覚悟であり、おそらく裴も同じであろうと思っていた。

ところが、裴が語った言葉に盧は耳を疑い、再度聞き直して気を失うほど驚いた。

なんと、あろうことか世祖に直隷（直属の臣として仕える）したいと言い出したのである。

あの憎っくきモンゴル国の軍門に下るというのである。

その理由として、裴が語るところによれば、

「珍島に結集し、苦労を分かち合ってきた三万人を超える抗蒙の軍・民がモンゴル軍にみすみす殺戮されるのは余りにも痛々しく忍び難い。また、彼らを失うことは憂国に燃える烈士を失うことであり、

それは抗蒙の火を一旦消してしまうことになる。これを再び燃え上がらせるためには何十年、何百年もかかるであろうし事と次第によっては二度と、起きないかもしれない。そうでなくとも高麗国の領土は、年々モンゴル国に蚕食されている。

その上今般、蛮子軍が各地で屯田するとの専らの噂であるが、その数は年々増えていくのは必至である。悲しいことに元宗が結婚都監を置いて率先して蛮子軍に女を狩って宛がうというではないか！それらが高麗人でも南宋人でもない子を産み増やし続け国中に満ちれば、抗蒙を語る者がいなくなる。世祖は最終的には高麗国をモンゴル国に併呑する決心であるのは間違いなく、そうであれば、高宗四十五年（西暦一二五八年）東北部の和州をモンゴル国に献上して「双城総管府」の趙暉、元宗十年（西暦一二六九年）同じく西北部六十余城を献上して「東寧府」の崔担、そして将軍の洪茶丘と、国を売ってモンゴル国の直轄地となって支配を委ねられたり、モンゴル軍の将軍として登用されたりしたいくつもの例がある。我々もこの期に及んでは、全滅するより世祖にすすんで支配地を献上すべきである。これまで世祖に献上された北部の地よりも我々の地は、遥かに豊穣な全羅道、慶尚道、南海の群島であり、特に全羅道は国一番の穀倉地帯である。これを一兵も損することもなく直轄地として得ることができるのであれば、これまでの前例からも世祖は喜んでこれらの支配地の長官に余（裴）を任命してくれる筈である」と断言した。

そして続けて、

「モンゴル国に隷属すと見せかけて実は、抗蒙の精神を保ち育み、時至れば兵を挙げ、一挙に目的を達成せん。モンゴル国といえどもいつまでも強国であり続ける訳ではなく韓非子の言葉に〝国に常強なく、常弱なし〟とあるように、その日は必ず来る」と、徐々に声高になった。

盧は裴が詭弁を弄しているというのは判っていた。また一旦、言い出したら絶対曲げない性格であることも知ってはいるが、事が事だけにたまらず異を唱えた。

「抗蒙の大義に悖《もと》ると思います。これまで斃《たお》れた三別抄の英霊に何と応えますか？　われらが承化侯温王をどうなされるおつもりですか？」と質したところ、

「モンゴル軍を高麗国から駆逐するのが最終目的であるので、事が成就した暁には英霊も喜んで成仏《じょうぶつ》できるであろう。むしろ後に残った我々が全滅して志が途切れたら、英霊も我々も共に犬死となってしまう。承化侯温王にはモンゴル国が三別抄にかけている罪の全てを被《かぶ》ってもらう。畢竟《ひっきょう》それが高麗国と全ての民を救うことになるので、国王である以上は喜んで受けていただける筈だ」と全く動じなかった。

それを聞いた途端に、盧は武人としての心の葛藤から一瞬に解放され冷静になった。

盧には、江華島で無謀にも世祖、元宗に叛旗を翻した時から常に「死」というものは、ついてまわっていて「死」はもとより覚悟の上であった。

ところが裴の「直隷する」の突然の一言が、「死を免れる」から「世祖に豊穣な全羅道・慶尚道を献上すれば、高麗人を苦しめ続ける若造の洪茶丘を越える位階のモンゴル国将軍に登用され、逆賊の洪に鉄槌を下してやることができるかもしれない」との大義名分を無理やりこじつけ、武人としての覚悟や節操を根底から覆《くつがえ》したのであった。

このように盧は、裴の詭弁を詭弁と百も知りつつも裴の案を己の弱さから拒否しなかったのであった。

そんな盧に対して裴は更に声を顰《ひそ》めて、在麗全モンゴル軍を指揮することになり、高麗を実質支配する屯田計略使の忻都宛密書の起案を命じ、その主文には、

「……(裴は)全羅道を得て以《も》って居し、朝廷に直隷せん。(私に全羅道の支配権を与えていただいて、そこに居住することができるのであれば、朝廷〈世祖〉に直隷して忠勤を励みましょう)……」と明確に記すよう指示した。

さすがに、慶尚道や南海諸島の支配権は放棄したものの、強気な姿勢で臨んだのであった。

密書を受け取った開京の忻都の対応は素早かった。

要求は全て叶えるとした上で、ただ血気にはやる三別抄の暴発を恐れ、この件はモンゴル軍が島へ上陸するまで極秘にするようにとし、また三別抄の水軍を統括している劉存奕将軍は、もともとが怪しげな海賊の出であり、勇猛ではあるがその性が凶暴で何をしでかすか判らない面もあるので、モンゴル軍が珍島に上陸する時には、予め彼を全ての戦艦とともに島から遠く離しておくようにと指示の密書を送達した。

そして派遣軍の兵や兵糧がまだ十分整っていない四月の中旬に、元宗王の見送りを得て慌《あわただ》しく出陣した。

劉将軍が裴の命令を受け、主要戦艦の全てを含めた八十余艘の艦隊と約三千名余りの精兵を率いて、珍島から南海県を遊弋《ゆうよく》し、近辺の官衛を襲って糧食を奪うなどして荒し回っている最中の五月

十五日、モンゴル軍と傀儡軍は島の東海岸へ突然上陸した。

それは、三別抄が江華島から珍島へ移ってから後十数日余りで、丸一年目を迎えるという快晴の日であった。

ただ、忻都との内々の約束の日よりも早かったので、裴や盧が三別抄の将官たちに投降を呼びかけ説得工作を施す前であった。そのため将官たちは事情を知らされないまま、海戦を巧みに避けて無傷のまま突然上陸してきたモンゴル軍と傀儡軍に驚き、慌てふためいて戦端が開かれてしまったのである。

島の前線基地のあちらこちらに火の手があがり、敵味方の喚声やドラ・太鼓がとどろく中、裴はあわてて全ての前線陣地の将官に戦闘中止命令の伝令を走らせたが、しかしそれがかえって三別抄側に一層の混乱を巻き起こした。

命令の錯綜でモンゴル軍上陸に備えての予めの作戦や訓練が全く生かされなかった上、そもそも陣地毎に将官が戦うべきか否かと迷いが生じているようでは戦にはならなかった。

他方、忻都は三別抄が投降することは側近の者だけにしか話しておらず、厳しい緘口令《かんこうれい》を敷いていた。そのことを前線の将兵は一切知らされなかったこともあって、全軍渾身の力を込めて敵陣に討ち入り、襲いかかった。

龍蔵山城の外に布陣していた三別抄主軍は、たまらず潰走《かいそう》した。

モンゴル側の先鋒の洪茶丘将軍が率いる高麗帰附軍は、「盗賊を絶滅せよ、虜囚を取るな（皆殺しにせよ）」との茶丘の命令に、目を覆いたくなるような殺戮を行い、瞬く間に山城の城壁にたどり着いた。

それは、同じ高麗人同士の戦いを避け、できるだけ死傷者を出さないように努めた金方慶の高麗軍とは対照的であった。

潰走してきた兵を受け入れた山城内は、裏切りの事実を知らされたため「裴に騙された」と大騒ぎになって同士討ちの様相を呈し、最早戦う意欲のある者は皆無であった。

さすがに忻都に計られたと知った裴は、盧将軍に龍蔵山城の死守を命じ、承化侯温王を宮城に置き去りにして王の近衛兵を奪い側近と共に山城を抜け出して落ちていった。

裴は万一の時には、前年十一月に既に占拠し三別抄の別働隊数百人が護る耽羅（済州島）へ行き再起を図る心算であったので、最初は島の西側の湊に繋留している船団の方を目指したが、そちらへの道は同じように島を脱出し耽羅へ落ちていこうとする民衆や三別抄が連なっており、それらから宰相一行は「裏切り者」と矢を射掛けられたり、切り込まれたりと散々な目にあい、止む無く小さな砦にすぎない島の南の南桃石城を目指した。


小飛たちの逃避行は辛酸を極めた。

山城が大混乱の中、全く状況がつかめず、また裴や盧からの命令や指示が何もなされないまま小屋に閉じこもっていたため、洪茶丘の兵が山城の壁を乗り越えたと聞いて慌てて脱出となり、そのため山城からの最後の脱出となった。

執拗に追尾し襲いかかってくる洪茶丘の軍から、逃げながら時たま立ち止まっては戦い、また逃げることを繰り返した。西の湊の船の繋留地を目指したが、立ち止まる度に最後尾の鉄の小隊に津波のように襲いかかってくる敵兵に対して、先に逃げる小飛や葉も踏みとどまって蒙弓で射掛けて何人も斃したが、敵の勢いは止まらない。

また、湊まであと僅かな距離を残して、敵は小飛たちを取り囲もうとして海への一本道の両脇の雑木林を抜けて先回りし、そこから矢を射掛けてくるようになってきた。

それがビュンビュンと耳元をかすめるようになってきたので、葉は小飛の腰の矢筒から残り少ない矢を取り上げて自分の矢筒にそれを入れると、抵抗して手足をバタつかせる小飛を〝犬〟の肩に担がせ湊へ向けて走らせた。

「〝犬〟、命をかけて護れ、どの船でもいいから乗せろ！」とその背中に命ずると、

「返せ、引き返せ！　降ろせ！」と小飛の喚《わめ》き叫ぶ声を後ろに聞きながら葉はニヤリと不敵な笑いを浮かべて、

「鉄、今助けてやるぞ！」と一声大きく叫んで二十歩（約三十メートル）後ろで防戦している鉄の方へ助勢に駆け寄った。

そして、刀が届くほどの至近距離から将《まさ》に矢継ぎ早に射掛けると、バタバタと四、五人の敵兵が斃れた。押し寄せてきた敵兵はさすがに怯《ひる》んで立ち止まった。

その一瞬の隙を衝いて鉄をはじめ生き残っていた者全員が一目散に湊に向けて坂を駆け下り、小飛と〝犬〟が艫綱《ともつな》を切って待つ小さな汲水船（戦艦などに水を運ぶ平底の船）の上に命からがら這い上がったのであった。

船には既に十人余りの男女と三人の子供が乗っていた。

鉄の頭の傷は、船に最後によじ登ろうと綱に取り付いた時に後ろから斬られたものである。

なおも敵は、動き出した船に取りすがろうとするのを〝犬〟が櫂で思い切り叩き、幾つもの頭を割った。

三々五々耽羅へ向けて発進した三別抄の船団は、大型の船は劉将軍の南海県作戦に徴用されているので小型のものばかりであり、それが蟻の行列のように、耽羅に向かって長々と水平線の彼方まで続いていた。

小飛たちの船は、その行列の一番後ろである。

しかも平底のうえ水を運ぶための大きな樽を二つも載せているので、前を行く船団からドンドン離されていく。

小飛と葉は、追手に備えて蒙弓を抱えて船の艫に二人並んで半身になって構えて立った。

五月の柔らかい日差しが二人に注ぎ、微風が二人の解《ほつ》れた髪を靡かせる。

遠くに望む珍島からは、幾筋もの煙が空高く上がっているのが見えるが、追手の船は見当たらない。

ホッと緊張が解《ほぐ》れると、言いようもない寂しさと果てしなく深い不安が小飛を襲った。

「江華島のときは、夜だったわねー」

小飛は、江華島から珍島そして耽羅へと落ちていくことで、ますます父から離れていく抗いがたい運命への怒りというか不安を誰かにぶつけたかった。

遠く珍島を見つめながら、葉にわざと聞こえるように呟いた。

「こんな大変な時に、小金丸が居ないなんて……日本へ行っても、鎌倉へ行っても何の役にも立たなかったじゃないの」

「……」

「耽羅へ行くより、江華島へ戻るか、日本へ行く方が良いのじゃないかしら……」

「……」

「だって、あれだけの船が耽羅へ向かったのだから、必ず追っかけてくると思う」

葉がやっと口を開いた。

「陸沿いに行けば江華島へは戻れますが、戻れば間違いなく鉄達の首が落とされます。われわれにもどのような嫌疑をかけられるか判りませんし、アノウ様の消息も不明ですので江華島は危険です。また、この船では玄界灘の荒波を越すことができません」

千石船の「虎丸」は、船子を含めて劉将軍に徴用されて南海県での戦闘に加わっており、また〝犬〟が松浦から小金丸の書简を運んだ老朽船は、三別抄の誰かが勝手に乗り込み船子を脅して耽羅への逃走用に使ったと思われる。

「葉、やはりこのまま耽羅か？」

小飛は浮かない声で聞いた。

「とりあえず、その方が一番無難と思われます。いや、他に道はありません。小金丸様もきっと、すぐに見つけてくださります」

〝あーあー、小金丸か、またあの男に頼らなければならないのか〟と小飛は憂鬱になった。

小飛は、今日一日に起こったあまりにも多くの出来事や生まれて初めて人を殺めた衝撃、しかもモンゴル軍とはいえ高麗帰附軍なので同じ血が流れている高麗人を殺害してしまったことへの深い罪悪感と疲れもあってか気持ちはどんどん暗く沈んでいった。

うち続くこの身の不幸と暗澹たる明日を思うにつけ、再びゾロアスターの教えや戒めに反する「絶望」とか「死」という言葉が心をよぎった。

そこに操舵していた〝犬〟が小飛の目の前にやって来て、自分の腰に巻いた布袋を外し、中から青磁の壷を取り出して見せた。

それは、前年江華島から挿し木にした連翹の枝三本の内、新枝の一本だけが根付いて成長したものであった。今回の逃避行で伸びた枝を刈り詰め壷ごと幾重にも布に巻き、袋に入れて〝犬〟の腰に巻かせたものであった。

「ウ・ウ・ワ・ワ……」と〝犬〟は、あのような激しい戦闘でも壷を割らず無事に運んできたことを自慢するためというよりも、見るからに意気消沈している小飛に喜んでもらおうとニコニコしながら見せに来たのであった。

思わず小飛に笑みがこぼれ、〝犬〟に心から礼を言い、労をねぎらった。

小飛はしばらくの間、陽の光の下で輝く生き生きとした緑の葉と枝を微笑みながらジッーと見ていたが突然、驚いた顔で周囲を見渡した。

すぐ傍で亡き母の息遣いと忘れもしない母の臭いを感じたからである。

そして小飛の耳許で「この連翹は、冬の寒さが厳しければ厳しいほど春には美しい花を咲かせるのよ」と、ささやいているのが聞こえた。

先を行く船が見えなくなると、〝犬〟は進路を少しずつ南に変えていたのを、このとき乗船している誰も気付かなかった。

〝犬〟は小金丸との日本での別れ際に、小飛や葉が珍島から脱出できる機会があれば果敢に実行し、松浦へ連れてくることを命ぜられていた。

穏やかな海でもあり、これがあと二日続けばこの船でも難なく命を果たせると判断して舵を切ったのである。

誰とも相談しなかったのは、口外すれば、もっとも言葉は葉しか理解できないが、鉄の配下や同乗した男女が騒ぐかもしれないと案じたからである。

〝犬〟はその風貌と額の刺青、更には舌先を切り取られているので呂律が回らないことから腕力だけの怪物と見られがちだが、本当は思慮分別が図抜けており、また併せて細やかな心遣いもできるのである。

小金丸は〝犬〟の才能と性格を見抜いており、配下の中では一番信頼していた。しかし、このことはつまらない仲間内の嫉妬などで足を引っ張られないよう、誰にも気付かれないように用心している。

その頃、小金丸は、まだ鎌倉に足止めされていた。

博多から初めて鎌倉の和賀江島の湊に着いたのは、三月の末であった。

この湊には、百艘余りの船が碇を下ろしていたが、「小金丸」の隣に碇泊していた陸奥から来た船の頭領の話によると、この湊は米の収穫の季節には搬送のため全国からの船で埋め尽くされ、それでも足りず鎌倉の外湊の六浦も一杯になると、自慢げに語っていた。

しかし、南海交易で殷賑を極めている南宋の湊のいくつかを見たことのある小金丸にとっては、これが幕府お膝元の日本最大の湊であることに一抹の寂しさというか不安を覚えた。

確かに船の数だけは他の日本国内の湊と比べれば賑やかではあるが、南宋との比較では桁違いである上、また一艘一艘の大きさが余りにも小さく、大きいものでもせいぜい「小金丸」と同じ一千石止まりであるが、その大きさのものさえ数は極めて少ない。

南宋の湊では、三千、四千石、あるいはそれ以上の船が舳先を並べて延々と繋留しているのと比べると、あまりにも船も湊も小規模でお粗末であり、国の大きさというか国力の差が格段に違うと、いやでも思い知らされた。

その南宋を攻め込もうとしているモンゴル国に対して共に戦おうと承化侯温王の啓を持参してきているだけに、首筋に薄ら寒いものを感じた。

また、博多もそうであったが鎌倉においてもモンゴル国からの招諭の使節が来日したことについては庶民にいたるまで誰もが知っているが、しかし戦が実際に起こるとの緊迫感が全く無く、そのための準備の兆候すらどこにも見当たらなかった。

大宰府の小弐経資の添え状の力もあってか、小金丸は、鎌倉到着早々、評定衆（有力御家人からなる幕府の最高議決機関）並みの実権を握っていると言われ、得宗被官を束ねている平頼綱に執権の山内《やまのうち》別邸で会い、承化侯温王の啓を手交し、その経緯や実情を陳述することができた。

平頼綱は多忙の中、添え状があるので不承不承で義理での面会の心算であった。

また小金丸が持参した「啓」は、これまでのモンゴル国書や元宗の「啓」と比べて全く異なる内容と体裁であり、高麗国の承化侯温王とは一体どのような者などかなど幕府の誰もが知らない。その上、国王が発するにはあまりにも粗末な巻紙で、内容においても頼綱でさえ首を傾げる解釈不能な条があることもあって本「啓」そのものに不審を抱かざるを得なかった。

通常ならば受け取ってもそのまま放置されるべき代物である。

しかし頼綱は評判だけあって、さすがの切れ者であり、小金丸の江華島・珍島の経緯や背景を聞いていくうちに居住いを正し真剣になって傾聴した。

そして承化侯温王の「啓」の趣旨と重要性をたちまちに理解し、その日のうちに「啓」の写しを何通か作成させるや、直ちに得宗家内と幕府の要所に自ら赴いて配り、小金丸から聴取した経緯や背景を併せ述べた。

その後の数日間は、頼綱は小金丸を呼び出しては、各所・各人からの下問であろう、モンゴル軍の動向、高麗情勢や珍島の三別抄についての詳細な確認と諸々の照会があった。

そして、「時候も暑からず寒からず宜しいようなので、しばらくは鎌倉見物をされては如何か？」と滞在を慇懃ではあるが半ば強制的に延ばされた。

その間、小金丸の滞在のための宿として執権職を時宗に譲り現在連署（執権補佐）に下っている北条政村の別業（別荘）、常磐邸の離れを用意してあるということであったが、その申し出は謹んで辞退し「小金丸」船内での逗留にした。

しかし、その申し出があるということは、間違いなく幕府の極めて高位からの指示であると窺い知ることができて、はるばる珍島からの遣いに手ごたえを感じたのであった。

一方、盧将軍から託された承化侯温王からの朝廷、幕府への献上品や礼物は、「朝廷へのものは預かるが、幕府へは不要である」とのことであったので、盧にはいくらでも言いつくろうことができると判断し、即座に船の停泊している対岸の市で売り捌いた。

貢物は、幾つかの螺鈿《らでん》の卓とか文机、また礼物は、高麗青磁の壷などの類であったが、飛ぶように高価で売れて思いもよらないほどの銭になった。

これらのうち鎌倉逗留と賄い分などは小金丸が預かり、長旅の労をねぎらうために船子たちに分け与えたところ、その喜ぶまいことか。

かつて鎌倉は、飢饉と疫病に見舞われ屍体が道をうずめ尽くし、更に続いて十四年前の正嘉元年（西暦一二五七年）の大地震では「神社・仏閣一つとして全きはなく、家屋、築地は悉く倒壊し、地は裂け水が湧き出て……」と言われているように鎌倉は壊滅したそうであるが、今はその痕跡を全く見かけることはなかった。

武者の都と言われているが、やたら商人や浮浪者それに僧が目につき、僧の中には辻説法で声を張り上げたり、乞食や癩者を引き連れて念仏を唱えながら街中を徘徊していた。

街中は活気と喧騒に満ちていたが、モンゴル軍との戦についての緊張は全く感じられない。

小金丸は、市中の何も知らずに道を行き来する人々に、否、この国のすべての人々に襲いかかってくるであろう想像を絶する戦禍を思うといたたまれない気持ちに襲われて、鎌倉見物は早々に切り上げた。心は暗く塞ぎ込んでいたが、何とも仕様がない。

そしてそれを紛らわすため春の日長、船の艫の楼の上に座して横笛を吹き、倦《う》むと釣り糸を垂らしたりなどしていた。

すると、隣に碇泊している陸奥から来ているという父の虎丸と同年配の頭領が、珍味を手土産にやって来た。そして楼に登ると小金丸の隣に勝手に座り込み、雪深い陸奥の生活の話や蝦夷《えぞ》地でモンゴル国との戦を見込んで多く仕入れた蝦夷《えみし》（アイヌ）の獣や海獣の鞣革《なめしがわ》（武具に使用）が、思いのほか鎌倉で捌けないのは、戦いがなくなったからなのか、このままでは大損を蒙ってしまう、と愚痴をこぼしたりした。

小金丸もお返しに鎌倉では評判の故郷の「筑紫の酒」を振るまい、高麗や南宋の珍しい話をすると大いに盛り上がって以後毎日のように互いに行き来するようになった。

頭領からは、矢羽にすると良いといわれて、高価なものであるとも知らずに大鷲の羽根を一束貰った。

取りとめのない話の中で、小金丸が特に興味を引いたのは蝦夷《えみし》の矢毒の話であった。

七月から十一月の間に烏頭《うず》（とりかぶと）の根と茎を潰してその汁を煮詰め、それを鏃《やじり》に塗って射ると、熊でさえ息ができなくなって死に至るというものであった。蝦夷では熊肉も食するが、矢毒にあたったところの肉さえすぐに削ぎとれば、毒は全身に回らずに安心して食べることができる由。

しかし、時たま鏃に毒を塗っていて間違えて自分の指先などを刺して意識がなくなってしまうことがある。その場合でも蝦夷の家族は皆、処方を良く心得ているそうである。それは、傷口を抉り取ると同時に毒の混じった血を吸い出し、息が止まらないよう一晩中の間、胸と腹を息に合わせて掌で押しながら口移しで息を吹き込むことを第一に行い、黒小豆或いは緑豆をすり潰したものを甘草と共に煎じ、それを口に流し込むのが第二、意識を取り戻したら大根の汁を飲ませるのが第三であるそうだ。

そうこうしているうちに五月の末に突然、頼綱から山内別邸へ呼び出しがあり、頼綱と小金丸の二人だけで向かい合って座した。（この頃三別抄は敗れて珍島を去ったばかりで、耽羅でこれから再起をかけようとしていた時であるが、鎌倉には伝わっていない）

まず、頼綱が「高麗からのはるばる承化侯温王の啓の御遣い、誠に大儀であった。執権（時宗）・連署（政村）ともにいたく感心されておられる」と頭を下げ、改めて正式な御礼があった。

小金丸は執権・連署の名を挙げて御礼を言われたこともあって深々と頭を下げ、

「過分なまでのお言葉、痛み入る」と謝意を表した。

頼綱は小金丸が面を上げるのを待ち、そして小金丸を見据えると、幕府の決定と対応を言い淀むことなく述べ始めた。

「渡来僧達は、南宋は今でこそ若干苦戦を強いられているものの、仏道を護持する中華の国が夷狄に遅れをとる筈がなく、いずれ必ずモンゴル国を打ち破ると言い張っており、また、その強大な南宋と戦っている最中に、果たしてモンゴル国の日本への派兵が可能なのかとも疑っている。だが、幕府としては、お持ちいただいた『啓』と貴殿の御説明で高麗国がいかに逼迫し、困窮しているのか良く判った上、モンゴル国との戦いは最早避けられぬものと覚悟した。しかし、いかんせん異国とのことは、朝廷が決することなので、早速、本『啓』を朝廷に送達することに決した」

頼綱は、一拍おいて声を強めた。

「ただ、いかなる事情があるにせよ本朝は、高麗国の国王は元宗王であるとしているので、朝廷に送達するものは『国書』でも『啓』でもなく、『高麗牒状』（高麗から幕府が得た書簡の回章）としての扱いになる。ただ牒状には、数万の兵や兵糧を請うとあるが、主にモンゴル軍との戦いとはいえ、もし要請に応えると元宗王へ叛旗を翻した弟への救援ということになり、難しい。それでも万万一、朝議で兵を派遣すると決したとしても、数万は余りにも大きすぎる数であるし、その一割であっても支度には二、三年はかかる。また、牒状の最後に本朝廷に珍島へ使者を派遣して新国王に実情を尋ねるよう促しているが、本朝廷と元宗王との信義上、これも難しかろう」

と、頼綱は、一応朝廷へ牒状を送達して朝議の決定を待つとは言うものの、初めから返答は決まっているような言い振りであった。

しかし、これでは「啓」を運んだだけであり、使者としての使命が果たせない。

小金丸は、己の面子の問題よりも、博多・大宰府・鎌倉を見聞するにつれ、幕府のあまりにも脆弱というか全くの無防備さに危うさを募らせていた。

「珍島には今、モンゴル軍に戦いを挑む精兵が一万以上いるうえ、敵を島に寄せ付けない強力な艦隊も揃っている。それを支える民衆二、三万余りが龍蔵山城に立て籠もっていて、抗蒙の戦意実に旺盛である。大挙して来襲したモンゴル軍を既に一度、散々打ち破り撃退した。それどころか本土へ派兵して何度も打ち破っており、全羅道、慶尚道などの官衛や民衆も支配している。このことは、これまで何度も申し上げてまいった通りである。一方、大宰府の小弐経資によれば、今モンゴル軍が突然攻め寄せてくると、即座に対抗できる兵力は九国併せて僅か一千か一千五百がせいぜいとの由。モンゴル軍はまず珍島を落とし、次は日本を襲うのは必定。なんとなれば珍島を落とさぬ限り、日本侵寇の際に背後を突かれる心配があるためである。そこで、日本はまずできるだけの艦隊、援軍と兵糧を珍島へ送り、珍島と力を合わせてモンゴル軍の出鼻を挫《くじ》くのが先決かと思料する」

「然《しか》り！」

平頼綱の思いもかけない断固たる賛同の言葉に、小金丸は珍島への何らかの対応があるのかと期待したが、その次の滔々と捲くし立てた的外れの弁舌に失望した。

「九国の兵が足りないのは、そもそも九国に本領を持つ守護・地頭ら御家人が、己の領地へ下らないのが大因である。今回の高麗牒状を得て衆議の末、今般、モンゴルとの戦いに備え関東御教書《かんとうみきょうしょ》（将軍に替わって執権・連署の名で出す命令書）を発することにし、九国に本領を持つこれらの御家人に至急下向を命ずることにした。

これまでにも何度も下るよう誘《いざな》ったが、今般は関東御教書での断固たる命令である。鎌倉などの館をたたみ、家の子郎党や雑人を引き連れて西の果の領地に新たに居を構えるのは、何かと不便で不満もあろうが、もし嫌がる者がいればそれはそれでも構わぬ。それに備えて得宗被官の中から九国へ代官を派遣することも併せ決せられているので、その代官が守護・地頭に代わって執権の命を直接代行することになる。下向しない守護・地頭の所領知行の職権は、当然代官に取って替わられていくことになり、終には所領が没収される。とりあえず今次の決定は以上である」と述べた後、一息ついて小金丸を覗き込むようにして、〝良く聞け〟と言わんばかりに、

「これはまだ余が熟慮中であるが、近々衆議に付す事柄であるので、今は他言せぬように」と前置きし、

「未曾有の国難であるので、九国に本領を持つ者ばかりでなく、分領を持つ者にも同様に下向させれば、更に多くの御家人を九国に結集させることができる。さすれば、これらと本領を持つ者と合わせれば、小弐のいう数の五、六倍か十倍にもなり、それだけあれば九国全体で筑前・肥前での異国警護を結番《けちばん》（当番）で勤めさせることができる」

「なるほど」と小金丸は相鎚を打ったが、問題は何時それが行えるか、またそれでもモンゴル軍の方が圧倒的に優勢であると思われるのだが、言葉を飲み込んで頼綱の弁舌を拝聴した。

「御家人が揃えば、九国内隅々までにも目が届き、各地で跋扈する悪党どもを退治することができる。更には、この機を捉えて、とかく不明瞭であった田畑の検地台帳を刷新し、御家人それぞれの軍役賦課を確定、貢租も公正に徴することができる。さすれば、兵卒数の把握や兵糧米の算段もつくというものである。

ただ宮家、公家、寺社の荘園は、これまで幕府が関与できないことになっており、軍役賦課や貢租を免れている。その利を得ようと、これらに名目上の寄進や寄贈をすることで賦課を逃れている田畑が数多くあり看過できない多さである。それらを今更仕分けるのは古い経緯もあって至難の業であるので、今後は宮家であろうがどこであろうが、全ての荘園にも同様に賦課せざるを得まい。また、鎌倉の市中で〝魔は来たり、鬼は来たり、災いは起こり、難は起こる〟と無闇に外敵の侵寇があると叫んで危機を煽り、〝念仏は無間《むげん》地獄の業因《ごういん》〟、〝禅は天魔《てんま》波旬《はじゅん》（悪魔）の法〟と罵り、真実の経典は法

華のみと叫ぶ日蓮という不届千万な僧がいるが、こ奴ら一党も取り押さえて市井の安寧を計る」と、〝どうだ、何から何まで仕切っているぞ〟と言わんばかりの得意な顔で小金丸を見つめたまま口許に不敵な微笑を浮かべた。

高麗国、珍島を全く考慮に入れておらず、あくまでも日本単独で、しかも九国だけで戦う心算でいるようである。

頼綱は当初の印象通り確かに緻密で才走り、また武人には珍しく流れるような弁舌であるが、惜しむらくは己の才に溺れ、肝心な話に耳を傾けない偏狭で狭量な人物であると小金丸は見切って小さく溜息をついた。

己の尺度でしか物事を判断することができず、モンゴル国、南宋国という桁違いの国と軍の存在が想像できないでいる。

あの百万以上の兵や巨大な艦隊を抱える南宋でさえ、モンゴル軍に押され気味で膠着状態なのである。

三別抄や日本が個々にモンゴル軍とまともに戦っても勝算はない。唯一、二つが手を組み両艦隊で敵を珍島へ寄せ付けないなど工夫することによって戦を長引かせ、膠着状態の南宋がモンゴル軍を押し返すかその南宋と手を組むか、等々の策を弄して事態が好転するまで踏ん張るしか方法がないのである。

しかるに幕府は、やっと事態の深刻さに気付き動きだしたものの、珍島を全く無視し肝心な大局を見誤っている。これでは、本朝を護るというよりも、それを口実として、ひたすら幕府・北条家の伸張と得宗被官の権限の拡大に腐心しているようにしか思えなかった。

六月下旬の暑さも盛りの頃、開京に一万人余りの珍島からの男女の虜囚が、モンゴル軍に引かれてやって来た。三別抄の兵は捕われるとその場で斬り殺されているので、虜囚のほとんどは兵ではなく三別抄を支援していた者達である。

傷つきそして汚れきった身体に朽ち果てた布切れを身に巻きつけているだけの者がほとんどであり、中には半裸の者もおり頭は鳥の巣のような蓬髪であった。

おそらく虜囚となって一月半近く飲まず食わずであったのであろう、誰もが見るも哀れにやせこけていた。

両手を縛られ、その縛られたところを長い紐で縦に通して二十人が数珠繋ぎにされていて、その紐の先端が騎馬の兵の鞍に結ばれて引かれていた。

このような状態で馬の足に合わせて歩くのは極めて困難であるが、それでも呻《うめ》き、よろめきながらも必死で歩いていた。一人が倒れると一団の二十人全員が動けなくなり、徒歩《かち》の雑兵から容赦のない鞭が飛ぶからである。

アノウは開京の南門に立って、延々と入門してくる地獄の亡者のようなこの一行を目の当たりにして言葉を失った。

半裸の何人かの傷口からは、蛆が湧き出ていたが、両手が使えないため掻き落とすこともできないでいる。

この虜囚の群れの中には人質となった役人の妻女が多く含まれているが、小飛はいないということは、予めイブラヒムを通じて知ってはいた。しかし、小飛がここまで酷く惨めな者たちの中で囚われ、どのような辛酸を舐めたか、それを思うと不憫でならなかった。

人質となった役人の妻女達には、本来何の咎もないので旧の主人が引き取るようにすべきと元宗に奏上した者もいたそうだが、汚された者への同情は少なく有耶無耶となっている。

アノウは、急いで小飛の行方を、この虜囚達から聞き取らなければならなかった。

虜囚のうち男は、官・私の奴隷とされ、女は屯田軍の妻に下げられることが決まっていて振り分け先が決まり次第、全土に散っていってしまうからである。

イブラヒムの配下が寝食も摂らずに聞き取った結果は暗澹たるものであった。

まず、最も頼りとしていた小金丸は、侵攻の二ケ月前に盧に命ぜられて日本へ旅立ったまま帰ってきていなかった。

小飛は、酒好きの鉄と呼ばれる小隊長が率いる二十人余りの兵とともに山城を脱出した。

これは、山城から脱出した兵の一団では、まさに最後の最後の組であった。

雲霞のように山城に押し寄せた洪茶丘の兵団が、この最後に脱出した一団に向かって我先にと猛烈に襲いかかり、あたかも黒い津波が飲み込んでいったのを何人もの者が目撃しており、それらが「とても無事に逃げおおせたとは思えない」、と口を揃えて言うのであった。

だが、誰も小飛や葉の死を見届けている者がいなかったのは、アノウには僅かであるが慰めになった。

もはや耽羅へ行かない限り、小飛の生死の確認はできないとアノウは悟った。

このようにイブラヒムがアノウ邸を訪れて小飛の行方の聞き取りを報告した後、アノウに珍島侵攻の顛末と今後のモンゴル国の予定等を語り始めた。

「承化侯温王は、洪茶丘の手で無残にも殺害され、裴宰相と盧将軍は戦死しました。王を失った以上、これで三別抄は真正高麗国という自称ではありますがその名称さえ名乗ることもできず、正真正銘の賊徒になり下がってしまいました」

小飛のことで頭がいっぱいなのかアノウの目が空ろなので、イブラヒムは話を聞いているのかどうか心配であったが、かまわず続けた。

「三別抄の残党には、劉将軍の率いる八十艘をこえる艦隊とそれに乗船している陸戦隊が無傷で残っていますが、『三別抄壊滅が何よりも最優先』との世祖の御命令があるので現在建造中の日本征討用艦船を順次転用する所存です。そうなれば、劉将軍を圧倒することができる上、耽羅は絶海の孤島なのでこれまでのように兵を募り糧食を得るのは容易ではなく、三別抄がじり貧になるのは誰の目にも明らかです。これらの見通しから元宗は早々と、援軍の御礼と三別抄壊滅の戦勝報告を兼ねて太子諶をモンゴル国へ送りました。もっともこの機会に、むしろこちらの方が主眼に思えますが、負担が大きく農民との軋轢が生じている屯田軍の増加を抑え、できれば減じてもらえるように世祖へ陳情するのが狙いのようです。

これで南海上の障害が払拭されたので、趙良弼国信使の日本派遣が九月上旬に金州発の予定で進められており、一行は八月中旬には開京を発たなければなりません。そのために某が一行に先行して来月金州へ出張ることになりましたが、何時、開京へ戻ってくることができるかは見当もつきません」

アノウはイブラヒムの長期の不在を告げる言葉に驚いたのか、無表情だったのが目を大きく見開いた。

イブラヒムは更に続けた。

「某の役目は、国信使の出発の準備もさることながら、世祖の御命令に従い国信使が日本から帰国するまでに、日本の返答次第によってはいつでも攻め込めるよう金州において更なる軍船の建造と艦隊の編成を促し屯田軍の駐留展開を助け、そして諸々の兵站の準備手配を行うためです」

アノウは、イブラヒムが金州に行くことについて労《ねぎら》いの言葉をかけ、そして二件の依頼をした。

一つ目は、船の調達である。三別抄が一段落したので、適当な船の一艘や二艘は何とかなるのではないか？　是非、耽羅へ行きたいし、泉州（南宋）にも戻ってもみたい。

二つ目は、朴将軍の件である。金州府に拉致されたままになっている将軍を金州に出張った際に、府の役人に掛け合って解放してもらいたい。これまで開京の官衛を通じて何度も開放するよう命令を出してもらったが、全く埒が明かない。

右に対してイブラヒムは、まず、朴将軍の件を快諾し、

「船の方は何とかなると思われる。相場よりかなり高くなるが、適当なものを見つけましょう。しかし、耽羅近くの海上には、自暴自棄になった劉将軍の艦隊が待ち構えていて、今あの辺りに行くと誰かれかまわず間違いなく血祭りにあげられ、捕らえられると残酷極まりない方法で殺されることになる。しかし救いは、新たに三別抄の全残党を率いることになったのが金通精という思慮深く仁義に厚

い将軍だそうで、高麗政庁での評判も悪くない。そのうち劉将軍も勝手なことはできなくなる。また、近々高麗政庁の方から金通精へ招諭の使節を送ることになっており、その人選と準備に取り掛かっている最中だそうで、耽羅へはその結果を待って落ち着いてからでも遅くはないでしょう」と、実に悠長な反応であった。

「いやはや、朴将軍の件は宜しく頼む。船は大変有難い。いくら高価であっても構わない。ただ小飛のことが何よりも気がかりなので、何としてでも耽羅へは……」

「アノウ殿！」とイブラヒムは珍しく厳しい声で遮った。そして、

「御出産は何時ですか？」と、場違いな話題を訴えるような目で聞いた。

昨年八月末に寺での拘禁が解かれ、イブラヒムの配慮で翌月には邸宅と四人の使用人及び一人の色白で妖艶な妾を得たが、その妾の峨美が臨月である。

「もう予定では生まれてもいい頃なのだが……」とアノウは虚を突かれた上、さすがに面映いのか聞き取れないほど小さな声で答えた。

「男か、女かどちらが良いですかな？　いずれにせよ元気な御子が一番、それにしても早かったですな、あの妾を連れてきて将に十月……」

イブラヒムは微笑を浮かべ、わざとおどけた声で茶化したが、アノウへの厳しい目つきは変わらなかった。

その訴える目にアノウは、やっと気付いて、ハッと息を呑んだ。

イブラヒムは、「小飛のことは、もう諦めて次へ進め！」と訴えているのである。

アノウは目を瞑って顔を上に向け大きく息を吸った。そして観念して諦めざるを得ないかどうか考えた。

諸々の証言やそれから推測される悲惨な逃避行で、小飛が逃げおおせたとは誰も思っていないのであろう。生きているかもしれないと思うのは親だけなのだろうか。屍を見ない限り、子が生きていると信じたいのは世の親の常なのだろうか。

そして、無為に過ごしたこの一年余りを顧みて、神にそして故郷の一族にも申し訳ない気持ちでいっぱいになってきた。

再び捕まったりすると一層皆に相済まない、また、このイブラヒムにもこれ以上の心配や迷惑をかけるのも心苦しい。

そして今や、いつまでも不幸な過去に拘泥するのは止め、未練を断ち切る時がきたのだと決心した。

それにしても神は往々にして、生を与えるのと引き換えに生を奪うという、何と残酷な試練を繰り返し人に与えるものであろうかとアノウは大きな溜息を一つ吐いて、「生まれてくる子は、女の子がいいな」とイブラヒムに目を瞑ったまま応じた。

そしてその碧い大きな両目を開けると、故郷のヤズドを出てから一度も流したことのない涙というものが、しかも熱い涙が滾々《こんこん》と湧き出ていた。

小金丸が鎌倉を発ったのは七月に入ってからであった。

まず博多に寄って大宰府の小弐経資に鎌倉での首尾を伝え、松浦に戻ってできるだけ糧食を仕込んで珍島へ帰る予定であった。

七月中旬の炎天下に博多に船を碇泊しようとしていたところ、すでに停泊している南宋船から身を乗り出して大きな声で小金丸の名を呼びかける者があった。

南宋船は「小金丸」の倍の大きさであり、その男は上から覗き込むようにして再び名を叫んだ。

見上げると、強い日差しを避けるため市女笠を深々と被り真っ白の南宋服を着た女と見間違うほどの色白の男がさかんに袖を振っていた、袖が長くて掌が見えない。

その男は、近々宗像第四十九代大宮司職に就くと噂されている幼馴染の宗像氏盛であった。

小金丸は、嫡男であるということから子供の頃から虎丸の外出の度に方々連れて歩かれたものであるが博多にもよく来た。その度に氏盛とは年端も近いので、互いの親同士が顔をしかめて難しい話をしている間、一緒によく遊んだ仲である。

ただ、外で遊ぼうとする小金丸に対して、氏盛は屋内での遊びに固守したのが奇異で他の子と異なっていた。後に氏盛が、陽《ひ》の光を浴びることを嫌う南宋上流貴人の血をも引いていると知って合点したものである。

小金丸は、内心一刻も早く大宰府への報告を済ませ珍島へ行かねばと気が急《せ》いていたが、断る訳にもいかず誘われるままにその船に登った。

船は南宋から到着したばかりのようで、船子達が忙しく荷降ろしをしている。

船内は見事に手入れされ、塵一つ落ちていない。

船子・荷役人足の全員が裸に赤の褌一本で胸と肩には揃って宗像の記しである龍の鱗の刺青が彫ら

れており、見事に統一されている。

そして動きが敏捷でキビキビしており、無駄口を叩く者は一人もいない。小金丸は、松浦の雑多で喧騒に満ち満ちた船との違いに驚いた。

導かれた楼内で、深い味わいの南宋茶を馳走になりながら、

「いずれは、宗像社領四百六十余町もの田地を譲り受けられる卿が、わざわざ南宋船に乗られての小商いとは奥ゆかしい。ところで南宋はどちらに行かれたのか？」と、気圧《けお》されないよう虎丸仕込みの戯言というより毒のある言葉でまず小金丸が口を開いた。

幼馴染とは言え、互いの親からは相手は信用ならない一族だからと常日頃言われて育ったこともあって懐かしさと警戒感が入り混じっている。

特に氏盛は、松浦党は高麗や南宋での密貿易が不調に終わった際は、相手が弱いと見ると金品を強奪することもあると聞かされていた。

「南宋にはまだ行ったことがないのは知っておろう。ここに居るのは、この船に託された都のやんごとなき方々からの依頼の品々の仕分けのためじゃ」と真剣な顔で答えながら、隅に置いてある六本の脚のある立派な漆塗りの唐櫃《からひつ》を顎で指した。

大きさは小金丸の背丈ほどもある。

「これはこれは立派な唐櫃じゃ、中身は何じゃ、漢籍（本）かな？」と聞くと、

「まあ、そんなもんじゃ、漢籍とか仏典とか、それらが依頼の通り揃っておるかどうか、これから一日がかりの大仕事じゃ……」と言いかけて、

「おお、そうそう五月に数艘の高麗船が珍島から逃げてきてのー、何でも島がモンゴル軍に攻め込まれたそうじゃ。島の叛乱軍は殺され、生き残った者と島の住人は耽羅へ逃げたが、日本に縁《よ》るべき者がいるのが、こちらに何人か流れてきたそうじゃ」

……遅かったか！……

小金丸は心で叫んで唇を噛んだが、顔には出さないように努めた。

氏盛に珍島の事の次第を語ったところで、どうにかなる訳でもない上、密貿易とか不審がられたりして、むしろ互いの立場があって面倒なことになるだけである。

小金丸はアノウや小飛、葉、裴や盧をはじめ三別抄の面々そして鎌倉の平頼綱の顔が浮かび、一体何のための遣いであったのか、すべての人々の期待に沿うことができなかったことに、やりきれない思いであった。

氏盛は続けて、昨日到着したこの船の梶取りから聞いた南宋の話として語ったところ、小金丸は珍島の件と同じくらい言葉を失うほど衝撃を受けた。

その話によれば、范文虎将軍が南宋きっての精鋭中の精鋭、十万の兵と艦隊を率いてモンゴル軍を討つべく五月に国都の臨安を発った。

これは、四年に亘りモンゴル軍に包囲され兵糧攻めにあっている襄陽・樊城を救出すべく、乾坤一擲、雌雄を決する覚悟で川と陸から北上し一大決戦を求めたものであった。しかし両城にたどり着く前の先月（六月）、これ以上の敗北はないというほど徹底的に打ちのめされた。自慢の艦隊は両岸の砦からの投石機による攻撃や、なんとモンゴル艦隊五千艘が川面を埋め尽くし、それらを船同士で繋いで、あたかも陸地のようにして戦ったため、南宋の艦隊は行く手を阻まれ敗れた。陸では悉くモンゴル軍の陣に誘い込まれる計略に嵌り、散々打ち負かされた後、疾風のような騎兵に縦横に襲われ、そして止めを刺された。敗残兵は、乞食のような姿になって臨安に三々五々戻ってきているそうである。あまりの哀な姿とそして不甲斐なさに都の人々は涙も出ずに、ただただ呆然自失の態である由。もはや南宋の人々は「元がやって来る」と浮き足立っていて、とても交易どころではなく、おそらく南宋からの船はこれが最後になるだろうとのことである。

小金丸は、モンゴル軍の馬蹄の轟が徐々に大きな音をたて日本へ迫ってくるように聞こえた。

「そのことを、小弐殿に伝えられたか？」

「高麗人の件は守護所の役人が尋問していたようだが、この船は昨夜戻ってまいったので臨安の話はまだ誰も知らぬ」

「小弐殿には鎌倉のことで話をしに行かねばならぬが、どうじゃ南宋の件で同道せぬか？」

と、誘ったが

「この唐櫃や他の船荷、またいろいろあってなー。とても今、この船から出る訳にはまいらぬ。相済まぬがお主から今言った通りのことを伝えてもらえぬか？」

との思いもかけない冷ややかな返答であったので、小金丸はすぐさま宗像の馬を借りて単騎大宰府に向かった。

その道すがら、昔父から「鎮西奉行の資能《すけよし》という奴は、とんでもない食わせ者で宗像大社の社領を横領しおった」と聞かされたことを思い出し、氏盛の態度に思わず膝を叩いた。

その日の夕刻に小弐経資《つねすけ》とその父の資能（入道）、経資の弟の景資《かげすけ》の三人に守護屋敷で夕餉を馳走になった。

経資の関心は、これまで他の守護が下向するかどうかであったが、平頼綱の話を小金丸から聞くと両肩の重石が軽くなったのか小さな安堵の溜息を一つついて、「そうか、大友や島津も今度こそは下向せざるを得まい。しかし来たら来たで五月蝿《うるさ》かろうの」と、こんどは名門守護達との指揮権を巡っての心配が生じたようであった。

珍島陥落や臨安の敗残兵の情勢から資能入道は七十を幾つか越えた年とは思えぬほど力強い声で、「いよいよ風雲急を告げておる。誰が九国の総指揮を執るにせよ松浦一党と宗像水軍は、三前二島（筑前、肥前、豊前、対馬、壱岐）の守護職《しき》としての我ら武藤（小弐）の直下で奮戦してもらうことになる。特に松浦党には、これまでいろいろと目溢《めこぼ》しもしてきたので、党を挙げて真っ先に馳せ参じてもらわねば困るぞ」と、思わせぶりな言い回しに小金丸は憮然として、「惣（本）家に伝えておきましょう」と、不機嫌に返答した。

松浦党に対しては、その奔放な行動と多くの異国人を抱えていることから、とかく世間からあたかも盗賊、海賊のように噂されていることを小金丸は快く思っていなかった。虎丸によれば、それは、家門の宗像が武門の松浦党を貶めるために言いふらしているのだそうだが、真実は判らない。

いずれにせよ資能入道の棘のある言い振りは、密貿易のことだけとは小金丸には思えなかった。もっとも密貿易にしたって、大宰府が勝手に法度を押しつけ密貿易と言うのであって、松浦党は昔からの家職として思いのまま高麗、南宋、呂宋《ルソン》そしてもっと南の国々に自由気ままに出入りしているのであって、後ろめたさなぞ一切ない。

〝目溢し〟とか守護職を笠に着た威圧に小金丸が機嫌を損ねたと見た経資が慌てて取り成すつもりか、「小金丸、お主が頼りじゃ。その時にはお主だけでも我が傍にいて欲しい。南宋、高麗の地誌や言の葉に明るい上、今回鎌倉に多くの知己を得た筈だ。松浦の惣家をはじめ一党は弟の下で直にモンゴル軍と対峙してもらう心算じゃが、貴殿だけは余の傍に居てくれ」と繰り返し懇願した。

弟の景資は評判の武人だけあって、モンゴル軍の武具について小金丸にあれこれ問うた。小金丸は直接戦ったことがないので精《くわ》しくはなかったが、珍島で小飛らと蒙弓を引いた経験から、

「蒙弓の方が和弓の倍以上、ひょっとして三倍くらい飛ぶのではないかー」と応ずると景資は目を丸くして、

「それじゃあ戦となると勝負にならぬぞ。どうしてそんなに飛ぶんじゃろうか、何としても試してみねばならぬ」と小金丸に蒙弓の入手を切望した。

モンゴル軍と高麗軍によって珍島が陥落し、残党が耽羅へ落ちていったことを小弐がまだ鎌倉に伝えていなかったので、小金丸は、その件と宗像氏盛から得た南宋の十万の精兵がモンゴル軍によって壊滅したという伝聞とを得宗被官の平頼綱へ駅舎経由の早馬で伝えるようにと念押しすると守護屋敷を辞去した。

小金丸はあれこれ胸騒ぎがし、このまま博多から耽羅へ直行し、もし無事に落ちのびていれば裴と盧に鎌倉での次第を告げ、一刻も早く小飛や葉の安否を確かめたかった。

しかし、病気の虎丸が心配であったし、耽羅は珍島以上に糧食の不足が案ぜられるので、やはりま

ずは松浦の館の米や雑穀を船に搭載して向かうべきだと判断し、一旦帰郷することにした。

ところが、松浦の館で思いもかけずに無事な小飛と葉との再会に、小金丸は思わず呆気にとられるのと同時に心の中で神仏に手を合わせた。

「生きておったか！」

小金丸は、生まれてこの方これほど大きな声を出したことはない。

小飛に駆け寄り、互いの無事を喜びあいながら小金丸は思わず抱きしめた。

そして、一息入れる間もなく小飛にこれまでのことを細大漏らさず語りはじめた。

小飛は小金丸が珍島に帰ってこなかったのは、自分を見捨てて逃げた訳ではなかったのだと最大の疑念が氷解した。が、しかしアノウの一番の依頼は「小飛を護れ」であった筈で、事情はいかにあるにせよ自分の傍にいて約束を履行するのが筋ではなかったかと小金丸のこれまでの数々の勝手な振舞いに若干の不平・不満はあったが、屈託のない話しぶりを聞いているとそれらが霧散していった。

小飛は、小金丸の鎌倉での複雑な話は良く判らなかったが、これでともかく小金丸が何とかして自分をアノウとの昔通りの生活に戻してくれるものと勝手に決め付けて安心し、これまでになく心が晴れ晴れとしてきた。

小金丸の話を聞き終えると待っていたかのように弾んだ声で葉との珍島以来の怒涛の日々について堰を切ったかのように語り始めた。

まず小金丸が日本へ向かった後の珍島での出来事と、島脱出の際に鉄とその配下が、津波のように押し寄せる敵からいかに命懸けで守ってくれたかを延々と語った。

そして、最後にいかにして松浦の館に辿り着いたかを一気に続けた。

〝犬〟が蒙古軍や三別抄から逃れるため誰にも気付かれることなく独断で進路を変更した。乗船する汲水船が鷹島を遠望するところまでは順調に来たのだが、あと一歩というところで嵐に遭って帆柱や艪が折れ、遠く五島まで吹き流された。五島の小さな島影に船を留め置いて嵐が過ぎ去るのを待っていたが、遂に碇《いかり》までもが切れてしまって再び流された。

間もなく嵐は収まったのだが操舵が利かないで流離《さすら》っているところに、今度は待ち構えていたかのように海賊船に襲われた。

横付けした船から降り立ったのは六名の悪党達で、手に手に刀槍を振りかざして乗り込んできたが、襲った相手が悪かった。

恐らく、誰も知らない高麗からの難破船ならば、沈めようと何をしようとも大宰府から咎めを受けることはないと考えたに違いない。またうらぶれて操舵も利かない船の有様などから、まさか船内に武器などを所持しているとは夢にも思わず、刀槍で脅せば簡単に船荷や金品を巻き上げ、その上乗船者達を売り飛ばすこともできると算段したのであろう。

しかし、乗り移ると小飛と葉の蒙弓の前に瞬く間に四人が心の臓を射抜かれ斃された。

一人は〝犬〟に海に叩き込まれ、最後に残った頭目と思しき奴が、矢を継ごうとしていた葉に向かって刀を振りかぶって裂帛《れっぱく》の気合で襲いかかってきたが、あわやその時、それまで高熱でうなされて船倉で横たわっていた筈の鉄がいつの間にか現れ、賊の頭を刃こぼれした刀で打ち砕いたのであった。

「お前の命、救った……」と鉄が葉に口許に笑みを浮かべて言いかけたが、そのまま倒れ込んで再び意識を失った。

葉は鉄に斃された賊の顔に見覚えがあったので、しゃがみこんで仰向けの屍をひっくり返し脹脛《ふくらはぎ》を調べたところ、一部喰いちぎられた古傷跡を認めた。すると葉は、すっくと立ち上がるや目を怪しく輝かせ屍の横腹を思いっきり何度も蹴飛ばした。

案の定、乗り移った賊の船には子供が五人、船倉に閉じ込められていた。幼い四人の子は怯えて一塊になっていたが、一番年長の女の子は全裸で猿轡をかまされ、うつ伏せにされて四方の船板からの縄で両手両足を目いっぱい開かされたまま縛られていた。

背中は鞭打たれて真っ赤に蚯蚓《みみず》腫れして盛り上がり、糞尿は垂れ流しのままであった。

葉はその女児の縛《いまし》めを解きながら昔を思い出したのか泣きに泣いて、「奴は殺したからね、もう大丈夫」と嗚咽をこらえて囁くと、アヤメという名の女児は、気丈にも涙も見せず猿轡のまま葉を冷たい漆黒の瞳で見据えてコクリと頷いたので、葉はそのいたいけな様に我慢できずに慟哭した。

その人買いの船に全員が乗り移った。

ただ、鉄の配下の四人のうちの二人は己の負った大きな傷を顧みず無理を押して鉄の介抱などをしたため二、三日前に相次いで死去していた。その骸も運び込んで松浦に向かったのであった。途中〝犬〟が気を利かせて葉の生まれ故郷の島の近くを過ぎるときに、葉しか判らない言葉で「船を泊めるから家に立ち寄ってみないか?」と親切に声をかけたようだが、葉は「見たくない」と船倉に籠もってそのアヤメの介抱をした。

松浦に着いて同乗していた十人余りの高麗人とその子供達は、博多の唐人街に隣接する高麗人集落の肝煎りに委ねられることになった。

また売られた五人の子供達は、それぞれの故郷の悲しい掟などにより帰れない事情があることから、葉が五人とも葉自身が面倒を見るからと強く訴えて虎丸に引き取ってもらうことになった。

小飛の松浦の館での生活は、病床の虎丸と奥の菊からは最大のもてなしを受けており、小金丸の弟の蟹丸、蝦丸も何かにつけ面倒を見てくれていて何一つ不自由はない。

心配事は、何時アノウと会えるかということと、すっかり恢復した鉄が耽羅に行きモンゴル軍と戦いたいと駄々をこね、時たま朝から酒を浴びるように飲んで誰彼かまわず絡むので、それを止めさせようとする葉と激しい喧嘩が絶えないとのことであった。

小金丸はすぐにアノウへ〝小飛は松浦の館で無事であるが、このような情勢下ではあるが、高麗へ送り届けた方が良いかそれとも迎えに来るか返事を貰いたい〟と書簡を認めた。

そして、宗像氏盛を通じてまだ高麗の南の沿岸と細々と交易をしている博多の高麗商人に江華島か開京に居るはずのアノウを探し出して手交し、必ず返書を得るようにと依頼した。

その返書は四ケ月後に「アノウは南宋に帰国した。したがって本信を南宋へ転送するので連絡があるまで小飛をそちらで預かっておいて欲しい」と妾の峨美からもたらされた。

実はアノウはこの頃はまだ開京に居て、帰国に備えて慌しい時であったが、峨美はアノウから小飛の話を繰り返し聞いており、その愛の深さに狂おしいまでの嫉妬を覚えていた。アノウの留守中に届いた小金丸からの書簡を女の胸騒ぎから勝手に開封し、アノウの愛情が自分や生まれたばかりの娘から離れていくのを恐れ、読み書きできる知人に読んでもらい、そして返書を書かせたものであった。

小金丸からの書簡はアノウに見せられることなく焼き捨てられた。

その後も小金丸や小飛直筆の書簡は何度か届けられたが、その頃にはアノウは峨美と娘を伴って南宋に出発した後であった。

しかもアノウは、いつ戻ってこれるか判らない開京の邸宅の管理を峨美の遠い親戚筋の者に託してしまっていたので、峨美は密かにこの者に対して日本からの書簡は転送することなくことごとく焼却するよう厳命していた。


朴将軍は、投獄されて散々な思いをした金州の合浦へ再び赴くことになろうとは夢にも思ってもいなかった。

朴将軍は、合浦の牢獄をイブラヒムに解放され開京へ戻ってからは、かつて高麗軍に奉職していた頃の部下の中から、信が置けて腕っ節が強い兵卒十名余りを引き抜いた。そしてそれらの者達を手足の如く使ってアノウの貸付金の回収取立てやアノウの帰国の準備の手伝いをさせていた。

いよいよ帰国の準備が整い出発が目前に迫ったアノウから、ある日突然「高麗には何時帰ってくるか判らないが、必ず帰ってくる。貴殿には留守中、合浦へ行ってイブラヒムの指示の下で日本征討高麗軍の一隊を担って欲しい」と思いもよらない依頼が寄せられた。

イブラヒムには二度助けてもらっている。

一度は、江華島から開京の近郊の寺にアノウともども幽閉されたときに拘禁を解いてもらった経緯があるが、その時はイブラヒムにはお礼の挨拶程度であった。

しかし二度目の合浦の牢獄から解放してもらった際には、体力を恢復させて開京へ出発するまでの十数日間をイブラヒムの宿で介抱してもらい寝食を共にさせてもらったりした恩義がある。

一方、イブラヒムは、朴将軍との十数日間寝食を共にした際、礼節をわきまえ温厚で思慮深いこの人柄にすっかり魅了された。また、雑談の中にも毅然とした武人としての覚悟と力量を見抜いたので、朴将軍帰京後にアノウに対して、

「現下の情勢から、一旦南宋に戻るとなかなか帰ってこられないでしょうから、その間朴将軍の身柄を預からせてもらいたい」と書簡で懇願していたのであった。

実はこの時、イブラヒムには燕京の中書省（政務、一部軍事を司る）から屯田経略司を通じて「日本征討高麗軍内を監視すべき人物の選定」するよう密命を受けていた。イブラヒムは尚書省（財務）に所属するが、このような合浦などの遠い出先では人員に限りがあることもあり省に関係なく燕京から命令が届く。

燕京では、もともと元宗の高麗軍に対して強い不信感を持っていた。

特に今回の珍島での戦いでは、同じ高麗人でありながら洪茶丘が率いるモンゴル軍の高麗帰附軍は目覚しい働きをしたが、一方金方慶率いる元宗の高麗軍は、全くの及び腰で戦意が全く感じられず、ただ傍観しているだけであったと督戦隊からの厳しい報告があった。

このようなことが日本征討時に、決して起こってはならないことである。

そこでモンゴル軍及び高麗軍の日本征討軍がこれから続々集結し軍団が編成されていく合浦で、信頼の置ける者に一隊を編成させて高麗軍の枢要な部署に就かせ、内偵及び監視に当たらせようという

ものであった。

燕京は、その人選と工作をイブラヒムに任せたのであったが、イブラヒムの脳裏に真っ先に浮かんだのが朴将軍であった。

「内偵」「監視」という本来の目的を伏せてイブラヒムはアノウに「金州で編成する高麗軍部隊の指揮官の一人に朴将軍を……」と申し入れたのである。

もともと武人である朴は、アノウの信頼を得て〝将軍〟と呼ばれ厚遇されているとはいえ、このまま生涯を私兵の頭目として終わることに一抹の寂しさがあった。

武人はやはり、国と国王の名の下で屍を野に晒し、それをもって後世に名を残すということが夢であったので、この申し出を二つ返事で快諾した。

アノウの南宋への出航を見送った朴将軍は、その足で十名余りの部下を引き連れて合浦に下り、〝軟弱な穀潰し〟と散々な評判の金州守備隊の中から、自ら四百名余りの兵卒を選抜して部隊の編成を行った。

開京から連れてきた部下を校尉や隊正に任命し、金方慶下の高麗軍が合浦に到着した際には、その一翼を担うだけの信頼をかち得るために連日の猛訓練を開始した。

だが、その初陣が同じ高麗人の三別抄との耽羅での戦いになるとは夢にも思ってもいなかった。

耽羅へ逃れた三別抄は、高麗国の与国（同盟国）であった耽羅国の名目上の国王を追放し、缸《こう》波《は》頭《とう》里《り》の内外城を奪って固めると翌年（元宗十三年、文永九年、西暦一二七二年）の春には早くも高麗の主要都市を次々と襲った。

その頃には、誰も予想できなかったが海を越え遠路はるばる新たに三別抄に加わる者が続々と集り、兵は数千人にも回復しそれを島内で支える支援の民は、ほぼ兵に倍するまでなっていた。

三別抄は全羅道、忠清道の官衛庫や漕回船を襲って貢米を奪った。

また元宗は、世祖の命令で大型兵船を各地の造船所で建造中であったが、そこを次々襲撃して船もろとも焼き討ちにし、役人や工人を拿捕して連れ去った。

そして高麗政庁をあざ笑うかのように開京と目と鼻の先の京畿道の霊興島にも船団を遊弋させて碇泊するありさまで開京は大騒ぎとなり、元宗は身の不安から酷い不眠症になったため、モンゴル騎馬隊五十騎の宮中内宿営を忻都に依頼した。

皮肉なことに元宗は金方慶の申し出に従い、これまで同族相討つことを避けるため、この三別抄に対して招諭を二度も試みていた。

一度は元宗十三年（文永九年）三月、逆賊招諭使一行四十名を耽羅へ派遣したが、耽羅到着前に海上で全員捕えられた。逆賊招諭使一人のみが廃船同様の小船に乗せられて海上に放置され、這這《ほうほう》の体で開京に辿り着いて詔の手交さえできなかったことを元宗に報告した。

二度目は、同年夏に三別抄の頭目となっている金通精の一族で血縁の者を洗い出し、本人への影響力が大きいと思われる五人を選抜して説得させるべく耽羅へ送った。しかし、今次は金通精との面談は叶ったものの招諭には至らなかった。

なおも何とか武力を行使しないで穏便に解決を図ろうとする元宗と金方慶であったが、洪茶丘は断固強攻策を主張した。全モンゴル軍の総司令官である忻都は、疲弊しきっている高麗の現状から元宗と金方慶に同情的になっていたので、八月に世祖からの三別抄掃討の詔が届いていたがそのまま放置していた。もっとも忻都は、その詔は洪茶丘が上司の自分を差し置いて、独断で勝手に大都（至元九年に燕京改名）に手を廻して発出させたものであると疑っていた。

洪茶丘は自分の意見が容れられなかったことに怒り、このことを世祖へ直訴しに十二月に一人大都へ発ち翌年三月に世祖からの〝大至急三別抄を掃討せよ〟との命令書を携えて意気揚々と開京へ戻ってきた。

また、その命令書にはモンゴル軍五千は忻都と洪茶丘が、高麗軍八千（三千は水軍）は金方慶が指揮することになっていたが、作戦の総指揮は洪茶丘が執ることになっていて忻都は愉快であるはずがなかった。

しかし事ここに至っては、世祖の性格からして今回の命令には機敏な対応をしなければどのような処罰を受けるかは諸々の前例が物語っているので一刻の猶予もならない。

金方慶は、高麗中の大型艦船、その中には世祖の命令により南宋又は日本への征討のために建造中であったもの総数百八艘を集めて渡海の準備をする一方、高麗軍八千は途方もない数であったが地方の守備隊を総ざらいし羅州藩南県《らしゅうばんなんけん》に集め、モンゴル軍五千（忻都の漢人・南宋人四千モンゴル人若干名、洪茶丘の高麗帰附人一千）とともに分乗することにした。

金方慶の軍には勿論、金州の朴将軍の部隊も含まれている。

しかし、その部隊がまさに乗船しようとしていたところに大嵐が襲い多くの船が沈没し、既に乗船していた高麗軍の多くの兵が失われた。

急遽大小かまわず調達できる船を集め、兵や水手として老人・少年を含め一万人余りを全土から追徴募し、四月の中旬に攻撃を仕掛けた。

忻都、洪茶丘、金方慶が三方面から島へ上陸し、城を攻めることになったが、金方慶は最も激戦が見込まれる正面を受け持たされた。

戦いは峻烈を極めた。

三別抄の逆襲にあって何度か寄せ集めの高麗軍が総崩れになりそうになったこともあったが、朴将軍の部隊は一歩も引かなかったこともあって、それが高麗軍の潰走《かいそう》を食い止めた。そのことを後に金方慶から賞された。

もっとも三別抄側の兵も大多数が訓練を受けていない農民上がりの俄か兵で、かつての一騎当千の本来の三別抄でなかったこともあり多勢に無勢、四月二十八日降伏開城した。

頭目の金通精は見事自刃して果てたが、虜囚の千二百人は珍島の時と同様、男は奴隷として国内各所に女は屯田軍、つまり蛮子軍の妻として払い下げられることになった。

また、元宗も金方慶も全く予期しておらず衝撃を受けたのは、六月に世祖は耽羅に「耽羅招討司」を設置しモンゴル兵千七百人を常駐させ、モンゴル国直轄の島として軍馬の飼育場とした。

耽羅はもともと国王を戴く一国であり、本来高麗国の領土ではなく言語、風俗も大きく異なっていることもあって世祖は東北部の「双城総管府」や西北部の「東寧府」の時に執った手続きを省き、全くためらうことなく直轄地とした。

世祖は、南宋、日本、高麗と三ケ国に通じる念願の島を得たのであった。

この時期より少し前に南宋においては、はるばるペルシャからやって来た工人達が作製した巨大なマンジャニーク（城砦攻撃用投石器）が完成し、モンゴル軍は遠距離から巨石を雨霰と落下させ城壁や建物を破壊したため南宋守備軍は防ぎようがなかった。

足掛け六年に及ぶ籠城を指揮した守将の呂文煥といえども遂に力尽き、至元十年（元宗十四年、西暦一二七三年）一月に樊城が落ち、二月には呂自身はいかようになろうとも軍民一人として殺させないという条件を飲ませて襄陽を開城しモンゴル軍に降りた。

世祖は敵ながら見事な態度と戦い振りであったと賞賛した。

そして呂将軍との約束を守り、一兵たりとも殺めたり罪を問うことはせず、それどころか呂将軍にはこれまで以上の領地と「襄漢大都督」という肩書きを与えて麾下の将兵ともども世祖直属部隊とする栄誉と特権を与えた。

呂将軍の兄で南宋の重臣であった文徳は既に死去していたので、武人として最高の扱いを受ける世祖の申し出を断る理由はなかった。むしろ、命をかけての足掛け六年もの間の籠城の間、有効な手を打たず全く無能であった南宋政府に対する憤怒が沸き起こり、我々を見捨てた南宋を討つべしとの軍民の声が一気に沸きあがった。

文永十年（西暦一二七三年）雲一つ無い五月の青空の下、小飛と葉が昼餉前に館の馬場で蒙弓の腕を競っていたが、突然、湊の一つから半鐘が鳴った。

〝犬〟に的を空中高く投げ上げてもらい、その的を射抜いたりして負けず嫌いな二人は一歩も譲らずに熱くなっていたところであった。

半鐘の音で〝犬〟は的を投げ上げる手を止め、葉も引き絞っていた弓を緩めて、一体何の知らせかじっと聞き入った。

「勇魚《いさな》（鯨）だ！」

葉が満面に笑みをたたえて叫ぶと、蒙弓を放り出し小飛の手を引っぱって館から駆け出し山を降りて湊に向かった。

〝犬〟をはじめ館のあちこちの建物から男衆、女衆を問わず子供までもが手に手に盥《たらい》など大小の器を小脇に抱え、皆歓声をあげて一目散に湊へ向かって駆け下りていく。

小飛と葉は、息せき切って湊の半鐘が釣り下がっている丸屋根の付いた櫓を二人で長い梯子を伝って駆け登った。

半鐘が釣り下がっている周りは、身体を横にしなければならないほどの狭い回廊になっており、外側には頑丈な欄干があった。

老爺が一人海を見ながら、ゆっくりと半鐘を打っている。

海に面した欄干に両手をついた葉が、

「勇魚捕りを見るのはここが一番じゃ」

と満面に笑みをたたえ、浮き浮きとした顔で小飛に語りかけた。

後からガヤガヤと梯子を登ってくる者に対して老爺は、「もう一杯じゃ、これ以上乗ると櫓が潰れる」と半鐘を打ちながら叫んで追い返した。

快晴の空に目の前は一面の海で、右手に青々とした鷹島が見え、足元の浜から六艘の小船が競うように沖合いに漕ぎ出していた。

一枚帆の船には十人余りの漁師が赤褌一本で乗り込んでいて、どの船も左右の舷でそれぞれ四人が必死で櫂を漕いでおり、また舳先には銛を構えた屈強な男が前方を見つめ仁王立ちしている。

沖合といっても岸から僅か二、三百歩（三百〜四百五十メートル）程度しか離れていない所の海中から潮が吹き上げていた。

その潮吹きを取り囲もうと展開しだしたとき、「小金丸の兄さんだ」と葉が叫んだ。

一艘だけ遅れて湊を今、離れた船があり、湊の子供達の歓声があがった。

舳先に立っているのは紛れもない小金丸であり、そして舵を握っているのは一際大きな体躯に頭をピカピカ輝せている〝犬〟であった。

きっと、山から降りてくる分だけ出漁が遅れたのだと葉が講釈した。

小金丸の顔は赤銅色に焼けているのだが、陽の下に晒された裸の身体の肌は、他の漁師達と比べて異様なまでに白かった。

これは、いつも着物を着ているからだろうと小飛は推測した。

その肉体は、白翡翠《ひすい》でできた金剛力士の彫像のように荒々しくそして美しく隆起しており、遠目にもその肉の一本一本の筋までもが陽光に眩しいほど輝いていた。

左右から沖に向かって取り囲もうとした六艘の船に驚いたのか、勇魚は突然向きを変えて陸の方へ突進し、丁度漕ぎ出して間もない小金丸の船の真正面に向かった。

このとき、小飛は海面下の黒々とした初めて見る勇魚の影の大きさに驚いた。大きい、実に大きい、それは想像を絶する大きさで船の数倍もあった。

「アッ」と衝突が避けられないと見た櫓の二人は同時に声をあげ、思わず両手で欄干を鷲掴みにした。

老爺は半鐘を打つ手を止めた。

刹那、小金丸は何尺も飛び上がると槍のような長い銛を両手で逆手に持ち、頭上に振りかざしたまま体の重みを全てその銛の先端にかけるように頭から勇魚にぶつかっていった。

と、同時に勇魚は潜り始めた。

船は勇魚の起こした波で木の葉のように揺れたが、かろうじて転覆は免れた。

銛尻には麻縄がくくりつけられているのであろう、舳先にとぐろを巻いていた長い麻縄が勇魚と共にすごい勢いで海中に没していくが、小金丸はまだ浮上してこない。

あれほど騒いでいた鴎さえ鳴き声を止め、長い静寂が流れた。

その間に六艘の船が駆け寄ってきて、そのうちの一艘が小金丸の船の艫に縄を投げて結びつけた。

更に一艘が同じようにその船に慌しく繋いでいるところに、やっと小金丸が波間に浮き上がってきた。

小金丸は飛び降りた船に巧みな抜き手で近寄ると船へ引き揚げられた。

小金丸は天を仰いで胸を大きく膨らませて荒々しい息遣いをし、その音が櫓にも聞こえてくるのではないかと思われるほどであった。

それが合図かのように縦長に繋がれた三艘の船は勇魚に一気に引っ張られて物凄い速さで右手の陸

に沿って走り、そして沖に向きを変えた。

細長く繋がった三艘の漁師達は櫂を海中に力一杯突き立てて船を減速させようと必死であるが、勇魚は百歩（百五十メートル）から二百歩（三百メートル）進むと又向きを急激に変えるなど繰り返したため、船はその度に激しく揺れ沈没さえ危ぶまれた。

しかし半時（一時間）もすると船足は突然遅くなってやがて停止した。

遠く沖合いの船上から、芥子粒のような小金丸が片手で刀を陽光に煌《きらめ》かせて、今度は足から海へ飛び込んだ。

「お見事、止めと血抜きじゃ！　さすが小金丸、若様、見事なお手前」

老爺は一人呟くと、今度は先ほどとは異なった間合いで半鐘を打ち始めた。

浜辺に詰め掛けた湊の老若男女の間から大きな歓声が沸き起こった。

「さー、今日は美味しい勇魚が腹一杯食えるぞ。湊の子供達が大喜びじゃ」

葉が弾んだ声で隣の小飛を見遣ると、小飛は欄干に両腕を重ねて顎を乗せ、眼は半開きで苦しそうな息をし、しかも悪寒が起こるのであろうか、身体をブルブルと小さく震わせていた。

「どうしたんじゃ！」

「苦しい、息ができぬ。胸が苦しい」と息も絶え絶えに弱々しい声で訴えるではないか、熱もあるのか顔が紅潮している。

館から手を引き全速力で山を駆け降り、そして櫓の梯子を駆け昇らせたのが原因と見た葉は、慌てて小飛をその場に横たわらせた。

櫓から身を乗り出して浜を見渡すと群衆の中に鉄が二人の配下とともに浜で何事が起ったのかと丁度のんびりと見物に到着したところであったので、呼び寄せて櫓から担ぎ降ろさせて漁師の家の戸板を外し、小飛をそれに横たわらせて館へ運ばせた。

脈を取ったのは館のある山に虎丸の先祖が寄進した菩提寺「松雲寺」の住職恵慶であった。

恵慶は小金丸や葉の読み書きの師でもあり、齢は七十を幾つも過ぎている。

若い頃から、宗派にこだわらず全国を行脚し修行を積む無住の僧である一方、その土地〳〵での療法薬事を学んだ。特に博多では、南宋人からは薬草を、キタイ人や女真人からは針灸を習得していたので三十年前に虎丸に乞われて四代目の菩提寺の住職になってからは、松浦の郷では僧としての冠婚葬祭は無論のことではあるが、その他に郷の人々の読み書きと療病の師としてより尊敬され頼りとされている。

恵慶は小飛の部屋に一人で入ってから一時（二時間）過ぎてもなかなか出てこなかった。

葉は一刻も早く病状を聞きたくて足踏みをして廊下で待っていたのだが、やっと出てきた恵慶は、苦虫を噛み潰した様な顔で押し黙ったままであったので、何も聞くこともできずに母屋で待ち構えているいる菊のところに案内した。

葉が襖を開けるやいなや、

「恵慶殿、どのような病か？　やはり心の臓か？」

もう今では小飛と葉は、実の娘以上と思っている菊は、恵慶の入室を待ちきれずに立ち上がって聞いた。

「……」

俯いて無言のまま恵慶は部屋に入った。

「治るのか、それとも……」

不安そうな小さな声で菊は恵慶ににじり寄る。

「……」

恵慶は相変わらず口籠っている。

葉は怖くなり、いたたまれなくなって襖を閉めて小走りに駆けだした。

「それにしても」と葉は一人で嘆いた。

「上背《うわぜい》があって口も達者で負けず嫌いであるが、所詮小飛は小飛、華奢なお姫いさまなのだ。なのにその手を強引に引っぱって全力で走らせ、梯子を一気に登らせてしまって取り返しのつかないことをしてしまった、アノウの檀那様に申し分けない」

後悔の念で胸が潰れそうで涙が止まらない。そのまま別棟の自室に駆け込み、板張りの上に突っ伏したまま大きな声で泣き出した。

そのため、その後に菊の部屋で恵慶のくぐもった笑いの後、一つ間が空いて、菊が玉を転がすような大きな明るい笑い声をあげたことを葉は知る由もなかった。

小金丸が博多の守護所の小弐経資のもとに異国警固番役《いこくけいごばんやく》で着任した旨を告げに末弟の蝦丸を伴って参上したのは、勇魚取りで賑った二ケ月後の七月の中旬であった。

小金丸の警固番役勤仕は昨年（文永九年）に続いて二度目である。

小金丸の尽力により高麗の三別抄の牒状（承化侯温王の啓）で切迫したモンゴル軍情勢を知った幕府は、やっと重い腰をあげ、モンゴル軍の襲来に備えて九国に本領を持つ御家人の領地への下向の徹底と御家人による一年を春夏秋冬の三ケ月に分けて大宰府の玄関口にあたる博多の警固番役を勤めることが実行された。

またその勤仕の仕方は、負担を均等にするため惣（本）家が庶（分）家をいくつかの組に分け、それぞれに一ケ月程度の勤番を分担させていた。

小金丸一行は一族郎党十人と船子や郷の若者五十人余り、総勢六十人の小世帯ではあるが馬や糧食も積んで博多へ二艘の船に分乗してやって来た。

しかし、わずか一ケ月ではあるが異国との交易という主な収益が断たれている中、これだけの人数で博多に滞在するには何かと負担が大きい。

一族の領地には、四湊や七村があるとはいえ、湊の魚は郷内で余った物を干物にしてはるばる博多まで運んで細々と売る程度のもので、村々はもともとが水利の悪い所なので水田が少なく畑作が主であり、それらからの収入は極めて限られている。

したがって、湊と村と併せて郷としてやっと自活ができるかどうかという程度なのである。その貧しさ故に、これまでは郷の若者を船子や荷役人足として異国との交易の場などで活路を見つけ出すしか方法がなかった。

その異国との交易が断たれたので昨年からは、本格化した関東御家人の九国への土着、いわゆる「下り者」の転居のための運漕や荷役を小船で請け負うことによって、かろうじて糊口を凌いでいる有様である。

経資は、疲労困憊していて全く生気がなかったが、小金丸の顔を見るとやっと微笑んだ。

というのも、大宰府とこの博多の守護所には鎌倉からやって来た得宗被官の代官達一行が多数常駐し、関東御家人の「下り」の状況監督や、九国の領地の検地と大田文の調進（神社仏寺庄公領等を含めた土地台帳の作成提出）とそれに伴う貢米・兵糧米の調進、はては博多の警固状況などの検分などで鎮西奉行の小弐経資に対して、横柄な態度で何かと口出しをして不快な思いを毎日させられていたからである。

この代官達は、得宗家の被官と威張ってはいるが、本来は北条家の家侍、幕府から見れば陪臣に過ぎず、世が世ならば小弐一族の足元にも及ばない身分の者達なのであるが、執権が派遣した「代官」である以上、その影響は甚大であるので我慢して支援しなければならなかった。

そうでなくとも、経資はここ一、両年の怒涛のような日々に翻弄され消耗しきっていたのであった。

それは、一つには二度に亘る国信使の来訪、二つ目には所謂「二月騒動」と呼ばれる鎌倉、六波羅探題の騒擾、三つ目には後嵯峨法王の崩御と先の執権であり連署に下った北条政村の死去であった。

これらの概要は次の通りであった。

一、一昨年の九月からの約三ケ月間と昨年四月から本年の四月までの約一年間、国信使の趙良弼との手強く困難な交渉を続ける一方、一行の監視、警固に振り回されていた。

趙は、もともとはモンゴル国に滅ぼされた女真人の国である金国の遺臣であり、本来ならば国の滅亡とともに落命すべき運命であったが、その才を世祖に見出されて側近となった。

後に、世祖が兄モンケの命で南宋攻略の一軍を率いて南下した際に江淮安撫使《こうわいあんぶし》として同行し、占領地の「降兵や領民を殺さず」「家を焼かず」「物を盗らず」を徹底したため、占領地の人民は安堵し占領地政策がかつてなく順調に運んだ。

これは、従来のモンゴル軍の占領地の常套的な「殺し尽す」「焼き尽す」「奪い尽す」と真逆の手法であったため、世祖に強い衝撃と感銘を与え、世祖のその後の南宋攻略及び占領地政策に大きな影響を与えた。

この老境に達した趙が、これまでの世祖の仁慈と恩義に報いんがための最後の御奉公として選んだのが帝国内では世祖以外は余り関心を寄せていないが、世祖最大の心痛事である日本国招諭であった。全く進展していない招諭に「異境《いきょう》に屍を晒すに憾《うら》みなし」と国信使への任命を繰り返し嘆願した。老いた身を気遣ってなかなか許可を出さなかった世祖ではあったが遂に根負けし、秘書監という役を与えて日本への国信使とした。

そして世祖は高麗の元宗に、正使（趙）を前回の使と同様に日本国へ案内せよ、渡日の船は堅牢なものを選べ。また正使が帰るまで金州に陣営を設けて軍勢を待機させるので（日本の返答次第によっては直に征討もある）、兵糧・兵船など粗略がないようにせよとの詔を発したのであった。

このような世祖の絶対的な支援の下、使節一行百名で文永八年（西暦一二七一年）九月十九日に満を持して大宰府に乗り込んできた趙に小弐は、連日厳しい交渉を強いられた。

もっとも趙のこれらの経歴や経緯を小弐経資が知ったのは、趙が昨年に二度目の来日で一年間滞在し本年（文永十年）帰国した後に、一行との二度の応接と通事を勤めた大宰府横岳山の崇福寺住職、大応国師から聞き及んだからである。

大応国師は当年三十九歳になる。

十五歳で出家し鎌倉の建長寺を開き時宗の禅の初学の師にもあたる南宋渡来僧の大覚禅師（蘭渓《らんけい》道隆《どうりゅう》）の門に入り、二十五歳で南宋に渡って洛陽の禅師虚堂につき八年間修行を積んだ。

文永四年に建長寺に戻るが叔父が博多の承天寺を開山した聖一国師であることもあってか、文永七年筑前興徳寺に住山することを命ぜられた。

趙の最初（文永八年）の来日の際に大宰府に呼び寄せられて応接と通事を担ったが、住寺の興徳寺が今津の外れにあり大宰府や博多から遠くて役目上何かと不便であったため、二度目（昨年）の来日の際には大宰府の崇福寺へ移らされたのである。

初回の来日時には、趙は唐櫃を金の鎖で縛り固めたものを経資に見せ、

「この中には皇帝より貴国の王への国書が入っている。これまで何度も送達したが返書がなかったことで、国王に国書か届いていないのではないかと皇帝は訝《いぶか》り憤《いきどお》られて、臣が京へ登り国王へ直々奉呈するよう命ぜられている。何とぞ道案内を願いたい。聞き入れてもらえなければ帰国する以外にないが、そうなれば武装した兵船がやって来ることになる。何千万人もの命がかかっているので、どうか御決断願いたい。なおこの国書への返書は十一月までを期限とする」

と、鋭い弁舌で捲し立て返書の期限を厳しく切った。

経資は、帝都には異国の使節が入れないこと。また、いかなる国の国書も大宰府が受け取り鎌倉幕府を経て帝都へ転送される仕来りになっているので国書を某に渡して頂きたい、と押し返した。

そのような押し問答が十数度繰り返されて全く埒が明かないので、経資は数人の番卒に刀を抜かせて国書を渡せと趙を脅してもみたが、死をも覚悟している相手は動じない。

そうこうしているうちに趙は、国書の「写し」ならば手交できると突然折り合ってきたので、小弐経資はその「写し」を受け取り鎌倉に送達したが、内容はこれまでと差異はない。

幕府はすぐに将軍名で朝廷に奏上したのは言うまでもない。

幕府・朝廷では結局今回も「無視すべし」と決せられ、趙はなすすべもなく一旦高麗へ引き揚げた。

趙が異常なまでに十一月の返書期限にこだわった理由が、約五ケ月後に趙が再来日した際に判明した。

それは、モンゴル国は十一月をもって「大元国」と国号を改めたのであった。

前回の来日時にそのことを事前に知っていた趙は、世祖への慶事の祝いの進物に大元国の支配下の国の一つに日本国を加えて華を添えようとしたのであった。

その世祖を喜ばす目論見どころか、使節の目的が全く達せられなかったので、趙は意気消沈して元には帰らず開京で世祖の沙汰を待ったのであった。

しかし、この頃はまだ耽羅の三別抄は平定されておらず、また何よりも南宋の樊城・襄陽が落ちずに頑強に抵抗していたため、巨大なマンジャニーク（城砦攻撃用投石器）を現地で製造するためにペルシャから工人を呼び寄せるなどの最終段階であったので、世祖はその方に忙殺されていた。

したがって日本征討のために金州に兵船や兵はある程度の準備はしていたものの派兵に専念できる状態ではなかったので、世祖は心ならずも趙に再度の日本国招諭を命じた。

趙が再度来日したのが、昨年（文永九年）の四月であった。

使節の規模と人数は前回と同じであるが、人員の一部が入れ替った。

一行百名のうち二十四名が書状官と呼ばれる主に中書省の役人達であり、文書の起案・作成や相手国官憲との折衝にあたるなど使節の重要な役割を担う者たちである。その中の一人の南宋人の子曇は今回新たに加わったのであるが、奇遇にも洛陽の禅師虚堂の下で大応国師と共に修行した仲であり、いわゆる大応国師の法弟にあたる。

二人は洛陽以来の再会を喜び合うにとどまらず、何としてでも日・元の間で戦いが起きないように密かに協力し合うことを誓い合った。

その甲斐あってか、趙は二度目の来日時も当初こそ、小弐に眦《まなじり》を決して国王への拝謁や国書の回答を迫ったが、その意気込みは徐々に弱まっていった。

というのも経資は前回同様の対応を続けたが、趙はその間子曇の勧めもあって大応国師が紹介する日本の文人墨客との交遊を深め詩文を交換しあったり、大宰府の監視の下ではあるが大応国師と子曇の案内で大宰府を中心に筑紫近辺の旅を重ねて、貧しくとも健気に生きている村人や無垢《むく》で素直なつぶらな瞳の童たちを知るうちに徐々に頑《かたく》なな心が解かれていき、当初の決心が大いに揺らいできたのであった。

その原因は、〝質実剛健〟という日本の民俗が滅んでしまった母国、金国のそれと極めて似通っていたことである。

女真人はもともと狩猟兼農耕の民であり、厳しい気候風土の中で生き抜くためにも伝統的に「精（勤勉）」「素（質素）」と「武（武勇）」を最も尊ぶ民であった。

金国は、遼と北宋を滅ぼして領土が急拡大したため自国人（女真人）の何十倍もの異民族を支配することになった。そのため、異民族の官僚制度や風俗習慣を取り入れざるを得ず、また、北宋人をはじめ他の民族との通婚を許したこともあって女真人としての気風が瞬く間に失われてしまった。贅沢と腐敗が蔓延したのである。

そこをモンゴルと南宋につけこまれ、攻められて滅んでしまった。

かくしてモンゴルに国が滅ぼされ、雑婚が一層すすみ女真人の文化は滅んでしまった。

いまや金国のかつての都であった中都（北京の一部）や南京（河南・開封）などで覇気を持った女真人を見ることができないし、そもそも誰が女真人なのか、すっかり異民族の風俗習慣に埋没してしまい見分けすらつかない有様である。

趙は、これまで世祖に命を拾われたばかりか、思いもよらぬ重用と厚遇を受けて位階を極めた。その恩義に報いんがために必死になって働いてきたが、日本人と出会ったことにより、女真人が国を失い同化によって矜持や魂を喪失させてしてしまったことに言いようのない寂しさを老境のこの年になって初めて気付いたのであった。

また、先に日本招諭が不調に終わり、世祖の沙汰を待つために開京へ一旦戻った際に、高麗の太子諶一行が世祖への朝賀の遣いより元から戻ってきたのに遭遇した。

太子をはじめ一行三十数名全員が髪を辮髪に剃りあげ、服も元服を纏っていたため、それを見た開京の民は声をあげて嘆き悲しんでいたのであった。

高麗の風俗習慣が日々元風に改められてゆき、そのうち全てが埋没してしまうのは必至である。

日本は元と戦えば金国や高麗国と同様、元国を全く無視しているだけに、あるいはそれ以上の悲惨な末路を迎えることになると確信している。

しかし、小弐経資を始め朝廷や幕府は悲しいまでの純粋さと尚武の気風があるため、元の招諭には一切応じないであろうことも長い日本滞在で日本人を知れば知るほど断言できるようになった。

(事実その後、帰国の三日前に鎌倉よりの使節一行への申し渡しとして、「重ねて渡来するときは、一人として生きて返さない。重々皇帝に申し伝えるように」と執権時宗の言葉が小弐経資から伝えられた)

このままでは戦になるのは必至であり、この美しい碧の山河と、貧しくも純朴な人々の家族や村々を戦禍で灰燼に期するには余りにも忍びがたく、放置・傍観すれば一生の悔いを残すことになる。

遂に趙は、国信使としての勤めを放擲し、世祖の意に沿わぬどころか処罰されることを覚悟の上で「日本を討つ勿《なか》れ」と一生一代の意見具申をし、世祖を諌める決心をした。

それは日本国には元の南宋攻略を阻害する意思や国力もないと見切り、確信の上であった。

しかし、聡明な世祖に意見具申する以上は、〝日本征討が元国の益にならぬ〟どころか〝害にさえなる〟と断言できる確固たる理由と裏付がなければならない。

そこで趙は、大応国師に密かに心情を吐露して助勢を取り付け、引き連れてきていた二十四名の書状官に不眠不休で日本の皇室・幕府の爵位・職階、制度、地誌と産物等々を詳細にとりまとめさせた。そして、その大部の書冊を基に、日本は、わざわざ危険な渡海をしてまで征討するに値しない貧しい国であるとし、民俗も殺を好み君臣の礼や親子の情愛など全く窺うことができなかったと己の所見を述べることによって「日本を討つ勿れ」と結論付けることにした。

その膨大な書冊が完成し、趙良弼が帰国のため高麗国へ向かったのは、滞在丸一年が過ぎた今年の四月の上旬であった。

二、昨年（文永九年）二月二十六日、六波羅探題（幕府が京都守護に代わって朝廷及び尾張、加賀以西の諸国を監視・監督するための京都に置いた幕府機関、北方《きたかた》と南方《みなみかた》に分けて置いた）北方の北条義宗より突然鎮西奉行小弐経資宛に下知があった。義宗が一昨年十一月にこれまで何年も空であったこの職を拝命し、就いて間もない時である。

「謀叛者を十一日召し取った。今は既に平穏となったので何も心配する必要はない。したがって、（噂を聞いて）御家人のうちで何かと鎌倉や京へ登ろうとする者がいるかもしれないが、そのようなことがないよう、その旨の触れを出し周知徹底するように」とあったので、小弐経資は、九国の全御家人へその旨の書下し（命令書）を六波羅探題からの下知の写しとともに発出した。

騒動の概要は、十一日に鎌倉において北条一族の中で特に格が高く有力者でもある名越氏一党が謀叛を図り誅殺された。

名越氏はそれまで血筋を誇り、何かと得宗家に従順でなかったこともあったが、それにしても〝まさか〟と鎌倉ばかりでなく全国の御家人にとっても驚天動地の出来事であった。討ったのは得宗被官であった。

さらに、十五日にはもっと驚く事件が京都で勃発した。時宗の腹違いの兄で、京都六波羅探題南方の時輔（二十五歳）が着任したばかりの同北方の義宗により謀叛の疑いにより誅殺されたのである。

時輔は庶子（正妻の子でない）であったので、幼少の頃から父の時頼に何かと弟の時宗と差別されて育てられ、元服してからの名前も時輔とさせられた。右は、弟の時宗を輔（補佐）せよとのあからさまな意味あいが込められていた。

しかし、そのように虐げられてもその温厚な性格と才能は多くの人々から慕われており、早くから京都へ遠ざけられて幕府の中枢から外されたとはいっても謀叛などを起こすとは考えられないが、謀叛の首謀者とされた。得宗家に不満を持つ名越氏や前将軍の宗尊親王などと親交を重ねたことが仇をなした。

また、前将軍宗尊親王に対しては後嵯峨法王への遠慮（親王は法王の第一皇子）もあってか、処罰こそなかったが、親王はその月のうちに出家（表向きの理由は法王の逝去）を余儀なくされ、親王を取り巻く者達が悉く罰せられた。

この二月騒動と呼ばれる一連の擾乱は、執権時宗に全権力を一元集中せんがための周到な準備のもとに執権時宗、連署政村、そして時宗の舅の足立泰盛らが企てた血の粛清であることは誰の目にも明々白々であるが、それにしても執権の腹違いの兄とはいえ、その命まで奪うという容赦のない徹底振りに小弐経資は、背中にうすら寒いものを感じた。

しかし、おかげで執権の下知に逆らう者はいなくなったため鎮西奉行としての勤めは何かとやり易くなった。とりわけ、九国の領地へ下るのを渋っていた御家人達が一族郎党と所従を引き連れて東国から南下するのが一層加速し、遂に大友氏も本領の豊後へ居を構えることになった。ただ、九国の三人衆と呼ばれているもう一人の島津氏だけが、何かと理由をつけて鎌倉から動こうとしない。

この二月騒動の影響で己が身に禍の及ぶことを心配する九国内の御家人等々からの様々な照会があって、小弐経資はその応答や対応に翻弄されることになった。

三、二月騒動で時輔が討たれた二日後の十七日に、後嵯峨法皇が崩御された。
天皇在位は僅か五年間であったが、上皇、法王として都合三十年間〝治世の君（国事を行う）〟であられ、時局切迫してからというもの連日の如く院での評定や神仏への国難調伏に努められており、心痛の余り昨年末から病に罹っていたのであった。

継の治世の君は、幕府の推戴により三男の亀山天皇に決せられた。

また、本年五月二十七日に連署の北条政村が身罷かった。享年六十九歳。

政村は、幕政にあっては宗尊将軍を廃して京へ送還し、その子の三歳の惟康を将軍に祭り上げた。また幕府の政策決定機関である評定衆、引付衆の権限を減じて執権・連署に集中させ政策を即断できるように腐心した。そして巷間の噂ではあるが昨年の二月騒動を首謀したと噂されている。

政村は元国に対しては断固たる姿勢は揺ぎ無かったが、むやみに強硬なだけではなかった。

たとえば、渡来僧の影響を強く受けた時宗が〝断ずべき時に断ぜざれば、侮《あなど》りを受ける〟とばかりに趙良弼国信使の二度目の来日時に血気にはやって一行全員を斬ろうとした際、朝廷の意見として(実際は連署の自分の意見であったが)「使者を斬ってしまうと、元国と我々との間に相通じる者がいなくなって困ることになる。また、(元国の国書を無視し返書を出さない以上は)相手国にはどのような理由で斬られたのかが判らないままなので互いに都合が悪い。今回だけは趣を重々言い含めて帰すべき」と思いとどまらせた経緯があった。

その一方で、政村は高名な歌人であり勅撰集にも多く入集され、教養や趣を同じくする武人として朝廷や公家衆に圧倒的な支持を得ており、公武合体の要でもあった。

経資はこれら二件の葬儀を九国の御家人達に知らせるとともに、異国警固に専念させるため鎌倉・京への弔問などで上ることを厳しく禁じる鎮西奉行としての書き下しを発し、また監視した。

「大儀である、大儀である」と小弐経資は小金丸の肩に手をかけて、床几に座らせた。

守護所の接見の間は戦時に備え、甲冑のままでも多くの武者が同時に楽に出入りできるように間口が広く改装され、また来客用に陣中床几がいくつも置かれてあった。

ここのところ代官や御家人たちの我侭勝手な言い分や筋の通らない言い訳、他の者への誹謗・中傷ばかりを聞かされて殺伐としていた小弐経資にとっては、心を許せる小金丸との再会がよほど嬉しかったのであろう、

小金丸に「おうおう、この若者が末弟の蝦丸殿か、立派な、えー面構えじゃのー。昨年は確か次弟

の蟹丸殿を同道されたが、それにしても三人とも良く似ておるわのー」と笑って立ったままの蝦丸を手招きで呼び寄せ、自分の腰に差してあった拵え物が見事な小刀を鞘ごと引き抜くとその手に握らせた。

「昨年も蟹丸に御刀を賜り、この度もまた恐縮の限り」

小金丸がためらう蝦丸にかわって礼を述べて相対して座している経資に深々と頭を下げた。

「なんのなんの、元国の襲来時には獅子奮迅の働きをしてもらわねばのー。ところで虎丸殿のお加減はいかがじゃ」と話題を変えた。

「有難う存じます。相変わらず一進一退でございます」

「そうか、それは心配じゃのー。年寄りは病にかかると心配だし、かといって元気すぎるのもはた迷惑じゃ、適当にゆるりと年をとらねばのー」と言って可々と笑った。

七十六歳になる実父の資能入道が、公私に亘って何かと口出しが多いうえ、また歳がなせる業か言っていることが次々と変わって混乱させると御家人や家人の間での評判が悪いのを指しているのは間違いなかったので、小金丸は笑いを噛み殺すのに苦労した。

そうというのも虎丸は昔から「あの資能の口だけは何とかならぬものか」と煩いほどの饒舌家の資能を常日頃苦々しく評していたのを思い出したからである。

しばらく楽しい懇談の後、退出するにあたって小金丸は、経資の実弟、景資からの依頼の弓を一張りと大鷲の羽根の征矢《そや》三十本を持参したので納めてもらいたいと蝦丸を促して室外で控えている〝犬〟に小弐の前に持ってこさせた。

景資がその日は小弐に替わって大宰府での勤めのため留守であると知ったからである。

この弓矢は、昨年の勤番の際に以前景資に約した蒙弓を持参し試射したところ、和弓の倍以上の飛距離があることが確かめられ、いたく驚いた景資から蒙弓を超える和弓が造れないかと依頼されていたものである。

小金丸が元軍の武具に精しい鉄とその二人の配下に問うたところ、蒙弓と麗、和弓との大きな違いは、蒙弓にはモンゴル鹿のしなやかな強靭な腱が貼り付けてあるため、弓のしなりが格段に違うとのことであった。

牛・馬や羊・山羊の腱でもかなりの飛距離を伸ばすことができるが、鹿の跳躍する腱のしなやかさと強靭さには遠く及ばないとのことである。

また弦《つる》にも細い腱が麻とともに縒り込まれており、丈夫で切れにくい由。

そこで郷の者を集めて鹿を求めて探し始めたところ、それを聞きつけた住職の恵慶がやって来て、「この郷で乳を飲んで育つ四ッ足を殺めてはならぬし、殺めたものを持ち込んでもならぬ」といつもの温厚な住職とは思えぬ形相で強くたしなめられた。

その理由として、これらの四ッ足はすべからく「人の言の葉」どころか「人の情」さえ判る。それらを殺めていると、人を殺めることに躊躇《ためら》いがなくなることになってしまい仏の道に外れるというのである。

住職の説教は確かに道理ではあるが、さほど信心深くない小金丸にとっては〝今更何を〟という気持ちも多分にあったが、その気持ちや思いを飲み込んだ。

そして、元との戦には是非ともなくてはならぬ代物であると縷々説明したが恵慶は頑として聞き入れない。

恵慶は最後に「野垂れ死にしたものなら、お役にたってもらっても構わぬじゃろう」と譲るところがあったが、鹿が野垂れ死にするのを悠長に待っておれる訳がない。

そのようなことで悩んでいたある日、漁師の一人が勇魚の尾の腱が強靭であるというので、鉄とその二人の配下らとで薄く削いだもので試してみることにした。

通常九国の地で使われる弓は、櫨《はぜ》の木を芯に外七節、内六節の唐竹を鰾《にべ》（魚や勇魚から造った膠《にかわ》）で貼り合わせたものであるが、外竹と芯となる櫨の木の間に勇魚の腱と勇魚の髭を貼りつけるなどして工夫を凝らしたところ、これまでの和弓と比べ格段の違いが出た。

しかも和弓はもともとが蒙弓の二倍以上の大きさで大きくしなることもあって、用いる腱の違いがあっても蒙弓の一～二割方遠くへ飛ばすことができるようになった。

その弓を黒漆で塗ったものと、数巻きの弦（弦は折り目がつくと必ずそこから切れるため巻いたもの）、そして鎌倉の和賀江島の湊で隣に停泊していた陸奥の頭領から餞別に貰った大鷲の一束の羽で作った征矢である。

小弐は、目ざとく大鷲の征矢を見つけ、

「これはこれは、大鷲か？　矢羽の第一は大鷲、二に鷹と言われておるが、大鷲のものは滅多に見かけるものではない。よくぞまーこのような貴重な物が手に入ったものじゃ。景資もさぞや喜ぶじゃろう」とさかんに感心した。

小金丸は本当のところ、弓の方を自慢したかったので、話を弓に戻した。通常の弓とは逆に反ったこの弓に弦を張るには、立木の股に弓を逆さ天秤がけして両端を二人ずつでぶら下がって引き曲げる等の工夫が必要と語ったところ、小弐は目を丸くして驚いた。

辞去する小金丸の背中に小弐が、

「嫁迎えはいつじゃ？」と突然思いがけないことを聞いた。

「聞いとるぞ、何時その話になるのか先から待っておった、ほんにじれったいのー」

きっと先月の松浦党の他の勤番の者からその話を聞いたに違いなかった。

「この勤番を無事終えて帰りましたらすぐにでも……」

小金丸は真っ赤な顔で振り返って、目を逸らしながら頭を下げた。

「おお一ケ月後か、慶賀、慶賀。嫁御は、天竺（インド）より遠い国の姫君と聞いとる。天女のような容姿との評判じゃが、娶られたら是非一度博多に連れてこられよ。それにつけても祝いを何としようかのー」

小金丸は逃げるようにして室を辞した。

第四章

元宗十五年（元暦至元十一年、日暦文永十一年、西暦一二七四年）正月二日。

日本征討軍議のため元に召還されていた金方慶が開京へ帰着した。

六月に屯田経略使の忻都（元軍）、七月に金方慶（高麗軍）、十月には洪茶丘（元軍――高麗帰附軍）と高麗における三軍の将がすべて世祖に次々と呼び戻されていたのであった。

金方慶は、元での軍議を終え、元旦に執り行われる恒例の元宗主催の賀宴に間に合わせようと急いでの帰国であったが、北辺の雪のため一日遅れたのであった。

先触れの知らせを受けていた朴将軍は、出迎えのために単騎開京から北へ半日のところの村で、二泊して待ち続け、その甲斐あって、雪解けの深い泥道をのろのろと疲れきった騎馬の一行と出遭うことができた。

一行の先頭で半分居眠りをしていてすっかり面やつれした金方慶が朴将軍を認めると笑みを浮かべて目で合図した。

金方慶は耽羅での三別抄との戦い以来、朴将軍を配下の中では新参ではあるが最も信頼を置くようになっていた。いやむしろ恩人と言っても良いくらいである。

耽羅での三別抄との戦いでは、中央突破を命じられた金方慶は、両側で元軍の忻都と洪茶丘が冷笑を浮かべて見守る中での攻撃であった。

ジリジリと丘を攻め上っていったが、もはや退路を断たれている三別抄は、何度も死に物狂いの突撃を試みてきた。

政府軍の方は出発前の大嵐のために多くの兵を失い、俄かに再編成された老人と少年が多くを占める軍では、三別抄の必死の迫力と気合にすっかり怖けつき、敗走しかかり危うい状態が何度もあったが朴将軍とその配下がその都度、踏みとどまり支えたので、遂に数に勝る政府軍が何とか盛り返すことができたのであった。

そして、三別抄側が敗走し始めると、それまで高みの見物を決め込んでいた忻都と洪茶丘の軍団が戦に加わり三別抄を徹底的に打ち負かした。

この戦は、金方慶の面目を保ったばかりでなく、高麗政府軍の存続に大きな助けとなった。

元の高麗帰附軍を率いる洪茶丘は、高麗政府軍を自分（元軍）の直属にし、高麗人兵を一本化すべきだと世祖に何度も訴えていたこともあり、そのことを事ある毎に主張し虎視眈々とその機会を狙っていたからである。

金方慶は、本来なら今回の元への入朝にも朴将軍を同道したいところであったが、「元に入って世祖の御前会議を兼ねた軍議に参加する」となると長年の股肱の将軍達との兼ね合いがあって、やむを得ず割愛したのであった。

しかし今回の軍議の後の元の将官たちとの諸事百般の交渉の中で、元側に全く気圧《けお》され発言さえできないでいた老臣達を見るにつけ人選を誤ったと後悔した。

元の将官に位負けして悉く相手の言いなりであった。

武人は、ただ艱難辛苦《かんなんしんく》を共にしただけでは何の役にも立たない。

金方慶は、朴将軍と今顔を合わせたこの瞬間から、この男を引き立てて側近とすることに決めた。

周囲の老臣達にも確《しか》とそのことを知らしめる必要があるので、朴将軍を呼び寄せて親しく轡《くつわ》を並べた。

二人の後ろに続く老臣達は驚いたが、金方慶は道すがら、挨拶を返すのを端折って日本征討の軍議の様子やそこでの決定事項を朴将軍に話し始めた。

「日本への侵攻は七月に決した。モンゴル軍の馬が最も元気な秋に大決戦に挑むという伝統に従うからだ。元軍は高麗駐留軍のうちの五千人と元からの増援軍一万五千人、計二万人が渡海する。他方、わが軍は五千六百人と決められたが、その他に兵船を操る水手などの六千七百人を揃える必要がある。また、全軍の渡海のための千石船、抜都魯（バートル）軽疾船（突撃用快速船）、汲水船をそれぞれ三百艘、合わせて九百艘の全ての船を我が方の責任と負担で今月の十五日から建造を始め五月中に完成させせなければならないことになった。そのための工匠や役夫は、尚書省が算出したところでは、三万五百人が必要となる由なので十五日までに徴集して着工する」

前方を見て淡々と喋っていた金方慶は、轡を並べる朴将軍に突然、顔を向けて話し続けた。

その顔は苦渋に満ち、眉間には深い縦皺が刻まれていた。

「なお、造船監督官には某と洪茶丘が任命されたが、某が造船の全責任を負うことになり、洪茶丘は某の仕事ぶりの監督と出来上がった船の検分を行うとの仕分けだそうだ」

朴将軍は金方慶の舌打ちが聞こえたような気がしたが、金方慶は再び前方の遠くを見やる姿勢に戻ると暫くの沈黙の後、

やっと聞き取れる声で呟いた。

「造船ばかりでなく馬匹の飼葉にいたるまで、今回の日本侵攻にかかる戦費や兵站の悉く高麗国の負担となることに決した」

金方慶の軍議の席次は、丞相（宰相）の次という破格の扱いであったが、しかし高麗への要求は情け容赦のないものであった。

聞き終えた朴将軍はあまりの負担の大きさに息が止まってしまった。

「都の辻々には、飢えて行き倒れになった屍骸が埋葬もされずに山と積まれております。このように国中が飢えきっている中、この御命に従いますと、国中が餓死者で埋め尽くされることになりかねません。また、現に公租役務に耐えかねて多くの民が故郷の田畑を捨て、元の支配地へ続々逃散しております」と、思わず金方慶に怒鳴ってしまった。

「うん……」金方慶は一瞬目を瞑って大きく頷いた。

朴将軍は一縷の望みを託して「南宋のその後は如何ですか？」と尋ねた。

南宋の范文虎将軍が一昨年六月に虎の子の精鋭を引き連れて北上し一大決戦を臨んだが大敗した後、それでも籠城を続けていた呂文煥将軍が昨年二月にマンジャニーク砲（城砦攻城投石器）の攻撃

により遂に襄陽を開城し降伏した。そこのところまでは高麗に伝わっているが、万一その後に南宋軍が反転攻勢をかけているようであれば、世祖は兵を割かれ日本征討を諦めることもあり得ると思ったからである。

一陣の霙《みぞれ》交じりの冷たい風が吹き抜けた。

一呼吸置いて金方慶は俯いたままで髭の先の霙のしずくを震わせながらボソボソと話し始めた。

「足掛け六年もの間、あれほど元に頑強に抵抗し籠城を続けていた呂文煥将軍が、投降後は世祖に対して南宋征討軍の先陣を賜りたいと買って出て、既に漢水を下っているそうだ。南宋征討軍本隊の二十万人を指揮するのは回々国（ペルシャ）を支配しているフレグ・ウルス（モンゴル帝国の一つ）から元に使者として来て、世祖にその才覚を見出されてそのまま左丞相に登用されたバヤンという名族（モンゴル）出身の若者に決定した。このことは我々の翌日の軍議で決まった」

「そうですか、南宋軍は長江まで下がって迎え撃つ心算ですかな、これまで樊城・襄陽だけで六年かかった訳ですから、決着がつくまで後何年かかるか判りませんな。それにしても南宋征討軍を率いることになったのが若者ですか？」

「ああ、齢は知らぬが洪茶丘と左程変らんじゃろう」と吐き捨てるように言った。

朴将軍は一縷の望みが断たれて気落ちしたが、世祖の噂は、やはり本当であったと驚きを新たにした。

世祖は、老人の知恵と知識を貪欲に吸い上げる一方、戦にあっては覇気と才能に富む若者達を大抜擢し、その忠誠心と勇猛心を極限まで競わせる。名族とあればその血統や声望を擦り切れるまで利用するし、恨み骨髄の敵であった者に対しても投降すれば暖かく迎え入れて破格に遇して旧主に叛かせる。しかし、一旦取り込んだ後に意に沿わないとなると徹底的に糾弾し処罰する。空恐ろしいまでの世祖の智謀に朴将軍はブルッと胴震いした。

金方慶は続けた。

「世祖は、自ら軍を率いて南宋と戦ったことが度々あるので、あの大帝国は簡単には落とせないと身をもって感じておられ、また常日頃側近にもそのように洩らしている。したがって、南宋と日本国が手を結ぶと一層やっかいなことになると危ぶんで、度々使節を日本へ派遣して招諭したが日本は一切返牒すら寄越さないでいる。返牒がないということは、敵意があると看做さざるを得ないということだ」

朴将軍は、とても日本征討には世祖の求める準備が間に合わないと憂慮した。

本日が正月の二日であり、このことをこれから入京して金方慶が元宗に奏上し、船の建造をする幾つかの湊を決め、そこへ十五日までに木材を搬送し始め、同時に三万五百人の工匠・役夫を徴集しなければならない。

ただ集めればよいというものでなく、工程毎の班分けをし、工具や寝所そして糧食の手配も当然含まれ、しかも五月の晦日《みそか》までに九百艘全ての艦船を竣工させなければならない。

「今月の十日頃までには洪茶丘が追っかけて帰ってくる筈で、洪が取りあえずの段取りの進み具合を検分し、世祖と中書省に知らせることになっている」

「とても間に合わない」と朴将軍が力なく呻くと、

「やらざるを得まい」金方慶は断固として言った。そして、

「さもなくば、洪茶丘が何から何まで取り仕切ることになり、万民が呻吟《しんぎん》することになるぞ」と、今度はやっと聞こえるか聞こえないほど小さな声で呟いた。

今日の暗い雪雲の空のような重苦しい沈黙が二人を包んだ。

その沈黙は、明日から始まるであろう、間違いなく高麗史上最も過酷で苦難に満ちた日々を憂いてのものであり、その災難を少しでも軽減する方法はないものかとそれぞれが物思いに耽りながら無言で開京へ入京したのであった。

王宮に到着すると金方慶は、塵も払わずにそのままの姿で元宗への拝謁の間に向かった。


文永十一年七月の秋を迎えて、葉はここのところ機嫌が悪く、荒れ気味である。

江華島から四年が経ち、小飛は十九歳、葉は二十一歳になっていた。

五島の海で人買いから救われ、葉から弟妹のように育くまれている五人の子供達もここのところ葉の言葉の端々に、棘が含まれているのを敏感に感じ取ってオロオロして笑い声や口数が普段よりめっきり少なくなっている。

しかし最も被害を受けたのは、鉄と二人の配下である。

この三人が日本にやって来てからの館での主な仕事は、これまでの弓よりも強力な和弓と矢の製造を小金丸より任されていたのだが、元や麗の弓についての使い方や聞き知った知識はあるものの、何分工人ではないので造り方は全くの素人であり、日本人の弓師達の助力を得ながら試行錯誤を繰り返

していた。

昨年六月にやっと満足のいく一張りが出来上がり、それを小金丸が小弐の弟の景資への土産にした件《くだん》のものである。

景資から絶賛されたこともあって、同じものをできるだけ多く造ることになり、また同時にその工法を九国一帯に広めることになった。

そのためしっかりした倭語の必要から、どうしても葉の言葉の助けを借りなければならないという弱みが生じていた。そうなると、この三人には自然と葉が命令と指示をする形となってしまい、不幸にも顔を合わせる度に葉の鬱憤の捌け口となったのであった。

「酒を飲んで村の衆と喧嘩ばかりしないで、もっと身を入れて多くの弓が造れるようにならないのか。それに矢の数が足りない。鷹や水鳥の矢羽が手に入らないのであれば、烏でも山鳥でもいいからそれでできないのか？」と毒のある言葉で不満を炸裂させた。

「烏？」で、鉄は怒り狂った。

また、村の衆との喧嘩というのは、村の犬が忽然と消えてしまうことが再三あって二度と現れない。犬が消え去る直前にその場所で、新参のこの高麗人三人が村人に見かけられていたことから、村の衆はこの三人が、高麗人にとって馳走である犬を連れ去ったのではないかと怪しんでの口論であったが、三人は揃って否定しているので、真相は判らない。

葉が荒れているのは、葉なりの尤《もっと》もな訳があった。

それは、小金丸が昨年の八月に勤番明けで博多から戻ってくると小飛と婚姻したのだ。

そして、小飛は今月の七月が臨月になる。葉にとっては想像もつかない婚姻、出産というものが、あの二歳年下の小飛にたて続けに起こっているのである。

どうしてこのようなことになったのか、葉には、理解ができない。

小飛は、それまで常日頃から小金丸のことを「頼りない若頭領」とか「何事ものろくて見ているだけで焦《じ》れて眩暈《めまい》がする」とか散々こき下ろしていたのを、なんだかんだと宥《なだ》め賺《すか》したのは自分であった。

それなのにこの世で一番信頼し、兄のように慕っていたその小金丸を騙し取られたようで釈然としないし許せない。否、愛しい小飛だからこそ許せないのかもしれない。

江華島、珍島から日本のこの館へと、今では小飛と冗談を言い合い、また口論もできる仲になっていて、小飛が実の妹以上に思える特別な関係になっている。

その小金丸、小飛とこの世で自分にとっては最も大事な二人が手を携えて、自分だけを置き去りにして何処か遠くへ行ってしまうようで、言いようのない寂しさと焦燥に駆られた。

それまでの葉は、過去の殺伐とした悲しみに満ちた人生と決別し、このまま穏やかなこの松浦の郷の館で心優しい人々に囲まれ見守られながら楽しい毎日が未来永劫続くものと信じていたのであった。それが突然、暗転した。

事の発端は、昨年の勇魚漁の際に小飛が息のできなくなる病に罹ってからであった。

恵慶は、小飛の身体の隅々を触診と打診をした後、脈を一時（二時間）も取りながら様々な問いを投げかけて、それに対する小飛の返答を注意深く聞き、同時に脈の速遅、強弱、掌の発汗・寒暖及び息の強弱そして顔の紅潮や瞳孔などをつぶさに窺った。

小金丸が褌一本で船から飛び込む姿を見たとたん、体中から熱いものがこみ上げ、息ができなくなったくだりを聞き、そして、恵慶の下した見立ては「愛《いと》しい病」であった。

〝息もできぬほど人を愛しく想う〟この病である。

しかし、葉にはこれがどうしても理解できない。

生まれ育ちのせいなのか〝息もできぬほど、目が眩むほど人を憎む〟ことは、これまで何度もあったが、息もできぬほど人を愛しく想ったことなど一度もなかったし、一体どのようなものか思い描くことさえおぼつかない。

だが、菊は違った。菊は日頃の小金丸の言動から、小金丸が小飛を憎からず想っていることを母なればこその勘で感じ取っていた。

それが間違いのないものだと確信したのは昨年の春のことであった。

母屋の裏には、根元から曲がりくねった松の木が一本生えており、小金丸は子供の頃から春夏秋冬、一日の一時を決まってその木の背丈ほどの高さの所に股が開いた枝に寝そべって空を見上げて雲を見つめたり、腰を降ろして横笛を吹いたりするのを日課としていた。

また、母屋と松の木の間には、小飛が高麗から持ち込んだ連翹が植えられ、それが増えて花が一面咲き乱れていた。

菊は母屋の中から、花を摘みに来た小飛と松の枝に座っている小金丸の話を偶然にも耳にしたのである。

「お父上には、その後、博多の高麗人を通して何度も密かに書簡を送ったが届いているのかどうか返答がない……。また博多と南宋との間は、船の行き来が止まっていて本宅の方へ直に届ける方策もない」と、小金丸が申し訳なさそうに話しかけたところ、

「有難うございます、いろいろと御心配お骨おりいただいて申し訳ございません。しかし父は達者です。私には判ります」

と、これまた小飛のいつもの素っ気ない返事であった。

「ほほー回々国（ペルシャ）の神様は、そこまで教えてくれるのか？」

「ええ」と小飛は小金丸に胸を張って微笑みを投げかけ、

「何でも教えていただいております。明日からは又、その神々と御先祖様をお迎えする大事な儀式が始まります。また、亡くなった母ともいろいろとお話がありますので、都合十日間、小飛は部屋に籠りますので戸を開けないでくださいませ」

「なに、また十日も会えぬのか……、寂しいのー」

「……」

と、実にたわいないものであったが、菊は小金丸が小飛を憎く想わぬどころか、最後のしみじみと呟いた「寂しいのー」の言葉の抑揚から、切ないまでに愛しく想っているに違いないと確信を持ったのである。

その確信は、腹を痛めた者にしか判らぬという自負があった。

そして今回の恵慶の小飛の見立てである。

さらに恵慶が、小飛は情、気性のほか身体のすべてにおいても日本の女よりも強《こわ》いので、嫁げばさぞ立派な稚児《ややこ》が多く授かるであろうと予言した。

菊は、小躍りして喜び心から笑い、誰が何と言おうと二人を必ず纏めようと決心した。

そしてその後の行動は実に素早かった。

そもそも小金丸には、惣家に近い縁戚で今年十二歳になる橘姫という娘子が、その出生した日から許嫁《いいなずけ》に決まっていたのであったが、それを破談にしてまでの婚姻となる。

菊はまず虎丸に、この件の了解を取り付けた。もっとも虎丸は小飛を好もしく思っていたので、アノウの了解を得ることができないことと許嫁のことに不安があったが、それよりも何よりも一族・一家の存続には、それが一番良い方法であり、特に元軍襲来前に最大の懸案を片付けるには他に方法がないと菊に一任した。

しかし通常、許嫁に破談の申し入れをするということは、松浦党内での多くの人々の信用と面子を傷つけることになるので極めて困難で大変なことであるが、菊が自ら騎乗し下人に馬を曳かせ十日余りをかけて惣家をはじめ関係の各家を鋭意巡って頭を下げた。

破談の理由としては、〝今日明日にでも元の来襲が噂されている中、虎丸の病状が回復しないので、一刻も早く家督を小金丸に継がせ嫁迎えをして嫡子を得て虎丸を安堵させたい、というものであった。

元の来襲があると噂されている緊迫した情勢下、松浦党内での赫々たる功績と豪快で実直な人柄により人望のある虎丸が、重篤の床で「家督を譲って孫を見るのが、今生最後のたっての所望」と呻《うめ》いているとの殺し文句が利き、誰も反対する者はいなかった。

しかし、小金丸と小飛の肝心な二人が、突然の事態の展開に心の準備ができていなかったこともあって驚き慌てた。

菊の〝人生は五十年にも満たない、いまこの機を逃すと一生後悔するよ〟との言葉に押され、もともとが惹かれあっている仲であったので慌しく結ばれたのである。

そして、ついに七月の二十九日に小飛は珠のような男児を生んだ。

特に虎丸は世継ぎの誕生に狂喜し、その子の名前を、夜の航海の第一の目星である北斗星にちなんで「北斗丸」と名付け、館での大祝宴は四湊七村の全員が呼ばれた。

ただ、葉だけは周りが狂喜乱舞すればするほど、ますます一人取り残され二人が更に遠ざかっていくようで一層寂しく、暗く落ち込んでいった。

それは、幼い頃に人買いに売られ故郷の島を離れていくとき、人買いに手をひかれ涙を流して訴える自分を、母は何故か無言のまま怒った顔で畑に立つくして見送った。そしてその母の最後の姿を見た後、人買いの船に乗せられて誰もいない湊の景色を見て、底知れぬほどやるせなく心細くなった時と似たものであった。


イブラヒムは単騎で来訪した朴将軍を合浦のダルカチ館（元の占領地事務所）の中庭で出迎え、朴将軍が下馬すると抱きかかえるようにして館へ迎え入れ椅子に導いた。

夏も盛りを迎えようとしている五月中旬の昼下がり、窓は開け放ちにしているが風がなく、また昨夜の大雨のため異常なほど蒸していた。

朴将軍は兜こそ被っていないものの、戦支度の甲冑を身に纏っているため顔中から汗が滴り落ちている。

連日早朝行っている四百人余りの部隊の訓練を指揮した後に立ち寄ったのである。

一月十五日から始まった艦船の建造に合わせて開京を発ち合浦に来たものの、部隊の訓練と造船の監督に多忙であったので、イブラヒムとは久しぶりの再会となった。

朴将軍は、自軍の訓練のほか造船監督官である金方慶が千石船を建造している二箇所、全州道の辺山、羅州道の天冠山を行き来しているため、それに同行したり合浦近辺の湊で建造しているその他の小型船の監督の一部を任されているのである。

イブラヒムは朴将軍が見込み通りに今や全高麗軍を率いる金方慶の信任が最も厚い側近となったことに大変満足していた。

これで、〝高麗軍の中枢に信頼のおける密偵を置け〟という大都の指示を適《かな》えたことになり、面目が大いに立つ。

しかも、二人が頻繁に会ったとしても誰からも疑われることも噂になることもない。

イブラヒムは、日本征討派遣元軍の合浦の兵站責任者であり、朴将軍は軍船の造船監督官でもある金方慶の側近なので船の艤装《ぎそう》、搭載する武器や兵糧についての関係で、二人の間で行き来が密であっても全く不自然ではない。

「あと、十日余りしかありませぬが、船は大丈夫ですかな、全部揃いますかな？」

イブラヒムは真っ先に喫緊の心配事を切り出した。

〝絶対間に合わないだろう〟という噂が元軍内どころか建造に携っている高麗人の間でさえ囁かれていたからである。

もし、間に合わなければ七月の日本征討の予定が大幅に狂ってしまう。

五月中の全艦船の竣工、六月にはその船で梶取り・水手の習練と艦隊訓練を行って万全を期すというのが、世祖が思い描いている絵図であるのは誰もが承知している。

「昼夜兼行しております。もし間に合わなければ造船監督官（金方慶）が責任を取らなければなりますまい」と朴将軍が答えると、

「そうだ、大変なことになる。造船監督官の首だけでは済むはずもあるまい。累は我も含めて高麗にいる元・麗の全軍に及ぶ。元宗が願ってやまなかった太子諶（この頃人質として大都在住）に世祖の公主（皇女＝娘）クツルガイミシュの降嫁がやっと決まって婚儀の式が先月大都で行われ、晴れて世祖の駙馬《ふま》（公主の婿）になったという大事な時であるので高麗人は死に物狂いで踏ん張ってもらわねば困る」とイブラヒムは苦言を呈した後、

「いろいろと噂があるが、それで船材は十分かな？」

全部で九百艘の船は、良木が得られる山に近い湊で建造しているが、先に三別抄討伐船の建造で既にかなりの木々を伐採していたため、その近辺の山は、すっかり禿山になってしまって見る影も無いと聞いていたので、イブラヒムはそのことを心配したのである。

「たとえ足りぬとも、ともかくやり遂げねばなりますまい。それよりももっと大きな心配事があって

夜も眠れぬ」

朴将軍は、大きな溜息をつきながら話すべきかどうか一瞬躊躇した。

「大きな心配事とは、事故と病で死んでいる工匠や役夫達のことなのかな？」

イブラヒムは、ここにきて死者の数が日に日に増えていることに大きな危惧を抱いていた。

朴将軍は野天の下で寝起きし、乞食と見紛《みまご》う痩せ細った姿の樵《きこり》、工匠や役夫が食事もままならないなかで無謀な昼夜兼行の建造のため、事故や飢餓によって目の前でバタバタとあっけなく死んでいく姿が目に浮かんだ。更におぞましいことに、人手を割く余裕がないので葬ることもできずに骸を野辺に晒していることに胸が締め付けられる思いであったが、静かに首を横に振った。

「実は肝心な兵船のことでござる。某は陸での戦のことしか知りませぬが貴方は、兵船については如何か？」

「否、生まれも育ちもイソファーンという土漠の真中の町なので、馬や駱駝は精しい心算でいるが、海の巨船というものは元に来て初めて見て……」

朴将軍は、やっと決心したのか夜も眠れぬ心配事を語り始めた。

日本征討の船は、高麗式の船に決定している。これは工匠、建造期限などの制約の関係からもさらに大型で頑強な南洋式のものでなく、高麗式のものにせざるを得なかったからである。そのことについては中書省の許認を得ている。

建造中に船大工の大棟梁が何度も訴え来るところによれば、切り出したばかりの木で艦船を建造しているが、外海に乗り出す船の材木は少なくとも数年は乾燥させたものでなければならぬとのことであった。

通常の高麗船の船材は、特に海水に漬かるところは必ず乾燥しきった物を用いるとのことである。なんとなれば生木では、海水に浸かるとすぐに腐り始めるというのが第一の理由で、船板に歪みが生じるというのが第二の理由であった。木材は生木の時にはなかなか本性を現さないが、乾燥させると立木していたときに陽にあたっていた面の多少や、また斜面の前面側か後面側かによって同じ木であっても踏ん張り具合で硬軟が生じて、後々反ったり捩れたりするものだそうである。したがって数年間乾燥させ本性が現れたところで手を加えて船板にすると狂いが少ない。

生木のまま組み合わせたりすると、たちまちに船のあちらこちらから歪が生じてそれが連鎖して船の各所で同時に隙間が生じてしまう。更に船板が腐り始めれば一層漏水が激しくなり収拾がつかなくなるとのことであった。

また河川や内海ならいざ知らず、それが大海での風や荒波に激しく打ちつけられたりすると大変なことになる由。

当初は、大棟梁が無理な建造を嫌がって何とか先延ばししようと反抗しているものと無視してきたが、あろうことか、ほんの二月ほど前から出来上がって湊に浮かべた船に次から次へと何がしかの不具合が生じており、大童で修繕している最中である。

この修繕のため、建造にかかわるよりも多くの人手を割かざるを得ないという、情けない有り様である。

果たしてこれは、大棟梁の危惧する生木が因か、それとも急がせたことによる未熟な工匠のなせる業なのか。

顔をしかめて聞いていたイブラヒムは、

「朴将軍、今更そのようなことを言われても……世祖も某と同じく船については何もご存じないだろうが、二人の造船監督官はそのことを御承知なのか？」

「二人に質した訳ではありませぬが、この訴えはあちらこちらから寄せられているので多分御承知の筈。しかしお見受けするところ五月中の全艦建造と六月の訓練、そして七月に日本を征討するという世祖の御命令が何よりも優先されるものと考えておられる」

「さもありなん、某も中書省から征討用の矢を一本でも多く作れとやんやの督促を受けているが、高麗において矢を作れるのは限られた集落の者だけであるということを大都の者は知らない。しかも働き手の多くは造船や水手に徴用され、特に鉄にかかわる者のほとんどが造船に携っているので、鏃《やじり》が全く足りぬ」とイブラヒムは嘆いた後、朴将軍に次の通り呟いたのであるが、それはあたかも自分に言い聞かせているようであった。

「モンゴル兵というものは短い戦の場合、一人について通常は二頭の馬に一張りの弓と四百本の矢を装備する。したがって遠征などの長期戦となると、使いまわしのため四頭の馬が必要となり、弓は多く射るとしなりを失うので四張りを用意し、少なくとも千六百本の矢が必要となってくる。

しかしながら某は、矢の不足については中書省ほど憂慮していない。

今回の日本征討には、生粋のモンゴル兵は忻都の近衛と督戦部隊の極少人数だけであり、主体となるのは漢人と高麗人である。また漢人といってもモンゴル兵と戦い振りが良く似ている女真人やキタイ人は、今般南宋征討のため長江方面に根こそぎ派遣されている。

したがって、来月忻都に率いられて合浦に来る一万五千の増援軍は、北辺の名も知らない諸々の蛮族で占められている筈で、そ奴らの生業は猟師である。聞くところによれば、その狩りの方法は小獣を罠や毒矢の弩《いしゅみ》で狩り、虎や熊などの大物は毒矢で弱らせて長槍で仕留めるというものだそうで、長槍さえあれば矢はさほど用意することはないという噂である。

また、屯田軍の一部が日本征討軍となるが、もともとが食い詰めて兵になった南宋の軟弱な者達である。しかしそういう輩に限ってあれこれと注文が多くて厄介であるが、高麗に来て思いもよらず畑や家畜と妻女を得たことに満足しており、矢の多少にかかわらず命を張ってまで戦うはずがない。矢が無ければ無いでそれを理由として戦わないだけだ。問題は、高麗軍であるが、しかし高麗兵は弓矢も使うが、白刃をもっての肉薄戦が得意と聞いているので、矢はほどほどあれば良いと心配していない」

その呟きに対して、

「高麗軍は、これまで元との多くの戦さを経て、近頃は元軍と似た戦い方になってきており、かなりの矢束が……」と、朴将軍が反論しかけたが、イブラヒムは無視してアノウの話に移った。

「アノウ殿はいかがか御存知であるか？」

イブラヒムは、朴将軍が或いは何らかの手段を講じてアノウと書簡のやり取りでもしているかもしれないと念のため聞いたのである。

「心配ではござるが、南宋との往来が全く途絶した今日、窺い知れぬ」

「そうか、やはりな。それにしても、小飛殿は気の毒であったな。アノウ殿があれほど愛《いつく》しんでおられたので、せめて弔って差し上げようとその後、気の利いた者を何人か珍島に送って骸を探させたが無駄であった。また、耽羅で捕まった三別抄の残党にも一人一人訊問して聞いてもみたが、やはり耽羅には最初から来ていなかったそうだ」

イブラヒムの言葉の端々に小飛を思いやる気持ちが溢れていたので、朴将軍は愛しい小飛のことをここまで心配してくれているイブラヒムに感極まり胸にこみ上げてくるものがあった。

朴将軍は小飛を、実の子のように育み愛しんだし、また小飛はそれに応えて、いつも微笑んでいて実に素直でそれでいて愛嬌があった。

特に、武術においては、〝おや？〟と唸らせる才能があっただけに、朴将軍は、またまたそのことを思いだしてしまい、つい涙を滲ませて愚痴を言ってしまった。

「やはり、あの倭人の若頭領が元凶だった。アノウ殿はあの若者を高く買っておられたようだが、某の見るところ、どこか頼りなく何かおかしいと思っていた」

朴将軍は小金丸の顔を思い浮かべると怒りが沸きあがってきて語気が鋭くなった。

そのような朴将軍を落ち着かせるためイブラヒムは笑みをたたえて、

「まあ、まあ、アノウ殿は底知れぬ強靭な心と身体をお持ちのお方だ。今頃はあの新しい妾との間に二人目の子供ができているやもしれぬ。フフフ……」と、つとめて明るく執り成そうとしたが、朴将軍は憮然とし、無言で宙の一点を睨んだままであった。

合浦に回航され集結した九百艘余りの艦船が、日本征討のため湊を順次出航したのは七月ではなく、三ケ月も遅れた十月三日であった。

この年の三月には既に、正式に征日本の勅命が下っており、征討軍発進は七月、陣容も序列順に忻都が日本征討都元帥、洪茶丘が東征右副元帥（左右の序列が日蒙では逆になる）、劉復亨（女真人）が東征左副元帥、金方慶が都督使と決まっていた。

ただ、序列については、金方慶が世祖の陪臣（直属の臣ではない）にあたるので老臣であっても最下位であるのは頷けるが、猛将で鳴らした劉復亨が若造の洪茶丘の下位であることに洪茶丘以外の者は疑問を持った。これは、またまた洪茶丘が何か世祖に工作したのではないかと四将の間で気まずい空気が流れていた。

七月の開戦にあれほど拘っていた世祖が、また夏に馬を肥やし秋（旧暦では七月からが秋）に戦を始めるという、これまでの元軍の戦術の慣習を変更せざるを得なかったのには理由があった。

高麗国王元宗が崩御されたのである。

合浦の金方慶は、五月の晦日《みそか》に全艦船の竣工した旨の元宗への奏上文を六月一日付で起草し、それを開京の元宗は十五日に病床で読み、高麗にとっての最大の懸案がとりあえず解消したことに大いに安堵して文の体裁を整えて世祖への奏上文に書き換えを命じると、そのまま眠りにつき十八日に薨《こう》じた。

享年五十六歳、在位は僅か十五年であったが全生涯が、最後の最後までモンゴルによる苦難に満ち満ちたものであった。

折悪しく丁度この数日前から忻都が、日本征討軍の援軍一万五千の漢人部隊の兵を元から引き連れてきて開京に順次入城していたので、その兵達の乱暴狼藉も重なり都は上下を挙げて大混乱に陥った。

忻都は、この混乱を収束させるべく兵を即刻合浦へ引き連れていったが、その後を追うように世祖から忻都へ元宗崩御後に伴う日本征討の段取り変更の為の軍議と御前会議を大都で開催するので右に出席せよとの命令が届いた。

そのため、忻都は合浦から蜻蛉返りで開京経由大都へ向かった。

一方、合浦で水陸征討軍の訓練に励んでいた金方慶、洪茶丘は崩御の一報が入るや、それぞれ葬儀のため開京へ向かった。

洪茶丘は仮葬が済むと合浦へ戻ったが、金方慶は百官に推されて国王不在の間、国事を預かることになったため、朴将軍は金方慶に開京へ呼び寄せられた。

世祖は、人質として預かっていた太子諶を王位に就せるため高麗への帰国を命じ、大元国皇帝世祖クビライの名の下で高麗国の王に冊封《さくほう》（王位に就くことを命ずる）する詔を発した。即位に際し、太子諶が開京に到着した八月二十五日、上座に立った世祖の特使が、太子諶と金方慶をはじめ高麗百官が平伏する前で詔を読み上げるという儀式を賑々しく行わせしめた。

翌日、太子諶は即位した。そして元宗が世祖と交わした約束に従い、子々孫々未来永劫高麗国は大元国に忠誠を尽くす証として、王の名に忠の一文字を入れて「忠烈王」と名乗ることになった。

金方慶は、国事を忠烈王に引き継ぐと最後の気の重い仕事にとりかかった。

無骨な武人には全く不向きで不得意なものであり、如才ない朴将軍の助けを借りることにした。

それは、公主クツルガイミシュが輿入れのため十月に来麗することになっている。しかし、忠烈王には、既に正式な妃である貞和宮主（貞信府主）が王宮にいることもあって、その取り扱いを如何にするかという難問である。世祖の実の娘の輿入れにかかわることなので下手を打つと逆鱗に触れて国中が大変なことになる。

しかし、それは杞憂に過ぎなかった。

金方慶の横で平伏したままの朴将軍が予め金方慶との打ち合わせ通りの案を妃に言上すると、妃は「高麗国のためならば」と申し出を快く全て了とした。何一つ愚痴や条件の変更も言わず、別宮に移ること、侍るのは身の回りの世話をする女官だけとし、また二度と忠烈王に会わないと誓った。

金方慶は、武人と相通じるその凛とした潔《いさぎよ》さと気高さに圧倒され、「宮主の行く末、何としても御守りいたしたい」と、朴将軍ともどもこの時、心に誓ったのであった。

金方慶は、合浦に戻ると日本への発進が遅れた期間を利用して、兵と水手や梶取りの訓練を重ねた。特に荒海に乗り出すと征討軍すべての命運を担う、梶取り・水手そして船大工は高麗軍の責任であったが、もともと熟練者に限りがあるうえ徴用者の訓練だけでは間に合わないこともあって、数で埋め合わせするしか方法がなかった。当初の元からの指示では六千七百人であったが、とてもそれでは九百艘を操れるものではなく、結局一万五千人に増やさざるを得なかった。

それを見ていた洪茶丘が、「軍（高麗軍）も増やして八千人にせよ」

と、この期に及んで兵を二千四百人増やせと無理難題を吹っかけてきた。

それは洪茶丘が、自分は全軍を総覧する立場にある上位者であることを誇示するためと金方慶は察したが、大事の前であるので争うことはせずに腹心を全道に派遣し老若を問わず人狩りをさせ、取りあえず員数を揃えた。

そうこうしているうちに、十月が迫り忻都が元から戻ってきた。

戻ってきた忻都は、洪茶丘、劉復亨、金方慶の三将を集めたが、大都での日本征討についての世祖の新たな命令や指示は何もなかったと語った。

しかし金方慶は、巧知に長けた世祖がこれだけの大軍を動かすにあたり新たな命令・指示を与えないということは、あり得ないことなので、忻都が何かを隠しているのではないかと不気味であった。世祖は何を語り、何を命じたのか？　それを忻都は何故隠すのか？

隠すのは世祖の指示なのか？

忻都が大都での話として、

「大都で伝え聞くところによると、東征軍（日本征討軍）については、世祖が趙良弼に今般の日本征討にあたり何度目かの諮問をしたが、趙良弼は『日本は荒海を越え危険を冒してまで征討するに値しない貧しい国なので、大元国に何等益はなく、決して討つこと勿れ』と、これまで通りの答申をした由。世祖は終始笑顔を絶やさず拝聴して慇懃に礼を述べられたが、日本征討の決心は微塵もゆるがなかったそうだ。南征軍（南宋征討軍）については、投降将軍の呂文煥が元軍を先導し南宋軍との海戦を巧みに回避しながら、あまり世に知られていない漢水の支流から長江に入るという奇策を弄し、それが奏功してなんと、一月には場合によっては十年以上かかると言われていた長江中流の最大の要衝である鄂州に無血で入城した。

これは鄂州の守将が、呂将軍の名声と攻城砲の威力の噂に怯えていたところに、呂将軍から『投降すれば将兵全員の命と地位の保全保証、また住民には一切危害を加えない』との呼びかけに応じたからである。守将がかくも容易に応じたのは、南征軍二十万人は最も精強で訓練が行き届いた漢人兵が中心に編成されているので軍紀は厳しく保たれ、略奪や暴行は全く行われていないという好ましい噂が一年前の樊城・襄陽の陥落以来、鄂州にまで届いていたからである。鄂州は、前皇帝モンケの命で世祖が包囲し落とせなかった要衝であるだけに世祖の感慨もひとしおの御様子だそうである。そこで、世祖は指揮官のバヤンに対して『このまま兵を損なうことなく、南宋軍の自壊と投降を促しつつ、投降した兵を自軍に編入するか高麗への屯田兵とし、たとえ日数はかかっても一歩一歩着実に都の臨安に迫れ』と厳命したそうである」

以上を語った忻都は、三将の顔を見比べながら溜息混じりにしみじみと心情を吐露した。

「南征軍は羨ましい。兵も武器も全てが揃っている。一方、わが東征軍は増援軍の将でさえ誰何《すいか》（呼び止めて所属、階級、名を聞く）しても、その簡単な言葉さえ判らないで呆然としている。まして命令などしても通じないのではないか」と嘆いた。

洪茶丘がすかさず、

「都元帥閣下、元宗の崩御のため三ケ月出発が遅れましたが、幸運にもその間、この地（合浦）で演習と訓練に明け暮れることができました。また戦闘では、銅鑼と太鼓が命令となりますので、御懸念には及びません。増援軍は、常日頃虎や熊と闘っていた猛者達ですので、勇猛果敢であり南征軍のように攻略に何ケ月何年もかかるようなことはありません。日本など一気呵成に攻め滅ぼしてみせます」と誇らしげに答えた。

それを聞いて、劉復亨の洪茶丘を見る目がキラリと光った。

また金方慶は、元宗崩御を幸運にもと口走った同じ高麗人の血を引く洪茶丘を顔中の髯を震わせて睨みつけた。

そして十月三日の朝を迎えた。

合浦中の寺の鐘が鳴り響く中、元軍二万人（高麗駐留軍五千人、元からの増援軍一万五千人）、高麗軍八千人、兵船を操る高麗人約一万五千人余り、合わせて四万三千人の男達が合浦の町にひしめき、そして湊に埋め尽くした九百艘の艦船に順次分乗して湊を離れていった。

イブラヒムは、増え続ける派遣軍団の人数に悩まされ続けながらも出航までの最後の数日間は馬と飼葉・兵糧・水・武器そして衣服・寝具、薬草等々ありとあらゆる物資を艦船に搭載することに不眠不休であったため、艦船を見送る顔はげっそりとやつれ目は血走っていた。

ともかく不十分ながらも送り出すことは何とか果たしたが、最大の心配事が二つあった。

一つは、果たして艦船が戦役中に事故を起こさず無事であるかということと、二つ目は、戦が長引いた際の兵糧、武器の〝補給〟である。

その準備は全く考慮されておらず、また物資、船、人、全てを総ざらいして払底している現状では、求められても米一粒矢の一本も応ずることができないのである。

かくして日本は、国家開闢以来未曾有の国難が降りかかってきたのである。

第五章

虎丸は、よもや元軍の矛先がこんなにも早くこちらに向かってくるとは思ってもいなかったので、大変驚いた。

元軍は、平戸松浦党の惣家筋である答《こたう》ら数十人が守っていた鷹島を今朝早く攻めると、たちまちのうちに島を落とし、四艘の千石船を含む八艘の船で島の対岸にあたるこの館に向かってきた。

虎丸は、これでやっと死に場所と死に時を得たと内心喜んで、体中の気力が湧き上がってくるのを覚え、櫓の半鐘を鳴らし迎え撃つ体制を整えた。

この軍勢なら少なくとも四～五百人は上陸してくる筈であり、戦えば一たまりもない。

ともかく、ここ四年間吐血と下血ですっかり体が弱り、やせ細って骨と皮だけとなり歩くことも叶わず、いつも寝るかせいぜい座っているのがやっとという状態である。髪の毛もほとんどが抜け落ちた。

発病前までは、人一倍強健であっただけに思い通りにならない不甲斐ない自分の身体に歯痒い思いが日に日に鬱積していたのである。

元軍は、十月五日に対馬の佐須浦に上陸した。守護代の宗助国他八十余騎が迎え撃ったが、翌六日全員討ち死にした。そして十四日に壱岐の西面に上陸し、守護代の平景隆が百余騎で応戦したがこれまた破れ、樋詰城に立て籠もったものの翌十五日城は落ち、全員討ち死にするか自刃した。景隆の奥も幼児を刺して自刃した。

これらの報は、それぞれの守護代の命で郎党や下人が夜陰に乗じて小船で元軍の囲みを破り、三日三晩かけて玄界灘の荒波を越え、博多の守護所へ通報越したのである。

元軍は誰もが博多に直行するものとの予想に反して、何故か艦隊の航路を西に取り十六日に平戸島を襲った後、やっと反転させ博多へ向け進路を変えたのである。

その博多への航行の途中、辺り一帯の島々や対岸の松浦党の幾つもの湊、館や山城を手当たり次第攻め落とした。

その報は湊から湊へと小船で伝えられ虎丸にもたらされた。

そして十七日朝に鷹島が落ち、鷹島からは対岸の虎丸の館が遠望できることから、元軍の一支隊がこちらへ向かってきたと思われる。

しかし、このとき館には小金丸の率いる一族郎党の精鋭や異国人の船子たち全員が留守であった。戦支度をしているのは、蟹丸を除けば五十代過ぎの湊や村の老人四十人ばかりである。

というのも対馬の一報が入るや鎮西奉行の経資は、対馬の急報を鎌倉へ送る一方、たまたま博多の警固番役であった島津氏を除いて全九国の豪族・御家人に「祖国の危機来る、元軍対馬に襲来せり、博多の浜に集結せよ」と檄を飛ばした。

小金丸はそれに応じ、博多の町の前面に広がる〝息《おき》の浜（沖の浜）〟を目指して末弟の蝦丸とともども数日前に騎馬六騎と徒《かち》四十人で出発していたのである。

また、二十人余りの船子等の異国人たちについては、九国へ下ったばかりの東国武士達は異国人を見たこともないため、戦場で出くわすと誤って同士討ちとなる惧があるとの経資の心配もあって、兵站を受け持たせることになった。

また千石船〝小金丸〟は元軍に襲われることを防ぐため〝犬〟に指示して小金丸一行を博多へ運んだ後は、船子十人余りとともに五島の小島の島影に船を隠させた。

兵站地の水城《みずき》には、直接合戦に加わらない農夫や異国人が集められつつあった。

水城は、大宰府と博多の間に在り、筑紫大平野の大宰府側の奥まったところに位置しており、そこには両脇の東西から伸びている山裾を繋いで塞いだ大堤がある。全長は宋尺で九百歩（一キロ）高さ五丈（十五メートル）基底の幅は二十四歩（三十七メートル）もある堂々としたものである。

この堤が造られた経緯は、百済からの救援要請（西暦六六〇年）に応じて百七十艘の水軍を派遣した大和朝廷が新羅・唐の大軍に白村江の戦いで敗れ（西暦六六三年八月）百済より撤退した。その時、新羅・唐の追撃に備えて、天智天皇三年（西暦六六四年）に「遠の朝廷」である大宰府政庁をそれまで博多にあったものを現在地に移し、それを守るためこの大堤を構築したものである。真ん中に比恵川（御笠川）が流れているため堤は切られているが、そこを仕切れば堤の後ろは水を貯める大きな湖となり、新羅・唐軍が攻め込んできた場合、その仕切りを壊して濁流で一気に溺れさせせようという壮大な構想であったと言われている。

しかし、その後わが国は新羅、唐とも友好を保ったので六百年間、この堤は使われることもなく今日を迎えたのである。堤の前方は博多までの一本道が走り、その両側に広がる筑紫の大平野一面は、沼と水田が延々と博多まで続いている。

一方、大堤の後ろ側（大宰府寄り）は草地であり、ここは昔から馬や牛の一大放牧場となっており、そのため木が生えていない平地である。

そこで、経資は博多と大宰府の間にあるこの水城の大堤を万一の際の最後の砦とし、その後ろ側を本役の一大兵站地とし、兵糧等の幾つもの倉と替え馬のための応急の厩や秣《まぐさ》小屋そして馬場用の柵などを建てていた。

また有力御家人たちもそれぞれの判断で規模こそ小さいものの経資に倣った。

小金丸は武器と兵糧米用にそれぞれ倉を一棟と替え馬数頭用の簡易な厩なども予め建てている。

戦は何日、何ケ月続くか判らないので、水城には戦への備えと且つ兵站を守りつつ前線からの命令に迅速に応える陣容が求められたが、主だった者は皆戦にあたることになる。

他方、農夫だけでは火事場での働きが期待できないことから、ここは修羅場を潜った松浦党をはじめ肥前、筑前、筑後一帯の異国人の船子などの手も借りようということになったのである。

しかし、諸々の国の言葉が飛びかう兵站の中では、それらの国々の言葉に堪能な者が軸となって調整することが欠かせないと判断した経資は、何カ国もの言葉に堪能と評判になっている小飛にその任にあたってもらえないかと小金丸に依頼した。

小金丸は当初躊躇したが、小飛は博多の前線に陣を張る小金丸の少しでも傍近くに居たいという強い思いと、持ち前の勝気さで戦のお役にたてることならと小金丸に懇願した。

また葉も小飛を手伝いたい言い張ったため、二人は水城に常駐することになり、他の船子や鉄どもも三日ほど前に水城に到着していた。

小飛は、水城行きに際して生後間もない北斗丸の同行を強く言い張った。

虎丸や菊から「北斗丸は一族の命、二人で責任をもって預かる」と、血相を変えて反対したのを押し切って、北斗丸を乳母とともに強引に水城へ連れていってしまった。

「ほんに強《こわ》い女子《おなご》じゃ」と虎丸と菊は、それまでは何事にも従順であった小飛が本件に関してだけは断固として譲らず僻々したのであったが、しかし、このように館に元軍が迫ってきている現状に二人は小飛の単なる「運の良さ」を超えた何かに思わず手を合わせたのであった。

「これは、きっとあちらさんの神様のお陰じゃよ、よう教えてくれたのー。それに比べてこちらの神様や仏さんは、貴方の全快を願うて、散々寄進もしたり拝んだりもしてもろうたが、一体どうなっとるんじゃろうか」と菊のこの期に及んでも瓢軽《ひょうきん》な愚痴に虎丸は思わず笑ってしまった。

虎丸は、迎え撃つ準備に漏れがないか目を瞑って一つ一つ小さく声に出して確認した。

まず館の櫓の半鐘で郷内の四湊七村の女子供と戦えない老人を退避させ、館も女は菊以外誰もいない。

菩提寺の恵慶は、元軍に斬られるまで「異賊降伏」の護摩を焚き続けると強情を張っていたようだが、「それは大きな社寺にまかせ、御坊は戦の後が郷の者にとっては最も頼りにされ忙しいのじゃ」と人を寺に遣って説得したので退避している筈である。

蟹丸には、館に残った最後の一頭の馬を宛がい、この虎丸に代わって大鎧を着させて戦の指揮を執らせる。

これは、蟹丸にとっては一生一度の晴れ姿であるが、不憫なことに自分と一緒に冥土へ旅立ってもらうことになる。これだけ多くの郷の者をこれから死なせ、またここにいる者達の息子達の命を小金丸、蝦丸が全部預かっている訳だから、仕方あるまい。

嫁を娶らず女も知らず、この年で死なすには誠に不憫じゃが……。

そして目を開けると、馬場を兼ねた中庭の真ん中に一人床几に座っている己を取り囲むように三方を横長五幅の幔幕《まんまく》が張られているのを確かめた。

幔幕の一番上段と一番下段が紫色に染められ他は白地のままであるが、真ん中の幅の丁度床机《しょうぎ》に座した際に背に当たる一箇所だけ、丸に波を蹴る千石船の虎丸一族の紋が鮮やかな金糸の絵抜きとなっている。

幔幕の開いた方の真正面に館の正門があり、正門の上には門櫓があって、そこには数枚の楯が並び置かれて石や油そして弓矢が既に揃っているのが見える。

山を登ってくる敵は、道を登りきった所にあるこの正門を、必ず打ち破ろうとする筈だ。

虎丸は回りには誰も置かず、唯一人で太刀も帯びず、鎧も着けずに烏帽子《えぼし》に榛摺《はりずり》色（茶色）の狩衣《かりぎぬ》だけで床机に座っている。

正門を打ち破った敵は、広場の真ん中の派手な幔幕に囲まれ一人座している自分の所に必ず殺到すると虎丸は見ている。

敵が密集して重なりあって飛び込んでくるその一点を狙い、四方から一斉に矢を放てば、俄かに徴集し、弓矢に遠ざかっていた老人達であっても矢は容易に敵に当たるのではないかと考えたのである。

小金丸のためにも、一人でも多くの敵兵を討ち取ってやりたい。

丁度そこに菊がやって来て、

「そろそろ、お先に行かせていただきます」

「そうか先に行くか。苦労かけたな、待っていてくれ」と、虎丸は座ったまま皺だらけの震える手で、菊の瑞々しい弾力のある手を少し握って、チラッとその瞳に目で語りかけ微笑んだ。

それは、一旦海に乗り出せば半年も一年も帰ってこない虎丸に不平や不満を一切洩らさず、黙々と館を守り子を慈しみ育て、常に笑顔を絶やさなかった菊への虎丸の最大限の今の気持ちであった。

館の内ばかりでなく四湊七村の郷中の誰とも明るく接していてくれた菊は、さぞ気苦労も多かった筈で、その菊に感謝ばかりでなく万感の思いを伝えたかったのであった。

言葉はなくとも菊は、虎丸の熱い気持ちを汲み取ることができ、それで十分であった。

菊にとっては、満ち足りた館での日々、心優しい三人の息子が育ってくれた感謝と無上の喜びで、これまた万感の思いを込めて虎丸の手を強く握り返して応えた。

母屋に引き返す菊を見遣ることもせず、虎丸は床机に座ったまま空を見上げた。

虎丸が命以上に大事にしている湊や村に火が放たれたのであろう、空は一面に煙で覆われ、灰がそこかしこに降ってきた。

「おのれ蒙古め、蟹丸、武者振りをとくと見せてやれ！」と一声大きく叫ぶと、再び真向かいの正門に向かって目を瞑ったが、己が戦えないという無念さ悔しさからか、瞼から一筋の涙が流れていた。

朴将軍は、息せき切って鎧にあたる佩刀を鳴らしながら急な坂道を登っていくが、その頭や肩には雪のような灰が降り注いできた。

まだ昼前だというのに空は煙で暗く、心は鉛のように重苦しい。

これから何日も続くであろう日本征討の戦いを思い巡らすと暗澹たる思いであった。

思わず「こんな筈ではなかった」と呟いた。

イブラヒムのお陰で思いもかけず高麗政府軍に復帰した当初は、武人として青史に名を残す働き振りをと思っていたが、最初の戦いが同族相打つ三別抄との凄惨なものであって極めて後味が悪いものであった。

そして、さらに酷い悪夢の始まりが対馬であった。

征討軍は五日に上陸し、六日早朝には一瞬のうちに敵軍を壊滅させた。

日本征討が目的であるのならば、また兵法を少しでも知る者なら、このような往路途次の対馬に拘泥すべきでなく全軍直ちに次の壱岐に向かうべきであり、もし背面が心配なら適当な数の兵を残して置けばよかった。

しかるに、緒戦で呆気なく勝利を得て血気にはやる兵卒は対馬の村々を焼き払い徹底した略奪と殺戮を楽しむかのように繰りかえした。

対馬は深い山々が連なり洞窟なども多く、そこへ逃げ隠れした者までも執拗に深追いし、島中が死屍累々と修羅場と化すまで続いた。

そのため、全軍の兵の撤収が十四日になり、何と八日間も無駄な日々を費やしたのである。

将官が対馬の征討目的を明確に指示していなかったことや、指示系統の不明確（洪茶丘と劉復亨の序列の問題から生じる軍統率に関する無責任・無関心）さ、もともと兵には兵としての自覚の欠如と訓練の未達から最低限の軍紀さえ守らないことになった。

特に幾つもの軍が寄り集って戦う場合は、兵卒は軍紀の低い方に流される。

また、一旦下った軍紀は、余程のことがない限り二度と上がるものではない。

兵卒は、略奪に血眼になり、また、殺害した相手の左耳を抉り取っていくつも重ね耳穴に紐を通し、それを腰にぶら下げて戦果を誇って自慢しあった。更には、若い女だけは殺さずに小刀で片方の掌《てのひら》に穴を開け、そこに長い綱を通して何人も数珠繋ぎにして船の舳先から艫へ並べて船端に繋ぎ留めた。

そうすることにより、痛みのため逃げることも海に飛び込み自ら命を絶つこともできない様にしておいて、必要な時に必要に応じてその掌の前後の綱を切って慰め者とし、用が済めば海に蹴落とすというおぞましいものであった。

捕えられた女で早く死ねた者は、まだ幸いであった。

少しでも動くと、また少しでも船が波で揺れたりすると綱が掌の砕けた骨にあたり、耐え難い痛みのため絶叫やうめき声をあげ、それが一日中船団を包んだ。

しかも、波の飛沫《しぶき》は容赦なく身体に降りかかるため寒さに凍え（太陽暦の十一月）、のた打ち回るにも掌に通された綱に引っ張られる痛みにそれさえできず、将にこれ以上はないという生き地獄を見た。

壱岐は、十四日に上陸、日本軍は城に立て籠もったので少し手間取ったが翌十五日夕刻には全滅させた。

ここでも略奪と殺戮の限りを尽したが、壱岐は対馬と異なり平坦な島なので見晴らしが利き、また対馬よりかなり小さいので簡単に全島を制圧することができた。

また競って若い女を補充し従前通り繋ぎ、残りの島民のほとんどは幼児を含め撲殺した。

もうこの頃には、撲殺や女を狩るのを見ることに躊躇いなどなく、そのことやうめき声を聞くのが当たり前のようになっていった。

その後船団は何と西に舵を切り、平戸へ向かい十六日と十七日はその周辺の山城、砦、湊や村を次々と襲い、舳先を返して博多へ向かう途中で今朝、鷹島を落とした。

忻都将軍は何故、直接博多を攻めないのか不思議であったが、高麗軍の幕僚の間では、忻都将軍は孫呉を始め兵法に明るいので、博多・大宰府を落とすにあたり、帝都も幕府も東にあることから、恐らく日本軍の救援軍は東から来ることを予期している。しかし万一、西に伏軍を置いていて挟撃されることを恐れて予め西を叩いておくのではないかとの解釈であり、なるほどと合点した。

これまでこれといった大きな戦はなく、ささやかな抵抗だけであったこともあり、今回も少しでも良い獲物・戦利品を得ようと兵卒達は先陣を競った。

朴将軍はこれまでの戦いというより陰惨な殺戮を脳裏から払拭するかのように最後の坂を気合入れて登りきった途端、焼け焦げた木の臭いと煙に圧倒された。

目の前には半分崩れ落ちた櫓と門から、煙が燻っていたが、身を捻って幾つかの死体と瓦礫を避けながら内へ入っていった。

中庭の真ん中に鶴のように痩せた骨相の老爺の死体があった。鎧を着けていない身体には数本の矢が胸と腹に突き刺さり、髪の無い首は無残にも切り落とされ自分の胴の横に転がっており左耳は抉り取られていた。その骸の側には踏みにじられた幔幕が、縒《よ》れて血と泥で汚く重なって固まっている。

生首は青黒く変色し、まさか虎丸であるとは朴将軍は夢にも思わなかった。

しかし、その縒れた幔幕の間から垣間見た波を蹴る千石船の紋に何となく見覚えがあったため一寸足を止めたが、思い出せなかった。

老人の周りには十数体余りの漢人兵の遺体が折り重なるようにして転がっていたが、どの遺体にも多くの矢が刺さっている。

朴将軍は、今回もどうせ小競り合いだろう、と供も連れず小船を仕立てて様子見に来たのであったが自軍の思いのほかの被害の大きさに驚いた。

その周りから離れたあちらこちらにも倭人兵、漢人兵の死体が入り乱れて転がっていた。

中でも目を引いたのは大鎧を着た倭人の兵《つわもの》の遺体である。首と兜は既に誰かに持ち去られていたが、鎧で身が護られているとはいえ全身に数十本の矢が突き刺さっており、鬼神のような戦いぶりが偲ばれる。

漢人兵たちは周りの建物の屋内から目ぼしい戦利品のうち懐に入らないものは、後ほど仲間内で分けるのであろう中庭に集めて山としていた。

また中庭の一方の隅では数人が手分けして、一頭の馬を解体しながらその肉を焼いており、笑い声やはしゃぎ声が沸きあがり、とても死体が山と重なっている戦場とは思えない。

何人かの兵が丁度、母屋に火をかけようとしていたのでそれを指示している小隊長に朴将軍が、「内には誰かいたのか？」と問うたところ、

小隊長は朴将軍が女を捜し求めてきたのかと誤解したのか、

「女は一人もいなかった。ただ老婆が一人自刃していた。これがその獲物だ」と足下の色鮮やかな唐衣を足で蹴って、汚い歯を見せ自慢げに笑った。

それは、虎丸の父が南宋で購入し菊の輿入れの際に贈ったものである。又これは小飛の婚礼の際にも菊が胸を弾ませながら、いそいそと小飛に着させたものでもあった。

菊はこの生涯最大の幸せな思い出の唐衣を羽織って自刃したのであった。

十九日早朝、元軍は博多の西の今津浦近辺に投錨し、高麗軍の一部、朴将軍の部隊を上陸させた。今津湊が、博多近辺で一番水深が深いということを東征軍は知っていた。

それは皮肉にも〝日本を撃つ勿れ〟と世祖を諌めた趙良弼が、その根拠として一年がかりで作成した資料のうちの地誌が中書省を通じて東征軍に渡っていたからである。

敵前での上陸で最も重要なことは、全く無防備で応戦体制が整っていない上陸軍本隊が、上陸地でいかに素早く堡塁《ほうるい》を確保し陣形を整えるかであるが、その任を果たすための受け入れ準備の兵の先行上陸に博多から少々離れてはいるが今津湊が選ばれた。

朴将軍は、金方慶から今津湊よりかなり博多寄りの早良川《さわらがわ》（室見川）河口に高麗軍全部隊が翌早朝上陸を敢行するので、先行しての河口の確保と上陸部隊の擁護を命ぜられた。

河口は川の流れが波を打ち消して穏やかになるため、上陸船が波で岸や岩に叩きつけられることなく着岸できることと、船から投げ落として泳がせた馬が波に巻き込まれず且つ遠浅の川洲の砂地は泳ぎきった馬を傷つけずに上陸させ易いこと、また広々とした洲は兵の展開が容易であるためである。

その命令実行には、本隊の早良川上陸を敵に悟られぬよう今津湊に上陸し、湾を迂回して海辺（生ノ松原、姪の浜）を東進し、河口の東岸に到着してまずは陣を構え、本隊受け入れのための準備をしなければならない。

そのため、少人数での敵中突破の行軍となり援軍は全く期待できないという将に決死の上陸と行軍となる。

今津湊は水深があると言っても千石船が接岸できるほど深くはなく、ただ千石船が岸に最も近付けるということである。したがって兵の上陸には平底の汲水船に乗り移り、短い距離ではあるが馬を泳がせる難事もあった。

海辺に沿って東に向けて進軍し、遠くに日本軍の旗竿らしきものなどが見え隠れしたが、何故か日本軍の攻撃らしい攻撃もなく早良川河口の東岸に辿りつき、陣を敷いたのは夕刻になってからであった。

また、翌日に備えての上陸地の整備や馬の水場の確保、更には徹底した陣地警固のため、今夜は部隊全員一睡もしない覚悟である。

今、日本軍の大軍に攻められたら、たちまちのうちにこの部隊は全滅するのは確実なだけに朴将軍は、本隊が上陸する明朝が一刻も早く来ることを祈った。

同時に高麗国のためならいざ知らず、元国のためにこのように高麗兵の命を賭ける不条理さと情けなさ、またそのようにせざるを得ない己が身と金方慶、そして高麗国を悲しんだ。

朴将軍には東征軍の戦略の詳細は知らされていないが、これまでの忻都や元国のやりかたを見ていると明日以降の攻撃の凡《おおよ》その展開が読める。

それはこれまで通り、高麗兵を全く愚弄したものになるに違いない。

まず、金方慶の率いる高麗軍を日本軍が待ち構えている場所に上陸させてさんざん戦わせ、遮二無二博多へ向けて突進させる。

頃合を見計らって洪茶丘の率いる高麗帰附軍と屯田軍を投入させ一気に勝利を呼び込む。

そして博多が占領される前後に実質的な主力である元の増援軍が、忻都が最も信頼する劉復亨の指揮の下で満を持して上陸し、既に潰走している日本軍を追ってこれを壊滅させ、大宰府を征服するという段取りである。

元国に屈服させられた新しい外様ほど最も厳しい矢面に立たせて忠誠の証《あかし》を強要し、身内に近い者ほど最後の最後まで温存するというやり方である。

高麗軍は、常に矢面に立たされ捨石にされるという何ともやりきれない思いであった。

一方、息の浜に集った日本軍は、鎮西西方奉行の小弐経資が大将、同東方奉行の大友頼泰が副将、経資の弟の景資が博多の町の防衛を兼ねて前線統括を担うことに決まった。

九国の三人衆の一人、島津久経には役職が与えられなかった。

もっとも久経は、警固番役でたまたま博多の東にある箱崎の薩摩屋敷（交易用の島津家分所）に滞在していたが、同じ守護職であっても小弐や大友（文永九年に豊後府中に下向）と異なり本宅を鎌倉に構えたまま代官を領地に派遣して本人は九国に下向していないので、大友の指揮下に入るということに不平不満はあっても受けざるを得ない立場にあった。

日本軍にとって悪いことに、夏の嵐による千年川《ちとせ》（筑後川）の氾濫で橋が流され、薩摩、大隈、日向、豊後、肥後の兵が筑後の神代良忠《こうじろよしただ》による仮橋の完成を待って渡河せざるを得なかったことである。

そのため息の浜への集結が遅れ、陣立てが間際まで決められなかった。

しかし、一万を超える日本軍がこの地にこのように集うことは未曾有のことであり、それはそれで壮観である。

大鎧の武者が跨った何千頭もの馬のいななきを見聞きしただけで、いかなる敵も打ち砕けるような高揚感を醸し出し、武者も市井の者共もそれに酔っていた。

兵は弥《いや》が上にも気勢があがり意気軒昂で、「これでは敵が少なすぎて、首を奪い合うことになるのではないか？」と心配する者さえいた。

だが、小金丸は集った軍兵の中には、鎧櫃を担ぐ者、矢束や楯を背負って運ぶ者、槍持ち、馬丁、米俵や飼葉を牛車で運んでいる者さえ混じっているので、これら従僕を差し引くと真に闘える兵数は、一万人には遠く及ばず多くともせいぜい七千人程度と踏んでいた。他方、対馬、壱岐、平戸からの知らせでは、敵の軍船の数が数万艘から数艘までとあって、全く信用が置けない数であるので、その把握に焦燥した。

同じ思いであったのであろう、小弐経資から小金丸は何度も敵の総数を聞かれたが、敵の艦隊の実数が判らない限り返答のしようがなく伝聞として南宋水軍の場合、通常陸戦隊の者は主に千石軍船に収容され、船倉が蚕棚のようになっていてそこに兵卒が寝起きする。馬や糧飼をどれだけ積むかによって収容人数は大きく異なるが、通常一艘につき百人の兵の収容が目安で、元軍の船も似たようなものではないかと返答していた。

大まかな陣立ては、息の浜の博多前面近くの小高い丘に構えた景資の「大本陣」から東の箱崎、多々良川、香椎《かしい》、そして海の中道を通って志賀島方面が大友・島津氏が受け持つことになり、その「東軍の本陣」を箱崎に置くことが決まった。

また、西の那珂川、赤坂、鳥飼《とりかい》、麁原《そばる》、早良川、そして今津方面は小弐氏が守ることになり、麁原の山に「西軍の本陣」を置くことにした。

鎮西奉行の二人ともが、博多の町を離れ前線に張り付くというのは奇異ではあるが、守護職の三人衆は互いに競い牽制しあっていることもあって、鎮西奉行とはいっても、他の守護や地頭が必ずしもその命令に従順に従うとは思っていない。己の領地の御家人達でさえ、とかく強情で勝手なことをしかねないので、いかにこれらを掌握し落ち度のない働きをするかが肝心であり、それが領地安堵に繋がると心得ていた。

従って東軍の大友・島津は、豊後、筑後、薩摩、大隈、日向の兵を、西軍の小弐は豊前、筑前、肥前、肥後の兵を率いることになった。

ただ両軍の要となり博多の守りを兼ねる大本陣の景資には手勢がないこともあり、肥後勢の菊池氏、詫摩《たくま》氏等と及び肥前の白石氏など計五百騎とその卒が景資の麾下に入った。

これを基に布陣することになり、十九日に日本軍が慌しく展開している最中に「元軍、今津の浦に上陸」との急報が入ったが、経資は敵の掃討より布陣を優先させた。

翌十月二十日払暁、金方慶率いる高麗軍が上陸のために汲水船などの小艦艇の舳先を揃え、続々と朴将軍が先行して待ち構える早良川河口に漕ぎ寄せて上陸した。

兵や馬を休ませる間もなく、隊伍を組むや進軍を開始した。

兵数約八千人、迎え撃つ日本西軍の優に倍を超える数である。

それと同時に、それまで今津の後浜（長浜）の辺りとその外海に散開していた元軍の艦船が姿を現し、百道原《ももじばる》に展開する日本軍を威嚇するかのように野古島（能古島）と百道原の間の海峡を威風堂々と通過し、九百艘が博多の東の多々良川河口から西の早良川河口までの間にズラリと投錨した。

敵の全容が明らかになった。

早良川河口から麁原山の麓、鳥飼までの海沿いは百道原と呼ばれる砂だらけの荒涼たる原野であるが、元軍が十九日に今津の浦辺りに上陸したとの報で日本西軍は麁原山とその麓から百道原を横切って海に至るまでの陣を急遽敷き、あくまでも敵をここから一歩も東へ、博多方面には入れさせない構えである。

ただ、陣とはいっても御家人毎に一族郎党が集って固まり、思い思いに楯を立てかけ、焚き火を囲み、そこかしこで談笑し馬を交えて屯《たむろ》している程度であった。

これは防御の陣ではなく、敵を発見するとすかさず突撃し、海に追い落とす攻撃のための陣である。したがって敵の騎兵や突撃を防ぐための防御は構築していなかった。もっとも本格的な防御陣を敷く必要があるほどの敵数なのかも判らなかったし、何よりもその余裕がなかった。

経資とその父の資能（入道、齢七十七歳）、そして嫡男の資時《すけとき》（齢十二歳）と小金丸は、他の幕僚達とともに麁原山の百道原に面した本陣から乗馬したまま、固唾を呑んで海峡を過ぎていく敵の大艦隊の船腹を数えた。

小弐経資は小金丸に、

「小金丸、貴殿に鎌倉へ行ってもらって助かったぞよ、見よこの夥しい数の軍船を」としみじみ呟いた。

小金丸も敵の艦隊の威容に驚いた。

船舶数から見ても敵の上陸してくる兵数は、少なくとも三万は下らないと見た。

わが軍は増えたと言っても実動七千人であるので、どこまで戦えるか実に心もとない。

遠くから銅鑼、太鼓、敲鉦《たたきかね》そして喇叭《らっぱ》が鳴り地響きがしてきた。

見ると西から赤、黄、青、白地に金色の絵模様などの混じった様々な色や形の多くの旗をはためかせて、百道原を埋め尽くすかのように上陸を終えた元軍が雲霞の如く沸き起こって迫ってきた。

この度の出兵に備えて高麗軍は兵制、軍装、装備、訓練を元軍に倣っていたので、日本軍はこの金方慶の軍を元軍そのものだと思った。

「資時、用意はいいか」と経資の声に「はい」と涼やかに答えた資時は馬に一鞭入れると単騎で一気に駆け下り、日本軍と元軍との間に割って入っていき、原野の中央で馬首を元軍に向けた。

元軍は何事かと行軍を止め、鳴り物もピタリと止まり、辺り一帯が全くの静寂に包まれた。

その中を、遠くて小金丸は定かには聞こえなかったが、大鎧姿の資時は名告《なの》りを上げているのであろうか鞍から腰を浮かせ鐙《あぶみ》に立って元軍に向かって猛り叫んでいるようであった。

そして、弓を引き絞ると〝八幡大菩薩〟と祈ったのか一呼吸、二呼吸置いて、両軍の軍神へ捧げる雉《きじ》の羽の嚆矢《こうし》（鏑矢《かぶらや》）を放った。

矢は「ヒュルヒュルヒュル……」と見事な大きな音をたてて資時と元軍との間の半分にも満たない手前に落ちた。

再び一瞬の静寂の後、「ドーッ」と元軍から天にも轟くような笑い声が起こり、一斉に鳴り物が鳴り響いた。中には笑い転げている者さえいる。

沖に投錨している船からも船縁の板を叩く者や、鳴り物を鳴らしているのが見える。

嚆矢が開戦のしるしであること、またそれを射る役目の者は、両軍の軍神に捧げる神聖な神事を執り行っているということを知らないのか、資時に向けて数本の矢が飛んだ。

「おのれ、戦の作法も知らぬ蛮族めらが！」

資能入道は、体をわななかせて烈火の如く怒った。

資時が紅潮した顔で駆け戻ってくると、弓手の草摺りに矢が一本突き刺さっていたが幸いにも体には達していなかった。

「ようやった。見事であった」

経資は、微笑んで嫡男を労った。

小金丸も微笑んで馬を近寄らせ、

「お見事、資時殿。よくぞ大任を果たされた」

と更に馬を寄せて草摺りに刺さった矢を抜きながら褒めると、十二歳の少年は紅潮した顔を一層紅くした。

これまでと異なる鳴り物の調べに、元兵の歩幅が小さくなって少しずつ日本軍との間合いを詰め始めた。

と、突然全軍が停止し、喇叭の音と共に一斉に矢が放たれた。

それは、日本軍の誰もが目にしたことのない光景であった。

朝日を遮る雲が流れたのかと見紛《みまが》うほど地上一帯に暗く陰が生じたと思いきや、それが不気味な飛翔の音とともに日本軍に空から矢が雨霰と降り注いできたのでたまらない。兵は慌てて楯に身を潜めたが、多くの者が斃された。

そもそも日本軍は、御家人毎の編成であるので武器も各々勝手で不揃いであり、元軍のように弓隊、槍隊のように号令一下で全軍が動く編成でなく、弓をこのように一斉に射ることなど考えも及ばなかった。

それでもあちらこちらから果敢に元軍に対して弓を射返す者もいたが、全く届かない。

何人かの武者が勇を鼓して進み出て、名告を上げ、単騎で或いは一族毎の数騎で郎党を引き連れて思い思いに元軍に突進したが、大半が敵に辿りつくまでに斃され、運よく辿りついても取り囲まれて弓で散々射掛けられた後、槍で止めを刺されて全滅した。

そのため徐々に敵に討ち込む者がいなくなっていった。

この有様を見ていた資能は、怒り心頭に達し、「拙なるかな、拙なるかな。老いたりといえども入道の戦の様、しかと見届けよ」と叫ぶや、敵陣向けて駆け下りた。

余りの激憤に誰もが止めることができなかった。

「誰か、入道を止めよ！」

経資の悲痛な叫びに小金丸が資能の後を追いかけた。

小金丸は麓のわが軍の陣を越えたところで追いつき、矢が唸り飛んでくる中、資能の馬の轡を押さえた。

それが合図かのように、麓の陣では「入道殿が敵陣に討ち込まれたぞー、皆ども遅れまいぞ！」と声があがるとその声が麓から百地原を次々と横切り海にまで伝播し、手に手に打ち物を振りかざし全戦線で突撃が開始され、両軍入り乱れての白兵戦に転じた。

元軍は怯んで一時後退したが、組織、数で勝る元軍は、陣太鼓の響き一つ二つで弓隊を後退させ槍隊を全面に押し出し、穂先を揃えて前進したため徐々に日本軍を全戦線で圧倒し始めた。

日本軍は鳥飼に押し込まれ、更に赤坂へ撤退せざるを得なかった。

そして、その赤坂も破られる寸前になったので、経資は既に赤坂に移していた西の本陣を更に海寄りの林の中に移動した。

赤坂を破られ、那珂川を越えられるとそこには、無防備な博多の町の家並みが連なる。

庶民達は「小弐様が夷狄《いてき》を退治してくださる」と信じて、ほとんどの者は家族とともに家の中でじっと息をひそめて日本軍の勝利を待っていた。

東西の中央で博多を護るべく息の浜の丘に大本陣を敷いていた景資は、火のつくような兄経資からの援軍要請に逡巡していた。それは博多の海一帯に投錨している元の艦隊の動向が読めないためであった。

上陸したのが陸戦隊の全軍なのか、それとも一部なのかも判らない。

しかし、陽が中天（昼）にかかるにはまだ少し間があったが、敵船に動きがないこともあり遂に手持ちの虎の子の肥後勢三百騎余りを援軍に差し向けることにした。

菊池武房、詫摩頼秀の両雄の二百三十騎に江田、城《じょう》、西郷、葉室《はむろ》氏を付けて送り出した。

遠くに聞こえる銅鑼、太鼓、喊声や立ち上る火炎と煙に、まだかまだかと足踏みをしていた肥後勢は、紫の逆沢瀉《さかおもだか》の大鎧に葦毛の馬に打ち乗った菊池武房を先頭に、濛々たる砂塵を天に巻き上げ我先にと赤坂へ向かい、そのままの勢いで元軍の中央を真一文字に突入した。

あまりの決死の勢いに既に赤坂に入っていた元軍は総崩れとなった。

肥後勢はかまわず敵中を遮二無二突き進み、鳥飼まで進んでいた元軍本陣まであと一歩のところまで迫った。

この頃には、すでに肥後勢の半数は斃されていたが、菊池武房と詫摩頼秀はなおも健在でひたすら突進した。

　ところが、本陣近くになると突然目も眩む稲妻が走り、四方に火が飛び散り、そして耳をつんざく爆音に馬が倒された。

　その後も何度も爆発があって、後続の騎馬も次々に馬に振り落とされるか馬ともども倒された。後にそれが、震火雷《てつぽう》（陶製の球体の中に火薬と鉄片や陶片を混ぜ入れて、火をつけて石弓で飛ばして空中で爆発させる）と知るのだが、あまりの衝撃で朦朧とした肥後勢には何が何だか判らない。

　一旦退きかけた敵兵が、討ち取りに一斉に駆け寄ってきたので、菊池武房は倒れた馬を起き上がらせ、残兵をまとめて引き揚げるのがやっとであった。

　経資と小金丸は、赤坂へ引き揚げてきた肥後勢を見て息を飲んだ。戻ってきたのは三百騎余りのうち僅か百騎に満たない数で、その人馬ともに血みどろであった。

　事の次第を菊池武房から聞いた経資は、赤坂で敵を防ぐしか手はないと悟った。

　本陣を松林の中から再度赤坂に戻し、四散した兵を取りまとめて急ごしらえの騎馬を防ぐ柵などの防御の陣を築くことにした。

　小金丸は、麁原山の麓の陣で一族郎党の指揮を委ねていた弟の蝦丸が、最初の合戦以来全く見あたらないので、人に聞いても消息が判らないため痛く心配であったが、捜す間もなく経資に特に依頼された防御陣の構築に邁進した。

　その頃大本陣に「赤坂を奪還す、敵軍撤退中」の遅れて入った勝報に惑わされた景資は「勝機は今だ」と見た。勝利を確実なものにすべく最後の手勢である肥前の白石氏とその他を総ざらいした百余騎を以って、肥後勢の助勢と敵の追撃・殲滅を命じ出発させた。

他方、元軍の金方慶は、思いもよらず前線が破られ兵が西と南の二方面に別れて撤退したのと、本陣のすぐ手前まで日本軍が迫るという衝撃から浮き足立った自軍の陣容を立て直すべく、一旦麁原山の麓まで本陣を下げ、そこに全兵を再集結させた。

そして、隊伍を組み直し赤坂へ向けて進軍し、死守せんとする日本軍へ挑むことになった。

前日から一睡もせずに、高麗軍全部隊の早良川河口上陸に貢献をした朴将軍は、金方慶から働きぶりを労《ねぎら》われ、その部隊は今回、前線に配属されずに本陣とともにあった。

そのため、朴将軍は日本軍を終始観察することができたので、その特徴と対応を赤坂へ向かう馬上で金方慶に具申した。

「日本軍は、てんでばらばらに弓を射掛け、槍や刀で突きかかってきますが、わが軍の蒙弓は倍以上飛翔しますし、集団での射掛けができますので極めて優勢です。また槍の穂先を揃えての攻撃も一分の隙無く攻めたてるため敵を圧倒しております。兵数もかなり多く、このまま戦えば負ける筈はありません。ただ、騎馬数においては日本軍の方が多くを擁していますので、先ほどのように突然に突撃されて馬上から矢を放たれたり、槍をしごかれたり攻められますと兵はその勢いに負けて浮き足立ち蹂躙されます。しかも日本の大鎧は、(矢が)何十箭中《あた》ってもなかなか体に達しません。しかしながら、その大鎧は矢には強いがそれが反面弱点でもあります。わが軍の重ね皮鎧と異なり、一度馬から落ちるとその重さから、まともに走ることも太刀を振りかぶることさえできないので、槍で鎧の隙間を狙って仕留めることができます。

したがって敵騎馬が出現しましたら、迷わず震火雷《てつぽう》を破裂させ、馬を倒すか馬に武者をふるい落とさせるのが一番の策です。たとえ馬から落ちなくても馬は驚いて立ち竦んでしまいますので、容易《たやす》く馬を射ることができます」

金方慶は、朴将軍の話を最後まで黙って聞き終えると、ポツリと「そのように皆に伝えるように」と指示を下したので、朴将軍は対応策を命令として四方に伝えた。

赤坂への行軍を遮る日本軍は現れなかったが、一面の彼我の人馬の屍骸を避けながら槍の穂先を揃えての行軍であったので、ゆっくりとしたものになった。

そして赤坂を、矢と槍でじっくりと攻めたてたところ日本軍は支えきれず撤退を始めた。

それを急いで追うことはせず、隊伍を崩さずに博多の町を目指した。

陽が中天を指したのを合図に、洪茶丘が高麗帰附軍、屯田軍と増援軍の一部を併せた約八千の兵を率いて、予定通り博多の東にある多々良川河口に上陸した。

予定では、この頃にはこの辺りの日本軍の大半は金方慶と戦うために西に移動しており、容易に箱崎を落として博多の町に入れる筈であった。

事実それまでに、息の浜あたりに多くの土煙が舞い上がって日本軍が移動しているとの報にも接していた。

しかし、上陸してみると「それっ!」とばかりに、西は箱崎、東は香椎からと日本軍が激しく抵抗したので思いの外の苦戦となったが、震火雷《てつほう》と増援軍の放つ毒矢の威力で何とか凌いでいたが、防戦一方で博多への進軍はできないでいた。

更に一時を置いて、全く無防備となった息の浜と箱崎との間の入り江辺りに劉復亨が一万を超す実質的な主軍である増援軍を率いて悠々と上陸を開始した。

この主軍が上陸し始めると、東の日本軍は背後を脅かされたため、一気に総崩れとなって博多の町へ潰走し、それを追って元軍は博多へ侵入して市街での白兵戦となった。

元軍は日本軍を追い立てるために方々で火を放ち始めた。

息の浜の大本陣では、手持ちの兵を全て出し尽くしたため景資は幕僚の四、五騎だけで丘の上から戦況を見守ることしかできず、既に夕暮れ迫る時分になっていた。

東は総崩れ、西もあれだけ援軍を送ったにもかかわらず、じわじわと押され続けて敵の一部が博多の町に入った様子である。

このままでは如何ともし難いので、取りあえず水城で大宰府を護るべく陣容を立て直そうと丘を降りた。

すると髭が鞍に届くほど伸ばし青い鎧に身を包んだ敵将らしき大男が、立派な葦毛の馬に跨って、十四、五騎の供と七、八十人の卒を率いて先頭に立って喊声を上げて追ってきた。

景資は、執拗な追撃を逃れながら振り返りざまに小金丸から貰った例の強靭な弓と大鷲の矢で〝ヒョーッ〟と射ったところ、狙いあやまたず、見事に敵将の胸板に突き刺さった。

敵将はドーッと真っ逆さまに落馬し、後続の供共ら全員が追撃を止めて将に駆け寄った。

乗っていた葦毛の馬は驚いて嘶《いなな》いたが駆け続け、景資の後を追ってきたので捕獲したところ、見たこともない大きく立派な汗馬（駿馬）であり、そして豪華で見事な金覆輪《きんぷくりん》（金縁）の鞍が乗せてあった。

景資は、その馬を幕僚に曳かせ水城へ向かったが、一本道の街道は大変な混雑振りであった。

日本軍の騎馬武者達の馬はほとんどが傷つきのろのろと歩んでおり、とても二度と戦える状態ではなかった。

また何頭もの馬が途中で力尽き斃れ、街道沿いに骸を晒していた。

兵卒は何本もの矢が突き刺さった楯を背負い疲れ果ててよろよろと歩いていた。そしてやっと避難を始めた博多の民衆が家財道具を背負い幼い子供の手を引き〝どっ〟とこの街道に流れ込んできた。

博多の民衆は、東西から元軍に攻め込まれたので北は海であることから、南のこの街道しか他に逃げ道はなかったのである。

景資が、馬上から振り返って博多方面を見遣ると、箱崎八幡宮辺りの空がひときわ炎であかあかと燃えており、また、町の至る所から、十数条もの炎と煙が立ち昇っていた。

日本軍の唯一最大の兵站地である水城の堤の内側は、流入した多くの人々で大変な混乱であった。

兵站地を守っていた異国人と農民は、倉の玄米で炊き出しをし、兵と民衆に飯を配った。

民衆には戦禍を避けさせるため更に南へ逃がした。

そして傷ついた兵の介護、馬の手当と世話、更には敵の侵入を見張るために長大な堤の前面と堤の上に篝火を焚くなどし、火事場の忙しさであった。

ともかく、兵たちは誰もが疲労困憊しており、水城に辿りつくと、ばらばらになった主従が互いに捜しあう気力もなく、配られた飯も摂らず焚き火も焚かずにそのまま崩れ落ちると野天の下で泥のように眠りこんでいた。

そのような中を経資とともに小金丸は水城に着き、経資は大友、島津と軍議すると言い残して夕闇に消えた。

「毒矢!」という声がしたので、小金丸はその声の方に行ってみると、意識がなくなって地面に横たわっている兵を介抱している者がいた。

大友・島津の東軍にはこのように、腕を掠っただけの矢傷なのに気を失って泡を吹いて死んでいく者が多くおり、これはきっと毒矢を受けたに違いないと困惑していた。

小金丸は、かつて鎌倉の和賀江島の湊で陸奥の頭領から教えてもらった蝦夷《えみし》の鳥頭《うず》(トリカブト)の治療法を手短に教え、皆に伝えるよう言い残すと小飛と蝦丸を捜しはじめた。

この頃から空からは無情の冷たい小雨が降りだした。


日本軍を駆逐し、息の浜に元軍は本陣を敷いた。日本軍の夜襲を警戒して篝火と焚き火で浜一帯が真昼のような明るさであった。

その中で、一際大きな天幕の中で都元帥の忻都が招集した軍議が開催された。

軍議は、冒頭から荒れて異様な雰囲気に包まれていた。

出席者は、都元帥の忻都、右副元帥の洪茶丘、都督使の金方慶、及びそれぞれの幕僚三人であった。

しかし、左元帥の劉復亭は、胸を矢で射られて落馬し重症を負って別の天幕で治療を受けていたので、幕僚の三人だけが出席した。

また、金方慶の幕僚の一人が戦死していたので、金方慶が朴将軍に代わりに参加することを命じた。その他の参加者として、それぞれの軍に張り付いて戦いぶりを監督し、戦後に世祖と中書省への戦況の次第（論功行賞の基にもなる）をまとめる任にある蒙古人の督戦隊の隊長三人が出席を求められた。

忻都と劉復亨の幕僚は、蒙古人と女真人から成っているが、洪茶丘と金方慶の幕僚は全員が高麗人であるが、洪茶丘の幕僚は高麗帰附人なので高麗人と呼ばれるのを極端に嫌い元人と称していた。

まず、劉左元帥が深刻な戦傷を負ったのは、洪右元帥の軍の博多侵入が遅れたからだと、劉左元帥の幕僚が噛みついた。

もともと劉左元帥の幕僚は、征東軍の序列で洪右元帥の下風に立たされたことに痛く誇りを傷つけられ〝高麗人ごときに〟と堪えられない屈辱感に憤慨していたので、その舌鋒は火を噴くかのように激しかった。

洪右元帥は、東側の上陸地点に日本軍が思いのほか多く展開していて抵抗も激しく、博多へ入ることがままならなかった事実を認めた。しかしそれは、西側に払暁から上陸した高麗軍の進軍が博多に迫るのが余りにも遅かったので、日本軍を引き付けることができなかったせいだと非難し、責任を高麗軍に転じた。

高麗軍の金都督使は、前日の先遣隊から休みなく戦い続けた本日の戦いの全てを順序だてて訥々《とつとつ》と語り、他に方法はなく兵もよく戦い最大限の戦いぶりであり、そして多くの兵を失った。と鉾先をかわそうとしたが、洪右元帥はその戦いぶりに勇猛さに欠けていたためこのような結果になったのだと兵家の面子にかかわるような難癖をつけたりした。

更に、三者は督戦隊長を巻き込んで自らを正当化し、相手を貶めるという醜い言い争いが続いた。朴将軍は、元軍は思いの外の損害を蒙ったものの遂には日本軍を追い散らし、博多の町を焼き払ったにもかかわらず、軍議はあたかも敗戦の責任のなすり合いの様相を呈していたので呆れてしまった。

忻都都元帥の幕僚の一人が、そのような罵りあいの中に割って入って、明日の戦の軍議に入りたいが「矢の在庫が僅少になっている」と極めて深刻な状況を述べた。

「矢がなくて戦はできぬ。そもそも矢と糧飼は、高麗国の責であろうに如何に！」と、劉左元帥の幕僚は、金都督使と洪右元帥両方を見比べながら、あたかも〝これは高麗人がだらしないからだ〟と言わんばかりに毒ついた。

「矢ばかりでなく、馬も大半が斃れるか傷ついて使い物にならぬ、明日の戦に齟齬《そご》をきたす」と、劉左元帥の他の幕僚が声を荒げた。

もともと船腹の関係から、また日本軍を侮《あなど》っていたこともあって、馬は絞りに絞りこんで最低限しか連れてきていないので当然替え馬の用意などは十分ではない。

また悪いことに、馬は輸送の長い間船倉に閉じ込められ大波に揺れるなどの馴れない船旅ですっかり弱ってやせ細っているところに、上陸の際に初めて海水の中で泳がせた後、上陸するやすぐに戦に酷使した。

そのような事情から、ほとんどの馬は不調をきたしており、まして矢傷を負った馬は次々と斃れた。

劉左元帥の幕僚達は、左元帥の深刻な負傷、胸に深く刺さった鏃を引き抜く治療は、これまでの経験からもほとんどが生還の見込みがないと知っているので戦意を失い自暴自棄になっていた。

もし、戦いが明日以降も継続されるとなると左元帥麾下は、洪茶丘右元帥の指揮を仰ぐことになる。兵卒の貸し借りをするのならまだしも、誇り高い蒙古・女真人の幕僚達にとっては高麗人、しかも若造の指揮を直接仰ぐなど、これ以上の恥辱は無く、それだけは死んでも避けたいとの強い思いがあった。

先程、矢の在庫の窮状を述べた忻都都元帥の幕僚が今度は日本軍の増援軍について述べるところがあり、意見を求めた。

「捕えた倭人の話によれば、この度の戦の日本軍は、ほとんどが九国の兵であるそうだ。その九国の兵に対してわが軍は、終日戦ったが大宰府を落とすことさえできず、思うような戦果をあげ得られなかった。朝廷も幕府も当然援軍を送ってくるであろうから、もし、こちらに向かってきているとしたら、早ければ今夜か、明日に到着してもおかしくはない。わが軍は矢尽き、馬斃れており、この兵力で本日戦った敵と新手の増援の敵と戦うに勝算ありや？　要すれば明日も戦うべきや？」

金都督使とその幕僚達は、これは明らかに、撤退を誘《いざな》う忻都都元帥の意を汲んだ発言であり、恐らく劉左元帥の幕僚達とも入念に打ち合わせを済ませた後の発言と解した。

金都督使が、毅然としてすっくと立ち上がった。

幕僚の一人として後ろに座って控えている朴将軍は、都督使が怒りに肩と背中がワナワナと震えているのがよく判った。

「高麗人なら当然である」と朴将軍は思った。

今、明確な勝利が決しないまま兵を引くとなると、必ず今回以上の軍兵をもって日本国再征が行われるのは必至である。

その場合には高麗国に再び大きな負担がのしかかってくることになり、それは疲弊しきった高麗国にとっては〝死ね〟との宣告に等しい。

金都督使は、狙いを忻都都元帥だけに的を絞って撤退の翻意を促すために、都元帥の得意とする孫子の兵法を引用した。

「わが軍は少数ながら、既に敵境に入っております。戦いをなすにあたっては、秦の孟明《もうめい》が舟を焚《た》き、漢の淮陰《わいいん》が水を背にしたという事例があるように、我らも自ら退路を断ち、死地におとしいれて決死の気概で明日決戦に臨みたいと存じます。本日の勝利の英気をもってすれば、九国はおろかこの国を打ち破ることは、さほど難事とは思えませぬ」

朗々と述べて着席した。

朴将軍は、金都督使が不退転の決意を開陳し、忻都都元帥に決戦を迫っている背中を眺めながら「よくぞ言ってくれた」と涙が滲んできた。そして、この人のためならこの命など惜しくはない、と心に期するものがあった。

ところが、

「これ以上戦っても敵は後退するのみで決定的な勝利は得られぬ。撤退すべきである」

洪右元帥が、忻都都元帥や蒙古・女真人の幕僚達の意向が言葉にこそ出さないが〝撤退〟と目ざとく感じ取るや、率先して「撤退」という言葉を使って迎合した。

それを待っていたかのように沈黙を守っていた忻都都元帥が、やっと口を開いた。

「兵法に、〝小敵の堅《けん》は大敵の擒《とりこ》〟（強い軍隊であっても兵数が少なければ、敵より強い強いと思っているだけに撤退の時期を見誤り、そのうち圧倒的な敵の大軍隊に包囲され討ち取られてしまう）と言うではないか、われらは勝利したが援軍がなく傷つき疲弊しきっている。一方、敵は援軍を得て日に日に勢いを増すであろう。やはり、引き揚げることにいたそう。兵は神速《しんそく》を尊ぶ、撤退は明日、日の出を期して出立する」

有無を言わせぬ威圧があり、以上を言い残すと幕僚を連れて天幕から出ていった。

一瞬の静寂の中、天幕を打つ雨音が聞こえてきたが、次の瞬間には天幕内の皆が一斉に席を立ち、大童《おおわらわ》で撤退準備に取り掛かるためにそれぞれの陣に駆け足で戻った。

金方慶は、自分の天幕に戻ると朴将軍以外の二人の幕僚に撤退の細々とした指示を与えたところ、二人は天幕を出て、激しくなってきた雨足の中を駆け出していった。

二人だけになったところで、金方慶に朴将軍が、

「こんな突然の撤退に当惑の限りです。日本軍の援軍が来るのですか、本当に今日、明日のことなのですか？」と問い詰めるように質したところ、

「判らん、誰も知らない、都元帥は元軍きっての兵法家だから、伏兵、伏軍、援軍等々日本軍に当然そのような備えがあると信じているのであろう」

「しかし、しかしながら……」

朴将軍は疑問を金方慶にぶっつけた。

「よしんば援軍が近くまで来ているのであれば、本日の戦のように日本軍があのように命を捨ててまで激しく突撃を繰り返すとは思えませぬ。〝何とか長引かせて援軍の到来を待つ〟というのが常道かと思われますが……」

金方慶は、自ら椅子に座ると朴将軍にも着席をすすめ、そして番兵を呼んで酒を用意させた。

朴将軍にも酒を勧め、自らは手酌で椀一杯の酒を注ぎグッと呷ると、

「貴説の通りだと思う。援軍が近くまで来て居れば到着まで死闘はしないものだ。しかし戦って勝敗がつかない限り真実は判らぬものであり、日本軍が〝狼勇〟と趙良弼が言っていたそうだが……それもまた真実であった」

金方慶は朴将軍の考えを認めると、今度は自説を展開しはじめ、そして断じた。

「よく世に言うではないか〝兵法を学べば学ぶほど、深めれば深めるほど戦ができなくなる〟と。もっとも元軍の得意とする矢が尽き、馬が斃れ、更には頼りとする劉左元帥が深手を負ったとなると忻都が気弱になるのも無理なからぬ話かもしれない。しかし、撤退を決意したのは世祖の密命があった筈だ。もし、世祖が断固大宰府を取れと命じていれば、忻都は矢が尽きようが何があろうが大宰府を取るまで一兵たりとも撤退させぬ筈だ」

「世祖の密命？」

朴将軍は何の意味か合点がいかなかった。

「元宗の崩御後、日本征討の段取り変更の御前会議と軍議に忻都が世祖に大都へ呼び戻されたのを覚

えているか」

「ええ、都元帥は我々の合浦出発の間際に元から戻ってこられました」

金方慶は、空になっている椀に再び酒を注いで、最初と同じ勢いで呷った。

「合浦に戻ってきた忻都は、そのときの軍議で、世祖からの新しい命令や指示は一切無かったと言っていたので不審に思い同道した幕僚に大都の様子を聞いてみた。すると大都では南征軍の話で持ちきりなのに、東征軍の話をする者は皆無であったそうだ。東征軍に関心があったのは唯一人、世祖のみであった由。もともと世祖が日本を討つのは、南宋征討の後顧の憂いを断つという深謀遠慮、つまり南宋と日本の関係を断ち切るのが目的である。南宋征討には現在、二十万の元軍精鋭が臨安を目指してゆっくりではあるが戦いを避けながら着実に長江を下っているが、その軍には万単位で南宋軍からの投降の申し出が相次いでいるそうだ。つまり、南征軍は今、最も大事な局面を迎えつつある」

朴将軍は金方慶の空の椀に酒を注いだ。

それをこれまでと同じような勢いで呷った金方慶は「フーッ」と大きく息を吐いて続けた。

「しかし、もしここで東征軍が日本に負けるようなことにでもなると、南宋国は一気に元気を取り戻し、反転攻勢をかけるきっかけになるやもしれぬ。そうなると元軍に寝返った者やその密約をした者、或いは態度を決めかねて成り行きを傍観している者達が、一斉に元軍に刃を突きつけてくることになるだろう。また、そこまでいかなくても、南宋軍の取り込みがこれまでのように運ぶ筈がない。

世祖は南宋陥落の大詰めの大事なこの時期に……それを最も恐れている筈だ。

したがって余が推測するに、この度の日本征討にあたって世祖が忻都に密かにそして厳しく命じたのは、〝戦にあたって断じて負けるべからず！〟であったに違いない。

勝てばそれに越すことはないが、勝たなくとも日本が戦に振り回されて南宋を顧みる余裕がなくなれば、それはそれで十分目的を達するのである。

だから忻都は、戦勝は念頭に無く、何が何でも負ける事態だけは避けることに腐心しているのではないか」

聞き終えた朴将軍は、将官というものはとかく眼前の戦の勝敗だけに拘泥しがちなものであるが、それらを大きく越えた世祖の大局観に衝撃を受けた。

またそれを見破った金方慶の眼力にも溜息が出るほどの感動を覚えた。

「なるほど、それで都元帥のこれまでの言動に合点がいきました。朝廷や幕府の援軍が来るかもしれぬとの万に一つを慮《おもんばか》って、九国どころか大宰府も落とせないで撤退するということですか。ところで、そうなると高麗国にとって大変な負担を強いることになる日本再征が必至となりますが、都督使の御対応は如何されますか？」

金方慶は口髭の周りに酒が付いたのか指で髭をしごいた後、酒を自ら注ぎ目を瞑って一気に呷った。

「世祖の強い御気性からすれば再征は必至。時期は、南宋攻略の展開次第である。しかし、たとえあったとしても今回のように高麗国に負担がかかるのは、何が何でも避けねばならぬ。戦よりもその前に国の存亡にかかわる。先程の軍議では、我々高麗軍のみが撤退に反対し大宰府への侵攻続行と九国、日本征服を唱えた。余の見るところ、敵は思いのほか勇猛果敢であったがその分、相当の深手を負っている筈なので、ここにいる麗・元の全軍で心を合わせてあたれば、さほどの大戦《おおいくさ》をすることなく大宰府を落とすことができる筈である。しかるにこの勝機を捨てての撤退の責は、ひとえに忻都と元軍にある。したがって、もし日本を再征するのであれば元軍だけで行うのが筋というものであろう。もし再征が行われ高麗国に負担を強いるようであれば、余は世祖に今回の経緯を直訴し、命を賭してでも阻止する覚悟である」

沈着・冷静・温厚と評判の金方慶が、語るほどに声が徐々に大きくなってゆき、目が爛々と輝いてきた。

そこに天幕の戸が音を立てて開き、激しい雨音とともに幕僚の一人が駆け込んできた。

「都督使閣下、御乗船の用意が整いました」

小金丸と小飛は、激しい雨の中、水城の堤の上でずぶ濡れになりながら互いに睨みあっていた。堤の上も下も篝火や焚火が雨で消え、ほとんど闇の中なのであるが、雨とはいえ夜明け前のほんの僅かな明るさがあるため、なんとかお互いがそこに立って居るというのが、ぼんやり判るという程の明るさである。

兜こそ脱いでいるが、小金丸は大鎧を身に着けているので、鎧が雨粒を弾くのでまだ良いが、小飛は厚手とはいえ綿衣と裳《も》（袴）だけなので全身がぐっしょりと濡れ、体の芯まで冷え切っていた。

しかし、小飛はここで止めないと小金丸は必ず死ぬことになるので、ここが正念場と総身の血がカッと燃え、それでいて心は抜き身の白刃と相対しているようで寒さは一切感じなかった。

このような事態になったのは、小飛が葉や鉄と、異国人や農夫たちに諸々の差配で狂騒していたときに、小金丸が戦場《いくさば》から戻ってきた。その突然の再会に小飛は飛び上がって喜び、人目も憚《はばか》らずに駆け寄って飛びつき思いっきり泣いた。

そこまでは良かったが、その後、小飛、葉、乳母、北斗丸が寝所にしている厩で、小飛から虎丸、菊と蟹丸の壮烈な死、郷の館の焼失と館を守っていた者達が全滅してしまったことが告げられた。更には麁原山の麓から筑前の原田一族と共に突撃した蝦丸と一族郎党が、激しく元軍と戦った後、衆寡敵せず原田一族共々沼に追い詰められ全員が討ち死にしてしまったことを聞かされた小金丸は、あまりの衝撃に涙も出ず、放心してその場に座りこんでしまった。

小飛が何を言っても小金丸は頷くことすらせず、ただ宙を見据えて呆然としていた。

一時が経ち小金丸はやおら立ち上がり、馬を替えて兜を被り、新たに長槍を抱えると「今から単騎で元軍の本陣に、討ち込む」と言い出した。

小飛と葉が必死になって止めようとしたが、小金丸は馬を曳いて厩を出ようとした。

そのとき、小飛は乳母の腕に抱かれ寝ていた北斗丸を奪い取ると、

「行けば必ず犬死にします。そのように勝手なことをしてみすみす命を粗末にするのなら、吾《あれ》にも覚悟があります」と叫ぶや、北斗丸を抱いたまま脱兎の如く雨の中を駆け出した。

抱かれた北斗丸が目を覚まし、火がついたように泣き出した。

葉と乳母が驚いてその後を追った。

小金丸は、一瞬ためらったが兜を脱ぎ長槍は厩の板塀に立てかけると大鎧のままのろのろと皆の後を追った。

水城の堤は、敵を防ぐためのものなので博多側は切り立った崖になっているが、大宰府側は緩やかな勾配になっているため木がそこかしこ生えている。

その斜面一帯には倉や厩などの軒先さえも借りることができなかった兵卒達が、雨に打たれながら足の踏み場もないほど身を縮めて武器を手にしたまま泥のように眠り込んでいた。

斜面で寝るのは、堤が北風を遮り、木の葉が少しでも雨よけとなる。また傾斜が雨水を下の方へ流して水溜りができるのを防いでくれるからである。

小飛は、その堤の斜面を駆け上がっていった。体を踏みつけられた兵卒が悲鳴を上げた。

堤の上で小飛にやっと追いついた葉が、

「こんな稚児《ややこ》を冷たい雨に濡らすなんて」と叱りつけ、児を奪い返そうと揉み合っているところに乳母、そして小金丸が追いついた。

揉み合っている堤の向こう側は、五丈（十五メートル）の崖である。

葉と小飛がもつれ合っているうちに、二人はぬかるんだ泥に足を取られて転倒しズルズルと崖の方へ滑っていった。

「危ない！」

乳母の悲鳴と同時に小金丸が身体を投げ出し、そしてその両手が伸びて二人の襟首を掴んだ。

大鎧がその重さのため、ぬかるみに食い込んで滑り止めとなったのが幸いした。

先に立ち上がった葉が、小飛から素早く北斗丸をもぎ取ると懐に入れ、乳母を促し後ろも振り返らずに堤を駆け下りていった。

そして、小金丸と小飛の二人は発止と睨み合うことになったのである。

ややあって小飛が、思いの丈を一気にぶつけた。

「死んでしまった人達は二度と生き返りません。その人達の強い思いが籠もっている残された者の命は、一層大事にしなければなりません。それなのにみすみす死ぬと判り切った一騎駆けをしようとは何と愚かなことでしょうか。苦しみ悲しみ怒りは世の常、それを耐えて乗り越えてこそ一層大きな人となれるのに、その勇気を持たず、思慮分別なく、徒《いたずら》に一時の憤《ふん》怒《ぬ》から命を捨て去ろうとは何と弱く浅ましい人でしょうか。そのような血を受け継ぐ児なら育んでも無駄でしょうから、いっそ北斗丸も冥土とやらに連れていっておくれ。さもなければ吾《あれ》がこの崖から投げ捨てて貴方の後を追わせましょう」

凛として淀みがなく、小飛の鬼気迫る決意が込められていた。

小金丸は小飛の一世一代の恫喝と降り続く雨で頭が冷やされたこともあって、一時の激しい衝動かややっと目覚めはじめた。

すると、どこからか聞き覚えのある声がした。

「その通り、死に急ぐこともあるまい。鎧首は雑兵どもの手柄になるだけじゃ」

小金丸の後ろの大きな樟《くすのき》の陰から発した声であったので、小金丸が振り返って目を凝らして見ると鎧兜に身を包み、床机に腰を下ろして楠の幹を背当にして、燃え尽きた博多の町の方面の闇を見つめている武者は、紛れも無く小弐経資であった。

「アッ、御奉行殿！」

小金丸は驚いた。

構わず経資は続けた。

「御内儀、小金丸には某から確《しか》と説諭致すゆえ令室は、早う戻られてお休みくだされ。まだまだこれから二人、三人と子を宿す身体なれば冬の夜雨は毒でござる」

小飛は他人には聞かれてはならない話をよりもよって奉行に聞かれてしまった驚きと恥ずかしさに真っ赤になったが、奉行からあのように声をかけられた以上、小金丸はよもや今夜はめったなことはしないだろうと少し安心し、張り詰めた心と硬直していた体がゆるりと解けた。

「お恥ずかしゅうございます。御奉行様、重々宜しくお願いします。また吾の見苦しき喚《わめき》は御内分にお願いします」と小飛は頭を深々と下げると堤を駆け下りた。

小金丸は経資の求めに応じて経資の隣に胡坐をかいて座り、同じように博多の方を向いて闇を見つめた。

小金丸が、明早朝からの戦の采配を揮《ふる》わなければならない経資に、このような所で風雨に打たれているのは如何なものかと身を案じたところ、
経資は、「もはや、身をいたわっても仕方あるまい」と、小飛へかけた言葉とは裏腹に明日の戦での死を覚悟している返答であった。

そして小金丸に、麁原において父の入道（資能）の無謀な突撃を止めて命を救ってもらったことを謝し、虎丸をはじめ多くの身内を失ったことへの悔みが述べられた。

小金丸はその悔みを聞きながら、それが悪い夢の中の出来事ではなく本当に起こったことなのだと改めて知ることになり、壮絶な虚《むな》しさと荒涼とした悲しみが再び沸き起こってきて、千々に心が乱れ、

大声で叫びたい衝動に駆られた。

しかし経資の方も、兵の多くを失い博多の町を焼失させてしまった自責の念に打ちひしがれていた。それに加えて、幕府からの援軍が全く期待されない中、壊滅に近い残存の兵力でこれから大宰府、日本国を護るという背負いきれないほどの重責にとても眠れるものではなかった。

また、陣屋にいれば「夜陰に乗じて夜襲をかけるべし」などと鎌倉から来ている代官たちが、疲れきって立ち上がることすらできない兵のことを全く顧みないで五月蠅いほど勝手な進言などをしてきた。それらから逃れることもあって、一人で雨の中で静かに座していたのであるが、思いもよらず小飛や小金丸に言葉をかけることになって徐々にではあるが心が和んできた。

「のう、小金丸。御主の御先祖は遥か昔に京より下ってきて代々が龍笛《りゅうてき》（横笛）の名手と聞いておる。どうじゃ一曲所望したいのだが」

小金丸は突然の要請に一瞬躊躇ったが、今生の別れにそれも風流と思い直し、曽祖父が親しい人を亡くした際に歌った偲ぶ歌に、祖父が曲を付けたといわれ、今では九国一帯の横笛を嗜む者の間ではよく惜別に奏でられる「月の宴」を奏することにした。

「人の世の　常とはいえど　さすたけの　君なき月の　欠けたる宴……」

雨音だけの静寂の中で哀愁を帯びた笛の音は涼やかに響き渡り、経資は小さく和した。

そしてその後、二人に重い沈黙が訪れた。

その沈黙を払拭するかのように、経資は問わず語りに語り始めた、
大友、島津との軍議の結果、明朝の元軍の攻撃には、水城の堤を楯として専ら守りに徹することに

なった。また、捕えた漢人兵によると弟の景資が射止め落馬させた将の馬と鞍から、それが劉左元帥のものだと判明した。元軍には都元帥を筆頭に右元帥、更には高麗軍を率いる都督使がいるそうなので、我が軍は専らこの堤で守るにしても、これらの将が現れた場合に限り、敵に隙があれば打って出て仕留めることにする。なお、捕えた高麗兵によれば高麗軍を率いる都督使は、金方慶という新羅敬順王の遠孫にあたる者だそうだ。

この水城の堤と新羅という何と恐ろしいまでの因縁であろうか。

斉明六年（西暦六六〇年）七月、唐の高宗の十三万の兵と新羅王の五万の兵が手を結んで、百済の扶餘《ぷよ》の崖の上にある王城を攻め落とし六百有余年の歴史を誇る百済を滅亡させた。百済王に仕えていた三千人の宮女は、唐、新羅兵から操を守るため王城内の巌上から白馬江に身を投じた。

色鮮やかな衣をまとった美女達が花弁のように次々舞い落ちていく姿があまりにも美しく、とてもこの世のものとは、ましてや死への悲しい最後の舞いとは思えなかったと語り継がれている。唐軍は王や太子を虜にし、良民一万二千人余りを奴隷として連れ去った。

百済の遺臣達は日本に人質になっていた王子を還してもらって百済を再興させたいと我が国の斉明天皇に使者を送って願い出た。天皇は申し出を了とし王子の帰国と救援軍の派遣を決めたが、それが後の天智三年（西暦六六三年）白村江の海戦で唐・新羅の軍に日本軍が大敗を喫することになる。

その前後、暴虐極まりない唐と新羅から逃れるため多くの百済人が日本へ逃れてきた。

白村江の勝利に乗じて唐・新羅軍の日本侵攻が危ぶまれていたので、この逃れてきた百済人の工人達が主となって天智四年（西暦六六四年）に水城のこの堤を、その翌年には、筑紫と長門に百済式の山城の幾つかを築き上げて来襲に備えた。

幸いにも唐・新羅軍の日本侵攻はなかったが、それから数百年を経た明朝、新羅王の遠孫の金方慶という将が高麗軍を率いてこの水城の堤に迫り戦いを挑むということである。

なんという宿命であろうか、なんという因縁であろうか。

何としてでもこの新羅王の血を引くという金方慶だけは、余が一騎打ちで仕留めたい云々。

経資の話はこの後も際限なく続いたが、小金丸の耳にはほとんど入らなかった。

小金丸は先程までの一騎駆けの勢いはすっかり消え失せてしまい、明日、全てを失い残された小飛と北斗丸の二人だけで、どのようにして生きていくのか、それだけが心配になってきたのであるが、疲れきった身体がそれ以上物思いに耽ることを許さなかった。

まともに北風を受け雨にも打たれながらも、胡坐をかいたまま深い眠りに落ちていった。

鉄に体を激しく揺さぶられて目が覚めた小金丸は、大きな喚声がうねりのようにそこかしこからあがっているのに驚いた。

周りを見渡すと床机は置き去りにされたままであったが、経資の姿はなかった。

空は朝日が射して晴れ渡り、昨夜からの雨が全く嘘のようであった。

不覚にもこんなに寝込んでしまったと後悔した。傍に鉄が持ってきてくれた大きな竹皮に玄米を握ったものが四個載り、竹筒の白湯《さゆ》が湯気を上げていた。

それを見た瞬間、猛烈な空腹に襲われ、奪うようにして貪り食いながら鉄がたどたどしい言葉で喚声の理由を述べるのを聞いていた。

「元軍は去った、みんな帰った」

小金丸はそれを聞くと、驚いて思わず立ち上がった途端、飯を喉に詰まらせたので白湯を一気に呷り、「去った？　帰った？　そんな筈はない。京か鎌倉へ向かったのであろうぞ？」と聞き返したが答えは同じであった。

日本軍は果敢に戦ったが、誰の目からも軍勢、武器、軍の編成において元軍が勝り、全ての戦線で圧倒されて散々《ちりじり》になってここまで退かざるを得ず、大宰府まではあと一歩のところである。その日本軍を元軍が止めを刺さないまま軍を返すとは考えられないことである。

日本軍は鎮西奉行をはじめ誰もが、表立って口には出さないものの本日の討ち死にを覚悟していたのである。

元軍が転戦のため京や鎌倉へ向かったというのならまだ話は判るが、〝帰った〟とは俄かに信じられないことである。

小金丸が、「一兵も残っていないのか？」と聞くと、雨と風の中、何艘かが崖にぶつかったり座礁したりして博多の海に取り残されたのがあり、それを捕えに大友の兵が向かったところである由。

「すぐに取り押さえて、船がどこへ向かったか問質《といただ》せねばならぬぞ」

辺り一帯は昨日までとは打って変わって兵卒達の騒々しいまでの声高な声で、「箱崎八幡宮に火をつけた神罰じゃ」「いや、香椎の宮の神業《かみわざ》じゃ」「神風が敵を押し戻したのだ」とか方々からあがる異常なまでの明るい笑いや叫び声と歓声が小金丸には空しく響いた。

第六章

朴将軍が金方慶とともに命からがら合浦の港に辿りついたのは、博多の海を離れてから八日余り経ってからであった。

忻都や洪茶丘もその前後に相次いで到着したが、乗船していた舟はどれもが破船のような姿であった。帆柱は折れ、艫の楼の屋根は吹き飛び、舷側の舟板には様々な形や色合いの板が乱雑に打ちつけられていた。

この季節には潮の流れが、高麗国の西側沿いに北から南へ強く流れ、そしてそれが半島の突端から急に流れを変えて対馬や壱岐、そして更に北東へと勢いを増しながら流れ去っているため、博多から合浦へ帰るには帆の力を借りないと艪だけでは潮に流され操舵が利かなくなるのである。

しかし博多の海から外海の玄界灘に出た途端、潮の流れとは逆の強い北風の嵐の突風に煽られたため、ほとんどの船の帆柱が破損してしまった。それでも舳先を何とか合浦に向けようとすると大波を船の舳先から被って海水が船倉にドッと流れ込んだり、船が波に乗ってしまうと今度は海面に叩きつけられて船底や舷側の船板が破損して浸水したりと、上下左右からの水攻めに遭った。

生木で作られた急造の船であったことが一層事態を深刻にした。

博多出港の時こそ船団を組んだものの玄界灘に出るやいなや数艘が崖に触れて沈没したり座礁したりした。船団は瞬く間に北や東へ潮で流されたり、或いは風に煽られて反対に西南に吹き飛ばされたりして散々《ちりぢり》になってしまったのであった。

朴将軍は幸運にも金都督使が座乗する船に同乗していたので、そのため万一に備えての熟練の船大工が多数乗船していたことから、その者達の働きにより辛うじて帰国することができたが、その他多くの舟が遭難し沈没した。

沈没を免れた舟は、なんとか辿り着いた壱岐や対馬で破損した帆柱や船板などを繕おうとしたが、往路で住民のほとんどを殺害しており、僅かに生き残っていた者も再び逃げて隠れてしまったので船材の入手もままならず、また修復を馴れぬ自らの手で行わなければならないこともあって、帰国までに一月以上もかかった船も多くある有様であった。

出撃時の征討軍兵数二万八千人、五月雨的に帰還した兵の総数は一万三千五百人も少なくなっており約半数を失ったことになる。

戦死者を遥かに越える数の兵を海の藻屑としてしまったのである。

また、憐れなことに世祖への戦利品として博多で捕えた童子の数百人のうち、無事に合浦に上陸できたのは僅か二百人余りを数えるのみであった。

忻都は、帰還兵が少しでも多く揃うのを待ち、その敗残兵のような姿の兵の傷を癒し、軍装を整えた。それは凱旋軍として威厳を保つ面子のためであったが、そのため合浦滞在に日数を重ねることになり、十月二十一日に日本を離れたにもかかわらず、十二月も下旬になってやっと開京に戻ってきた。

忠烈王が催した戦勝祝賀の宴もそこそこに年が明けるとともに忻都、洪茶丘、そして奇跡的に矢傷から回復した劉復亨らは大都へそれぞれ帰っていった。

出征中に降嫁したクツルガミシュを迎えたこともあり、すっかり様変わりした王宮へ金方慶は朴将軍を伴い、忠烈王に奏上のため参内した。

忠烈王はもとより百官悉く辮髪し、胡服を纏い、官位官名、作法も全て元朝のそれに倣っていたので、とても高麗の王宮とは思えないその様変わりに、二人は無性に悲しくなって互いの顔を見合わせた。

しかし、忠烈王は元では長く人質となっていたこともあってか、その様変わりをむしろ誇らしげでさえあった。

奏上内容は次の通りであった。

まず高麗軍の日本での目覚しい戦いぶりの概要と撤退の軍議の状況を述べた後、
今般の役で、元軍の将官達が大都へ凱旋すると世祖の前で保身のため何を言い出すか判らない。大宰府さえ攻略できなかったので、その責を高麗軍に押し付けられることが懸念される。もし日本再征が持ち上がると、これは是非とも阻止しなければならないが、決定は世祖の考え一つにかかる。そのため世祖には日本では高麗軍だけが戦争の継続と大宰府進行を主張した事実を述べ、撤退の責任は高麗軍にはないことを知り置いてもらう必要がある。更には高麗国が今役では多大な貢献をし、そのため国と民は疲弊しきっており、庶民は木の皮や野草で飢えを凌いでいることを力説して、万一再征がある場合は、そのあらゆる負担を免除してもらう。また屯田軍への負担が過重なので、屯田軍をこれ以上増やさないことと、できれば屯田軍を少しでも減じてもらえるよう陳情するというものであった。そして、それらの直訴のために世祖からの呼び出しがないものの金方慶自らが大都へ乗り込み開陳したいと訴えたところ許諾された。

金方慶は、忻都の数日遅れで追っかけるように大都へ向かったが、朴将軍は開京に残留することになった。

国王が国と人民のことだけを考える元宗のようであれば、金方慶は安心して全ての側近を連れて国を留守にできるのだが、忠烈王は幼い頃から人質として元国で過ごしている。それ故なのか若く未熟なのか、それとも性格なのか、何でも元国の言いなりなので心配していた。そうというのも、今年僅か十七歳になったばかりの妃と元国から連れてきた側近というか取り巻き達の王宮内での縦横無尽、我がもの顔での振舞いを忠烈王はそれを止めることができないでいる。宮廷の百官達も苦々しい思いであるが、後難を恐れて見て見ぬ振りをしている。また、忠烈王から潔く身を引いた前妃である貞和宮主は別宮に住んでいるが、今では新妃の勘気を恐れて誰も近寄ろうとせず、ましてやすすんで面倒を見ようとする者がいなくなったため、うっかりすると日々の食事さえ滞ることさえあったので、金方慶の指示もあって朴将軍が見守り細々《こまごま》と面倒を見ることになった。

朴将軍の開京での住いは、征東軍の出発を合浦で見送った後、開京へ引き揚げてきていたイブラヒムの強い奨めもあってその館に居候をさせてもらっていた。

そのおかげで、イブラヒムからは通常は知り得ない高麗王宮内や元国での出来事そして元軍の動静が手に取るように判った。

勿論、朴将軍も東征軍の日本での軍議の様子や高麗軍の戦いぶりを包み隠さずイブラヒムに語った。

イブラヒムより知り得た元国の動静がいくつかあったがその一つ目に、金方慶の大都への出発から一ケ月経つか経たない二月上旬に新たな屯田兵一千四百人がやって来ることを知った。そしてその一行は十九日に開京に到着した。

それは、金方慶が大都で高麗国の困窮を必死に訴えているのをあざ笑うかのような元国の仕打ちであった。

二つ目は、忻都の世祖への日本征討の戦勝報告の要旨であった。

それによれば、まず対馬、壱岐の島々を攻めて島の守将をはじめ兵を残らず討ち取った後、九国本土へ上陸して敵の堅塁を一つ残らず落とし、九国一の都である博多を焼き尽くした。敵（日本軍）は噂にたがわず狼勇であり、しかも十万もの大軍であったが、我が軍は敵を圧倒してその多くを斃した。しかし不運にも左元帥の劉復亨が流れ矢で深手を負うことになった。また、我が軍は援軍や糧杖《りょうじょう》（兵糧と兵器）の追送支援の準備なく渡海したこともあり、矢を射尽くし、兵糧も底をついてしまったので撤退することにした。帰路に嵐に見舞われ船が沈没し、多くの溺死者が出たことは慙愧に耐えない。そのため、帝に日本の童子を僅か二百余人しか献上できないことを御容赦願いたい、というものであった。

世祖は、ほぼ完勝に近い報告に満足げであった由。

朴将軍は報告された十万の敵には驚いた。博多の東の戦場はいざ知らず、少なくとも手合わせした西の方は、我が軍の兵の方が日本軍の倍か三倍に達していたのは明らかである。

三つ目は、戦勝報告の後に行われた軍議である。

南宋国征討の方は戦らしい戦もなく、少しずつではあるが順調に投降した兵を元軍に加えて長江を下っているが、敵はまだまだ大軍であり、また多くの戦艦を擁しているので油断ならない。雌雄を決する戦を避けながらこのままいくと臨安が落ちるには、少なくとも後二、三年は優にかかる。

一方、日本国はさすがに今回の大敗で己の力量を知り打ちひしがれている筈で、これまでのように使者を追い返すとか、返書を与えないなどの傲慢不遜な態度はよもやとらぬであろうから、この機会に宣諭使を送って日本の服従を促すのが適当、という右丞相の案が採られ、世祖も右案に大きく頷いた由。

そして宣諭使として礼部侍郎の杜世忠が早速二月に任じられ、三月中旬までには開京に入って四月上旬を目途に日本に入ることが決せられた。高麗国にはいつも通り、船、通詞等その手筈の一切を滞りなく行うよう中書省からの命令が届いた。

しかし朴将軍は、死をも恐れず、むしろ嬉々として単騎でも死地に飛び込んでくる日本の武者の壮絶な姿を思い起こすと、宣諭使の派遣程度で素直に服従する輩とはとても思えなかった。

しかも宣諭使が日本に到着する予定が四月というのは、我々が日本から撤退してまだ半年しか経っていないので、果たして素直に受け入れるであろうか？　との疑問であった。

また、屯田軍、宣諭使と高麗国にとっては不吉な予兆のように思われてならなかった。

「帰郷するのなら、某の船を遣ってもらって構わない」と、宗像氏盛の心温まる申し出に一刻も早く松浦の館に戻り、一家、一族、そして郷の人々の弔いと焼け落ちた館の再建をしなければと焦っていた小金丸は、素直に喜んで有難く申し出を受けた。

互いの親からは、それぞれ相手一族の悪口ばかりを聞いて育ってはいたが、幼少のころからの遊び友達は心が通い気配りがあって、いざという時に頼りとなる。

水城の兵站の倉をたたむなどの後事を船子の数人に任せた小金丸が、小飛、北斗丸及び乳母、葉それに鉄とその二人の配下と残りの船子十四、五人総計二十人余りを率いて、一面焼け野原になってしまった博多へ帰郷の船を求めて出てきたのは、元軍が引き揚げてから数日後の早朝のことであった。

博多の町は、まだ死体が方々に散乱し、焼け焦げた家屋の臭いと死臭が一面に立ち込めていた。あれほど殷賑を極めていた唐人街をはじめ町が一日にして全て焦土と化した姿を見て、皆息を飲んだ。多くの市井の民が避難先から駆け戻って必死の形相で身内の行方を捜すとか、屍を引っくり返して確かめたりしていた。特に元軍に連れ去られたのではないかと子供を捜す半狂乱の親の姿は、皆の涙を誘った。

遭難して流れ着き捕えられた元軍の虜囚が、方々の沿岸から小弐や大友の兵卒に縛れられたまま引きたてられていた。

五島へ避難している千石船の〝小金丸〟は、元軍が引き揚げたことをいまだ知らないのか、姿を現す気配もない。また、博多の湊に繋留されていた船は悉く焼かれていた。しかし戦禍を逃れるため博多の海に注ぐ幾つかの川の川上に避難していた小船の幾艘かが湊に戻ってきていたので、小金丸は当初そのうちから松浦の館に帰れそうな適当なものを借り上げようと物色したが、どれもが航海には小さすぎて困っていたところに、氏盛の申し出があったのである。

宗像一族は宗像大社近辺を根城にしており、そこは香椎宮よりずっと東に位置していたため幸運にも今回の戦禍からは逃れることができたので、住まいも湊も、そして一族の擁する船団も全てが無事であった。

博多の町の復興に寄与せんと思ったのか、それとも絶好の商いの機会と見たのか、氏盛は元軍撤退の報を聞くや、いち早く何艘かの船を引き連れて博多の湊にやって来たところに小金丸とばったり出遭ったのである。

順風の中、快晴の朝日を浴びて数人の宗像の船子が操る船で博多の港を出航した小金丸一行は、玄界灘を西に走り、呼子の手前辺りで夕暮れになった。

松浦の館までは、あと一息、このまま順風ならば一時（二時間）もかからないのであるが、宗像の船子達は、ここから松浦の館までは沿岸に沿って島々の間を縫って走らなければならず、夕闇は危険なので今夜はここに投錨すると言い出して、呼子の湊に舳先を向けた。

この辺りは、我々の庭先なので目を瞑っても館までは簡単に行けるから案内すると松浦の船子達が申し出たが、宗像の船子達は掟が厳しいのか頑なであった。

小金丸は、氏盛の格別の好意で借りた船とその船子であるので、一刻も早く帰りたい気持ちを抑えて一泊することを承諾し、松浦の船子達をなだめた。

すると呼子の近くには無人の小島が幾つもあるが、そのうちの雑木に覆われた一つの小さな浜辺から、小金丸たちの船に向かって三、四人がさかんに布を振っているのが見えた。

そのうちの一人は、海に入って胸まで波に漬かり声をからして叫んでいるようだが、遠いので何を叫んでいるのかよく判らないが、明らかに助けを求めているのは窺い知れた。

辺りを良く見ると小島の岩場に破損した船が乗り上げて横転し、波に洗われて白波が立っているのがぼんやり見えた。

「あれは、元軍の船じゃないのか？」

小金丸が鉄に聞いた。

「ウーン、横転しているので定かではないが、浜辺の者たちは鎧も兜も付けていないようだが……」

小金丸は、いやがる宗像の船子に船をその小島にできるだけ寄せるよう命じた。

これが元軍兵であれば、元軍の動向を知る上で見捨てることのできない重大事であり、そのために船が座礁しようが沈没しようが氏盛は判ってくれる筈である。

近寄ると、座礁して横倒しになっている船は間違いなく元軍の抜都魯軽疾船の特徴を備えており、叫んでいる言葉は日本、高麗、南宋のものでないことも判った。

もし、元軍の船だとすると潮の流れに乗る前に北風に吹き流されてきたものと思われる。

小金丸は喜んだ。虜囚の尋問は博多では鎮西奉行の専権事項であるが、ここでならば直接元軍の諸々のことや撤退の事情・経緯を聞きだせるのだ。

船に搭載している一艘しかない小船を降ろして、小金丸、鉄と二人の配下、それに幾つもの言葉に堪能な小飛とで島に向かった。

浜辺に漕ぎ寄せると、胸まで冷たい海に漬かっていた男は両手を上げて小躍りして、感謝と喜びの奇声を発しながら小船の舳先の綱に手をかけて、浜辺へ誘った。

浜辺には三人の男達が歓声をあげ、涙を流しながら土下座をすると叩頭して小金丸一行を迎えた。弩《いしゆみ》、刀、矛、厚い皮の胴巻きと兜が無造作に一箇所に積まれていた。

四人は、小飛も知らない北方の言葉で喋ったが、一人だけ南宋の言葉をたどたどしく喋る者がいた。それによると、水手を含めて十二、三人余りで博多の海に出たがすぐに嵐に翻弄され流され、この島にたどり着いた。その間に高麗人の水手を始め何人かが波に飲まれた。我々は海を見るのは生まれて初めてであるので泳ぐことなぞできない。食料も尽き三日間何も食べていないこと、火も焚くことができなかったこと、生き残ったのは五人だけである。ここにいない一人は、先程空腹に耐えかね、夕刻には巣に戻ってくるであろう海鳥を捕えると雑木の中に分け入ったまま未だ戻ってきていないことなどを述べた。

小金丸は、その四人の兵卒のとても騒々しい喚き声とそして命乞いを聞きながら、横に積まれている武具などを屈《かが》み込んで検分していた。

すると、「チッ」と小鳥が鳴くような音がすると、小金丸がドーッとその上に倒れ込んだ。

一瞬、全員の目が小金丸に注がれ動きが止まった。

小飛が駆け寄り小金丸を抱き起こすと、弩の小さな矢が小金丸の首の根っこの右肩と鎖骨の間のくぼみに深々と突き刺さっていた。

「射たれた！」小飛の絶叫を聞くや、鉄が佩刀を鞘走らせ元兵のうち喋っていた一人の首を切り落とし、配下の二人に「残りを斬れ！」と高麗語で命じるや矢が飛んできたと思われる方の雑木の茂みに血の滴る刀を振りかざして奇声を発して駆け込んだ。

元軍の三人が泣き叫んで命乞いする声が一際大きくなったが、二人の配下はかまわず次々と首を切り落とし、その配下の一人が鉄の後を追い一人が小金丸の手当てに駆け寄った。

船上から夕闇迫る中でこの有様を遠望していた葉は、何が起こったのかが良くは判らなかったがただならぬ異変が生じたのは間違いないと、咄嗟に愛用の短刀を鞘ごと口に咥えると船から飛び込んだ。松浦の船子たちも次々と飛び込み、浜辺に向かった。葉は五島の出であるだけに、もの凄い速さで抜き手を切って真っ先に浜辺に泳ぎ着くと小飛に駆け寄った。

小金丸はしばらく気を失っていたが、小飛が矢を引き抜こうとして恐る恐る引っ張ったが矢はビクともしない。

小金丸はその痛みで正気に戻り、「小飛、これは毒矢じゃ、かねて申し渡した通り頼むぞ！」と言うと再び気を失ってしまった。

傷口から血こそ一滴も流れていないが、それだけ深々と突き刺さっているのである。

駆け寄ってきた鉄の配下の一人が、小金丸を仰向けにさせて両足を小金丸の両肩にかけ、両手で矢を引き抜こうと満身の力で反り返って引きかけたが「ウォー」と小金丸が悲鳴をあげたので小飛は慌てて止めさせた。

泳いで上陸した他の船子たちが寒さもあって小金丸を取り囲むように焚火を焚きはじめていたので、小飛はまず船子に小刀の二、三本をその焚火で真っ赤になるまで熱させた。

幼い頃にアノウから家畜の病気や怪我の見分け方や処方を子守唄がわりに聞いていたのが幸いした。怪我については、大怪我以外はほとんどの場合、怪我そのもので死ぬものではなく怪我から引き起こされる諸々の病で死ぬのであって、小刀は必ず赤く熱したものを使用する。そのようにすれば壊疽《えそ》が防げる上に血も止まる。またできるだけ元通りに恢復させるためには血管や筋《すじ》を断ってはならぬこと、またやむを得ず肉を切り裂かねばならない場合は、肉の筋に沿って刃を入れるというものであった。

小飛の知識はたったこれと小金丸から聞いた蝦夷の矢毒の解毒方法だけで自信などなかったが、鉄の配下の三別抄式の乱暴なやりかたでは危うい気がしたため、自ら鏃《やじり》を取り除く決心であった。

小金丸は冷たい汗をかきだし、痙攣も起こしはじめ一刻の猶予もならない状況である。

小飛は真っ赤に熱した小刀で小金丸の腋の下から切開を始めた。おおよそ鏃が届いていそうなところまで切り開いていくと、幸い臓腑（肺臓）には鏃は届いていなかったが肋骨に鏃の返しが引っかかっていた。これではいくら矢を引っ張っても引き抜けるはずがない。鏃がはめ込まれている矢軸を何とか断ち切ると、簡単に矢軸は刺さった肩から抜くことができ、鏃は切開したところから取り除くことができた。また、矢毒を取り除くため鏃で傷ついた近辺の肉を丁寧に抉り取り、そこに小飛は自分の口で血を毒とともに吸いとって吐き出した。

小飛の口の周りや手も小金丸の血で染まり、まさに鬼女のような凄まじい形相となりながら血を吸う音が不気味に響き、そして最後に出血しているところを焼き固め絹糸で傷口を縫い合わせた。

それは、半時（一時間）以上もかかった困難な切開であった。

本来なら気も狂わんばかりの痛みが伴った筈だが、幸か不幸か小金丸にはある程度の矢毒が回っていたこともあって苦しむことはなかった。

そこへ鉄が片足を引き摺りながら戻ってきた。片手に仕留めた元兵の生首をぶら下げているが、右足の太股《ふともも》を正面から小金丸と同じ矢で射られており、これもかなりの深手である。

鉄は痛みで地面に座れないので小岩に腰掛けると怒りで我を忘れたかのように「こ奴は、往生際が悪い奴だ！」と叫ぶと、ぶら下げている生首の頭を思いっきり叩いた。

「斑豹《まだらひょう》(配下の一人の渾名《あだな》)が殺られた。島の反対側でこ奴に首を射抜かれて即死してしまった」と、立ち上がると髪を鷲掴みにした生首を皆の前で高々と持ち上げた。

「ここまで生き延びて故郷へ帰る日を楽しみにしていたのに、よりもよって蒙古のこんな奴に殺られるなんて」と再び絶叫すると、生首を目の前に持ってきて今度はその両頬を平手ではたき、そして号泣した。

船子の二、三人が斑豹の遺体を運んでくるために走った。

鉄の話によれば、追いかけた元兵は獣のようにすばしこい奴で、右と思えば左、左と思えば右と手こずっているうちに、援護するために鉄の後を追ってきた斑豹が射たれた。矢を放ったと思われる藪に駆け込んでみると敵が二の矢を継ごうとしているところを、飛び上がって打ち下ろしたが一瞬遅く相打ちとなって太股を射られてしまったとのことであった。

それにしても何という不運であろうか、鳥を射に行った元兵が戻ってみると仲間が日本兵に取り囲まれていたので、慌てて至近の小金丸を射ってしまったのが発端のようである。

鉄の配下の最後の一人が、鉄を横たわらせて矢を引き抜こうとしたところ鉄が余りにも痛がり、怒鳴りつけるため抜くことができないでいた。

葉が鉄に、「このままだと毒が体に回って死ぬことになる。それともこれで右足を切り落としてやろうか？」と鉄の目の前で短刀を抜いて見せると、

「やめてくれ、片目が無く指も潰されているのにこの上、片足になったら嬶《かか》（嫁）が貰えぬ」と本気なのか冗談なのか鉄が痛みに耐えながら涙声で叫んだので、取り囲んでいた者達は、深い悲しみの表情であったのが一転、笑いをかみ殺し、肩を震わせていたがそれでも笑い声が方々から洩れた。その笑いに喋った当の鉄も顔を歪めて力なく笑った。

その瞬間、葉がニヤッと笑うやいなや鉄の足の付け根を自分の足で踏みつけると「ヤッ」とばかりに両手で力任せに矢を引き抜くと鉄の絶叫とともに鏃ごと引き抜かれた。

葉が最後の一人となった鉄の配下に「鉄のことを案じているのなら、思いっきり肉を抉り取ってやれ」と怒鳴った。

一方、小金丸の方は徐々に息が浅く早くなっていくという深刻な状況に陥っていった。

意識が混濁しはじめ暫くの間、死去した筈の両親や兄弟と何やら話し始め、そして小飛の名を呼びつけて静かになった。

小飛は、息を止めさせぬよう唇を重ね小金丸に息を吹き込みと次は右手の掌で鳩尾《みぞおち》の下から胸に向けて押し上げることを繰り返し、小金丸の呼吸をかろうじて維持し続けた。

船子が小船で母船に布を取りに戻り、小金丸が冷たい海風に当たらぬようまた、蘇生に専念できる

ようにと二人と焚火ごと取り囲む陣幕のようにその布を張った。

小飛の蘇生のための施術は延々と続いた。

まだ暗いが鳥が鳴き始めた早朝、突然小飛の悲鳴に座ったまま微睡《まどろ》んでいた葉は飛び起きて幕の中に入った。

小飛は覆いかぶさっていた小金丸から身を離すと、「息をしていない、心の臓も動いていない」と葉に向かって訴えるように叫んだ。葉は呆然として息を飲んだ。

船子の何人かがドドッと音を立てて幕内に入ってきて、慌しく小金丸の胸や鼻を触って互いの顔を見合わせた。

船子たちの足元の間を縫うようにして鉄が這って小金丸ににじり寄ってきて、周りの者たちの手を払いのけて小金丸の首にその潰れていない左手の指を押しあて、鼻に頰を寄せながら目を瞑って確かめた。しばらくしてその指を離し皆の顔を見上げると「ハーッ」と一際大きな溜息を一つ吐き、顔をクシャクシャにして「哀号《アイゴー》！　哀号、……」と暗闇の天に向かって泣き叫び始めた。

それが合図かのように、小飛が小金丸の胸に顔を突っ伏して激しく慟哭し始めると、そこにいる者全員の嗚咽がはじまり一人、二人と幕の外へ出ていって小飛と葉だけが残った。

小飛は最愛の人を亡くしたことが信じられず一泣きすると呆然とした。一層深い深い悲しみが襲ってきたのはそれからしばらく経ってからである。

それと同時に、異国の地で幼い北斗丸がいるとはいえ一人残された心細さ、頼りなさ、生死の判らぬ父のアノウのこと、そしてこのような自分を置きざりにしてあっけなく逝ってしまった小金丸への言いようもない恨みなどが渦巻いて声の限り泣いた。

横臥している遺体に覆いかぶさり無念さからか、その胸を両の拳で激しく叩きながら泣きじゃくっている小飛の反対側に座りこんだ葉は、小飛を慰めなければと思ったが適当な言葉も見つからず、また小飛と同様に言いようもない暗い悲しみの底にあった。

葉は生まれた時から常に愛しい人と引き裂かれ、今度も不幸と悲しみの淵へと導かれているような気持ちになった。世の中や神仏への恨みと怒りがこみ上げてきた。そして身悶えする小飛の背中や頭、そして愛しい兄であった小金丸の顔を摩《さす》ってただ泣いた。

小飛は相変わらず小金丸の胸を両の拳で叩きながら泣きじゃくり続けた。

どのくらいが経ったのか、空は薄っすらと白みはじめていた。

突然、小飛の鳴き声と屍の胸を両手で叩き続ける音が止んだ。

「葉、葉、心の臓が動いている、また動き始めた」

葉は小飛が悲しみのあまり、ありもしないことが起きたと錯乱したに違いないと思い、一層憐れになって嗚咽した。

小飛は真剣な眼差しを葉に投げかけると、小金丸の胸から一旦あげた頭を降ろして唇を重ねて息を吹き込み始めた。

驚いた葉は〝そんな筈はない〟と思いながらも胸が高鳴り、二人の間に頭を突込むようにして小金丸の胸に耳をあてた。

自分の胸の高鳴りなのか、潮騒の音なのか、それとも本当に小金丸の心の臓の音なのかしばらくはよく判らなかったが、確かに小さくではあるが音がしているようである。

葉は、耳をあてたまま目を瞑り、つい先程までは神仏を恨み呪っていたが、今度は心から神仏に祈りながら、そのかすかな音に併せて拳で小金丸の心の臓に力を与えようと、思わずその胸を叩き続けた。

すると、どうしたことであろうか少しずつ音が大きくなってくるではないか……。

小飛も蘇生が確かなものと確信し、必死になって息を吹き込み続けている。

葉はどうしたものか判らないので「鉄！」と叫んだが、鉄も毒が回っていて幕の外の焚火の傍で配下の者に介護されながら生死の境をさまよっていた。

小金丸と鉄の二人は全く運よく蘇生し、それから数日後に松浦の郷に戻ることができた。

鉄は、郷に戻ったその日から足を引きずりながらも焼失した館の再建のために丁度「小金丸」を退避させていた五島から戻ってきた〝犬〟とともに汗を流し始めた。

しかし小金丸は暫くの間とはいえ、心の臓と息が止まり、血が体内を巡っていなかったのである。

恵慶和尚によれば、それでも小金丸が生き返ったのは小飛が悔しさと無念の思いで小金丸の胸を叩いていたのが幸いしたのかもしれないとのことであった。赤子が生まれ出てきた時に心の臓が止っていたり、息をしていないことがままある。そのような場合には赤子を逆さにして尻を強く叩くとか、或いは横臥させて胸を指先で叩き続けると産声をあげることもあるそうである。

小金丸の場合は、それまで流れていた体中の血が滞ってしまったためか、それとも矢毒のなせる業か蘇生こそしたものの、自分自身のことやこれまでのことを一切覚えておらず、小飛や北斗丸でさえ一体誰なのか判らない有様で廃人同様となってしまった。

小金丸は養生のため焼失を免れた菩提寺で、小飛、北斗丸と乳母、そして葉の五人で館が出来上がるまで和尚の世話になることになった。

恵慶和尚によれば「生まれ変わったのだから以前のことを覚えていないのも仕方あるまい。不憫じゃが何事も御仏の御意に沿って……」と小飛に諦めるよう諭したが、小飛は一日中胡坐をかいたまま虚ろな目で漫然と庭木を見つめ、能面のような顔で感情を表すこともなく言葉も発さずに独りで異なった世に籠もっている小金丸が哀れで悲しく、何とか旧に戻す方法はなにものかと思案に暮れていた。

小金丸には更に、矢毒を取り除く際に肩の肉を抉りとられたため、指先は動くのだが右肘と肩がだらりと下がって腕が上がらないという症状が残っていた。この方は和尚の鍼灸と貼薬、投薬により腕は何とか肩近くまで上がるようになったが、この恢復も急がねば腕がそのまま固まってしまうおそれがあった。

その他にも、小飛には難問が山積していた。

小金丸の一族郎党のほとんどがこの度の戦で亡くなった上、郷の壮年の男手の多くを失ってしまった中で、館と郷をこれまでと同じように維持していくにはどのようにすれば良いのか、郷の再興をどのように図るか、これらが小飛一人の背中に重くのしかかってきた。

郷からは、働き手の多くを失っているのでこれまでのように産品を貢納させることは期待できない。小飛に遺されたものは、千石船一艘と三十人の異国人の船子である。

船子は朝と夕の二度の食事をするが、一食につき玄米二合半から三合を食するので、最低限一人一日五合から六合が必要となり、これだけでも大変な負担である。

また、焼失した家屋や柵の再建には船子だけでは無理なので、少なくとも大工数人を雇いあげねばならなかった。

そこで小飛は熟慮の末に次のことを素早く決めて実行に移した。

まず博多に出かけて宗像氏盛に江華島を離れる際にアノウから貰った鹿皮に入ったペルシャの貴石、ラピスラズリーの幾つかを処分してもらい当面の賄いに充てることにした。

また、南宋・高麗との交易が絶たれている一方、博多では戦災の復興と元の次の襲来に備えての諸々の物資の搬送に大船が不足していると聞き及んでいたので、〝小金丸〟一艘と船子三十人のうち二十人を宗像氏盛に託すことにし、何がしかの賃料を得ることができるようにした。

和尚の下で葉と鉄の二人と船子十人とで郷の再興と館の再建を委ねることにした。

そして小飛自らは新春（文永十二年――改元のため建治《けんじ》元年、西暦一二七五年）のいつものゾロアスター教の正月（彼岸の中日、春分の日）前後の十日間の儀式を裏庭の戦災に遭わなかった連翹を飾って済ませると、小金丸、〝犬〟、北斗丸と乳母、それに今やすっかり葉の妹分になっている人買いから奪い返した五人の子の最年長のアヤメを小間使いとして都合六人で豊後へ旅立った。

その目的は、小金丸の治療と療養のためである。豊後の河直《かなお》山（鉄輪《かんなわ》山）の渓谷で取れる石菖《せきしょう》（岩に生える菖蒲《しょうぶ》に似た野草）の根の干した粉末を朝夕飲み、そして同山の東にある幾つもの岩窟内で噴出す蒸気の蒸し湯にその葉を厚く敷き詰めて横たわると物忘れの病に良く効くそうである。それどころか人によっては老いの病で頭が薄れて言葉を失い、連合《つれあ》いや子供の顔さえも判別できなくなった者でさえも徐々に昔を思い出して遂に旧に復することもあるとの評判を耳にしたからである。

また、石菖の葉が蒸し湯の硫黄の蒸気で潰されてドロドロになったものは疵の恢復にも抜群の効き目があるとのことであったので、小金丸の治療・療養はここしかないと小飛は決めたのである。

すぐに小弐経資に暇乞《いとまご》いの許可と豊後の守護である大友頼泰への便宜を依頼したところ、近辺の村の合力を得て逗留する農家と専用の蒸し湯の岩窟を得ることができた。

それというのも、この度の元との戦の戦傷者が傷を癒しにこの里に多く詰め掛けており、里のあちこちに粗末な仮小屋を建てて家族や一族で住い、毎日入浴のために幾つもの岩窟に列をなしていると聞いたからである。

また、小飛と〝犬〟の人相風体が異国人然としていることから、そのことから里で惹起する無用な軋轢を未然に防ぐ必要もあった。

事実、来て見ると確かに何十組の負傷した者とその家族や一族がこの里で小屋掛けして滞在しており、それを目当てに物売りや怪しげな祈祷師なども多く里へ出入りしていた。

驚いたことに南宋人の薬売りまでもが、行商に来ている。

小飛は朝、夕餉の前に小金丸に石菖の根の粉末を飲ませ、そのあと天井が低く狭い岩窟ではあったが二人だけの蒸し湯に入ることを日課にした。

むせ返る石菖と硫黄の臭いの中で、湧き出る蒸気に小飛は汗みどろになって願いを込めながら小金丸の体中に石菖のドロドロとなった葉を擦り込み、傷跡を強く丁寧に揉み解した。

また、毎早朝には、小飛は小金丸を猟に連れ出し〝犬〟と三人で山に分け入って、小飛が蒙弓で山鳥を射る姿を見せ、昼は北斗丸をあやさせ昔を思い出させることに腐心した。

小飛の誠心誠意、必死の治療の甲斐もあって、秋を過ぎる頃には右腕の方は耳まで上がるまでに恢復し弓も少しは引けるようになった。

肩については、あと一歩のところであるが、しかし記憶の方は全く以前のままであった。

小金丸の顔は相変わらず無表情で微笑みや言葉さえなく、歩く姿も前かがみで弱々しい。

そして北斗丸や小飛を見る目は山や立木を見る目と同じものであった。

小飛は絶望に何度も挫けそうになる気持ちを奮い起こし、必ず小金丸を治して見せると自分に言い聞かせて毎日を過ごしていた。

寒くなってくると、あちらこちらの岩穴から舞い上がる蒸気が一層高く立ち昇る。

河直（鉄輪）の里は、傷が癒えて笑顔で仮小屋をたたみ己の郷へ帰っていく者、新たにやって来る者、療養の甲斐なく身罷る者、悲喜こもごもの人間模様があった。

そのようなある日、いつもの早朝の猟に出かけた三人が仕留めた山鳩二羽をぶら下げて、山道を降りていたところ小金丸の足がピタリと止まった。

目を瞑って聞き耳を立てているが、小飛には秋風のそよぎと葉擦れの音しか聞こえない。

小金丸は道を外れて、一人ズンズンと進むので二人が追いかけていくと、幾つかの土饅頭の墓があり、それはこの地に療養に来てその甲斐なく身罷った者達の墓である。

その一つの墓前で、一人の若者が目を瞑って横笛を吹き、その傍らに母らしき者が野菊を供えている。

二人とも墓に最後の別れを告げて無念の思いで故郷に帰るのであろうか旅装を整えていた。

小金丸は若者が笛を奏し終えると、進み出て無言で左手を差し出し、その笛を借り受けた。

小飛は小金丸のこれまでの状況から、まさかこの地で笛を奏するとは夢にも思っていなかったので、今次の旅には横笛を荷物に入れていなかった。

小金丸は若者が奏していたものと同じ曲を奏し始めたが、それは若者とは異なり、力強く澄み切っていながらも切々と哀愁に満ち満ちていて聴いている者の魂を揺さぶった。

小飛は後で知ったが、その曲は「月の宴」というものであった。

小飛は奏し始めた小金丸の姿を見て「アッ」と声をあげた。

信じられないことに小金丸の背筋が真っすぐと伸び、股を開いた足は大地を力強く踏みしめていて以前の凛々しい姿を彷彿させるものであり、そして何よりも、虚ろであった目が黒々と精気に満ち溢れてきたのであった。

それは、身体が覚えていた横笛の一曲が、断たれていた過去を取り戻す切っ掛けとなった瞬間であった。

この日を境に小金丸の記憶は恢復に向かっていった。

最初こそ歯痒いほど遅々としたものであったが、小飛が必死に一日中話しかけ思い起こさせたことも幸いしたのか、日を追う毎に一つの記憶が次々と記憶を呼び起こすきっかけとなり、日を追う毎に急速に恢復に向かった。松浦の郷に戻ったのはそれから三ケ月後の翌年(建治二年、西暦一二七六年)

の早春であった。
小金丸二十八歳、小飛が二十一歳、葉は二十三歳になっていた。

第七章

朴将軍が泉州のアノウに身を匿ってもらうために、イブラヒムの手配で元の船で高麗を出国したのは、忠烈王四年（元暦至元十五年、日暦弘安元年、西暦一二七八年）の二月中旬であった。その船は青島、慶元経由で南海交易の最大拠点である泉州に向かう。

出国前に乗船の事実が高麗政府に明らかになれば、多くの人に迷惑がかかるので、出航までは船内で事情を知る者以外には顔を見られないように、船倉の荷の間で菰《こも》を何枚も被って寒さに震え耐えていた。

朴将軍は、国に尽そうとする志のある者ほど同じ高麗人に足を引っ張られ、このように虐げられる不条理さにやるせない気持ちで一杯であった。

今頃金方慶とその嫡男の忻は流された島でどのようになっているかと思いを馳せた。

金方慶と朴将軍に降りかかった災難の経緯は次の通りであった。

忠烈王二年（元暦至元十三年、日暦建治二年、西暦一二七六年）の一月、南宋軍の元軍への投降が予想を遥かに上回る速さで雪崩の如く加速し、南宋国は帝都臨安を元軍に無血開城した。世祖は帝都へ入城する元軍に厳命し、庶民からは針一本糸一筋も奪うことを禁じ、また南宋の役人には職階安堵を約束した。

南宋の遺臣の文天祥らが幼帝を奉じて徹底抗戦を唱え南に向け逃走したが、従う者は極めて少なく、このとき南宋国は実質的に滅亡した。

そのため、この月の二十日に世祖から高麗国王に対して前年九月に発していた日本国再征に備えての兵船、箭鏃作成の詔を取りやめる旨の新たな詔が届いた。

高麗の君臣は、南宋が落ちたのでこれで日本国再征はなくなったとのだと国を挙げて大変喜んだ。しかし、忠烈王に代わって五月に元の大都での南宋平定の祝賀と慰労の宴に参列した金方慶は、呂文煥、范文虎、夏貴等々名だたる南宋の降将達が世祖におもねるためか、声を揃えて「日本討つべし、傲慢不遜な日本を即刻討つべし」と唱えていることに危うさを感じた。

世祖は、日本には前回の戦で圧倒的勝利を収めたことを梃子に前年杜世忠を宣諭日本使として派遣しておりその返書待ちであり、その返書も当然色よいものである筈なので、南宋の降将たちが日本再征の先鋒を買って出たいと競って自らを売り込んでいるのを満足そうに笑って頷きながら聞いていた。

ただ、侍臣の耶律希亮《やりつきりよう》（契丹人、ジンギスハーンの軍師耶律楚材の玄孫《やしやご》）が「兵は長い戦陣に疲弊しきっているので、今また戦を起こすのは時期尚早」と降将達をたしなめたのが唯一の救いであったが、戦は世祖の心一つで決まることなのでいつかは日本再征があるやもしれぬと覚悟しておく必要があると金方慶は帰国後に忠烈王に奏上した。

六月になると今度はモンゴル帝国の内輪揉めから世祖の元を攻める内戦が起こったのが原因と思われるが、高麗国に大量の箭鏃の作成命令が届いた。その命令には箭鏃の使用目的が記されていなかったが軍船が含まれていなかったので、日本との戦のためのものではないと君臣ともに胸をなでおろした。

九月三十日に公主のクツルガイミシュが王子を出産するという高麗にとっては最大の慶事があった。これで高麗の次の王は、世祖の孫になることから元と高麗は血で繋がり、元からこれ以上無理難題が降りかかってくることはあるまいと高麗国中が涙を流して喜んだ。

ところが、十二月十六日に開京のダルカチ長官の館に投げ文があった。

それには、「貞和宮主（忠烈王の前正室――前妃）は忠烈王の寵愛を失った逆恨みと公主が王子を産んだ嫉妬から、巫女《みこ》をつかって公主を呪詛《じゅそ》し、金方慶ら四十三人の首謀者らとともに再び江華島に籠もって謀叛を起こそうとしている」

という荒唐無稽なものであったが、異国の地に来て出産したばかりの若い公主が恐怖にかられるのは無理もなかった。

公主は気も狂わんばかりに忠烈王を責め、すぐに前正室を宮廷内に幽閉し、関係者全員を逮捕させ牢獄に繋いだ。

その中には首席宰相である金方慶やその嫡男の忻と朴将軍が含まれていた。

朴将軍は、「高麗国の為ならば」と、潔く正室を退き二度と王とは会わないと誓って別宮へ移った貞和宮主を金方慶の指示で何かと面倒を見ていたのが災いした。

この事件では、宰相の一人が捨て身で公主を説得した甲斐あって、なんとか公主の誤解を解き全員が無罪放免となって出牢することができた。

しかし、差出人不明の投げ文だけで赫々たる武勲のある首席宰相を始め多くの官吏や武人が縛につき投獄されたことは、宮廷ばかりでなく高麗国中に暗い影を投げかけた。

また公主はこの事件以降、ますます癇が強くなり、気に入らないことがあると近従の者ばかりか忠烈王さえ鞭打ち、誰も手が付けられなくなることがしばしば起こるようになった。

また、元から連れてきた側近というより取り巻きたちは、この事件をきっかけに政務をはじめ全ての事案に一層口出しするようになり、裁可書類もすべて目を通すようになった。

金方慶は誣告の際のあまりの仕打ちと、それに抗する気力・体力の衰えを感じ、忠烈王に全ての官職を辞したいと何度か願い出たが拒絶された。

この事件は早速世祖の耳に入り、忠烈王三年の一月二十四日、高麗国内に不穏な動きがあるとの理由で高麗人は弓矢の私有を一切禁ずる布告がなされた。

更に、不穏な高麗国内を鎮《しず》めるためとして世祖は大都の洪茶丘を鎮国上将軍征東都元帥に任命した。征東都元帥とは、日本征討の際の洪茶丘の上司であり征東軍指令官であった屯田経略使の忻都の肩書きと同名である。

高麗国内のモンゴル人・漢人の元軍は忻都が扱い、元軍のうちの高麗帰附軍と高麗政府軍は洪茶丘の指揮下に入るのではないかと噂された。

二人は同格で並立しているように見える。

ところが、洪茶丘は肩書きに「鎮国」が頭に付く分、高麗国に深くかかわることを意味し、自分は忻都よりも上席だと方々に吹聴した。

洪茶丘は、以前から願って止まなかった元軍である手勢の高麗帰附軍と高麗政府軍の一元化の達成が可能となり、更に先祖の地である高麗国での内政への絶対的な権限を手にしたのである。

しかし、世祖は洪茶丘の願っていた官職を発令はしたものの高麗国への赴任はモンゴル帝国内の内輪揉めが沈静化してからという条件をつけた。

その沈静化のために洪茶丘に一働きを求め、高麗帰附軍を内戦で最も困難で厳しく生還さえもおぼつかないと噂されているモンゴル平原の一番厳しい激戦地に送った。

そして、投げ文の誣告事件が発生して丁度一年後の忠烈王三年十二月十三日、再び金方慶父子に謀叛の企てがあると訴えがあった。

今度は屯田経略使の忻都に訴状が届けられ、なんと訴人は金方慶のかつて直属の部下であった三人の将軍の連名であった。訴状には、「金方慶父子は首謀者四百名余りで王、公主、ダルカチ長官を殺害して江華島に入り、元に謀叛を起こそうとしている」というものであった。

その証拠として、本来戦が終われば武器は官に納めるべきものを日本征討後も一族は自宅に武器を私蔵している。軍船を造って南海の島に隠し持っている。ダルカチ長官殺害の目的のためにダルカチの近くに自らの家を引越した。日本征討の際に故意に未熟な梢工、水手を採用したため船の操舵がうまくゆかず戦を不利に導いた。また、嫡男の忻を晋州の守（軍司令官・知事）とし、その他一族を各地の枢要な役職につけて謀叛の際に一気に全国を掌握しようとしている等々であった。

金方慶は何故このような馬鹿馬鹿しい誣告が行われたのか皆目見当がつかなかったが、朴将軍には容易に察しがついた。

それは金方慶があまりにも清廉潔白すぎ、他の将官達にも同じことを厳しく求めたため不平不満が渦巻いていたのである。

将官達が軍費・兵糧の流用や兵卒へかかる経費の上前をはねるのは高麗軍の伝統であり、当たり前のことである。

またそれをしないと少ない俸禄である将官は、体面や体裁を保つことさえできない。

そのようなところへ、次の高麗政府軍の総指揮官と噂されている洪茶丘の息のかかった者から誘導されれば、三人の将官は金方慶を貶《おとし》めることに加担することが自分の将来のためになると踏んだに違いないのである。

訴状を受けた忻都は、前回の例もあり火が燃え盛らないうちに鎮めようとその日のうちにダルカチ長官と共に王宮に参内し、忠烈王と公主の前に関係者を集め金方慶父子をはじめ一人一人を尋問・詮議したところ、全く根も葉もない風説による訴えであることが瞬く間に判明した。

忠烈王は、これで本件の疑義が晴れ、訴人は軽率ではあるが国を憂うる余りの行いであったとお咎め無しで一件落着とした。

もっとも訴人を罰しなかったのは、罪人がでれば大事件となってしまい、元から様々な干渉を受けるおそれがあるためで事件を矮小化する苦肉の策であった。

しかし、一年間モンゴル平原で厳しい戦いの末に数々の勲功を立て、やっと大都へ無事戻ってきたばかりの洪茶丘は、本謀叛事件の知らせを聞くと素早く応じた。

洪茶丘はこの謀叛事件は看過ならないものがあり、鎮国上将軍である自らが職責上解明したいと世祖に願い出た。

世祖は高麗のダルカチからの報告、それはイブラヒムが朴将軍から得た詳細な高麗軍内の監査結果から本件の被疑者は全くの冤罪であることを百も承知していた。

だがモンゴル帝国内の内輪揉めもほとんど納まり、その沈静化に群を抜いた働きぶりをした洪茶丘に世祖は功労として白金五十両、金縁の鞍などを下賜したばかりであった。また既に洪茶丘に高麗国での官位を任命していたこともあり、職責を果たしたいという本人の要望を断る理由は無く開京へ行く許可を与えた。

洪茶丘は二度目の謀叛事件といわれるものが起きて一ケ月もたたない（忠烈王四年）一月十六日に高麗帰附軍を率いて開京に入った。恐ろしいまでの手際の良さである。

忠烈王は洪茶丘開京着任の引見の際に、本謀叛事件は忻都やダルカチ長官立会いのもと徹底究明したが、他愛もない誤解から生じたもので既に解決済みであると繰り返し述べたにもかかわらず、洪茶丘は元への報告書に疑義があったので世祖の御承認のもと鎮国上将軍の職責上本件を徹底的に糾しに来たのだと平然と述べ、あたかも「忻都やダルカチはその任に非ず、国王においておや」と言外に込められていた。

それは、国王を国王とも思わぬ無礼極まりない返答振りであった。

そして狙いを金方慶父子に絞り、一月十八日に二人を奉恩寺に呼びつけるや父子を境内で上半身を裸にし、後ろ手に縛り鉄の首枷《くびかせ》をはめさせて寒風吹きすさぶ中、杖で打って謀叛の自白を迫った。忻都やダルカチ長官も求められて立会ったが、モンゴル平原で一層凶暴となった洪茶丘の気迫に押され一切口出しができないでいた。

洪茶丘は、半死半生まで責めたが自白を得られなかったので、一旦牢獄に入れ、傷がある程度癒えた半月後に今度は忠烈王の立会いの下で、場所を変え興国寺の境内で氷雨降る中、再び裸とした父子に前回より更に一層激しい拷問を加えた。

元宗以来からの忠臣で数々の勲功を立て、高麗人民の間で尊敬され崇められている金方慶が、目の前で六十八歳の血まみれの裸体を晒し何度も気を失う姿を見て、忠烈王は思い余って「茶丘は、自白をすれば島流しですむと約束してくれている。頼むから自白してくれ」と金方慶の耳もとでに涙ながらに訴えたが、「宰相たるもの何で己の命を惜しんで、嘘の自白などできましょうか」と答えて丸一日死の苦しみを耐え抜いた。

再び自白を得ることができなかった洪茶丘は、金方慶と一族の者が官支給の武器や兜を僅かではあるが私蔵していたことを理由に父子を流刑（遠島、島流し）に処した。

このような情勢になると、金方慶の幕僚の中からも洪茶丘に媚諂《こびへつら》って、あること無いことを注進する者が何人も現れ、特に朴将軍は卑賤の出自ながら何人もの幕僚の頭を飛び越して金方慶の側近中の側近になったという妬《ねた》み、嫉妬、恨みを買っていた。また特に家族がいないことと金銭・物欲が全くなく、日々の粗食だけで足るとして淡淡としていることが両班《リャンパン》（地方の名門土地貴族）出身の将官達からは煙たく疎んぜられていた。

狂犬のように荒れ狂った振る舞いの洪茶丘は、世祖の信任を笠に着て元国の者に対してさえも何をしでかすか判らず、また何時それが自分達に禍となって降りかかってくるかとダルカチ長官は恐れていたので洪茶丘の動静を注意深く監視していた。

二月の中旬、ダルカチからの内報を得たイブラヒムから朴将軍に、洪茶丘は金方慶父子の流刑だけでは飽き足らず、死罪にするための証《あかし》を得るため画策している。特に親しかった者に対して捕吏が今日にでも捕縛に向かうとの噂があるとのことだったので、すぐに高麗を離れるべくアノウの居る泉州への渡航の手配が整えられた。

朴将軍は、流刑になった金方慶父子には後ろ髪を引かれる思いであったが、「必ず戻ってくる」と心に誓い、その日のうちに泉州への逃避行となったのである。

朴将軍が、泉州のアノウの大豪邸で旅装を解いたのは四月の上旬の朝であった。

邸は海を望む山の中腹に建てられており、数百人を遥かに超す私兵で護られていた。

このように到着が遅れたのは寄港地の慶元で梶取りが病に倒れ、半月以上も待たされたからであった。

そのため幸か不幸か慶元の町をゆっくり散策することができた。慶元は南宋の帝都であった臨安に眼と鼻の先の大都市であるにもかかわらず、元との戦の痕跡や影響など全くなく、町は人々で満ちて活気に溢れ、人の声や荷駄の軋む音などで騒々しいほどであった。

もっと驚いたのは、高麗では想像ができないほど町中に食料をはじめ贅沢な品物など何でも溢れかえり、市囲の人々がそれを求めて賑っていたことである。

高麗では、どの町も村も一年中喪中のようにひっそりとし、賑わいや人の笑い声など聞いたこともない。人と話すのさえヒソヒソ声である。

南宋も高麗同様に長い戦を経て元の軍門に下ったにもかかわらず、なぜこのように異なるのか不思議で仕方がなかった。

しかしその繁栄の中でも、大勢の若者が働いている様子もなく街角のそこかしこで屯していた。聞けば、元との戦が終わり南宋軍そのものは全軍元軍の指揮下に入ったものの、南宋軍の城砦の建築・補強や糧飼の搬送などを担っていた軍夫達の多くが糧を失い街角に屯し、また徒党を組んだりして悪事を働いて良民は迷惑がっているとのことであった。

泉州においても慶元と同様に喧騒に満ちていた。ただ、ここは行きかう人の半数近くが明らかに見たこともない衣を身に纏っている異国人達である。

海と港を一望できる客用の居間で朝日を浴びながら、アノウと朴将軍は、約七年ぶりの感激の再会となり、二人とも積もる話に我を忘れた。

泉州の南洋交易は、かつての商売のやり方と大きく変わっていた。

それは、元との長い戦いによる混乱によって異国商人が一つにまとまらざるを得なくなり、以前とは異なって出身国や宗教によって交易や商売を細分化し権益を保持するという古い仕来りや掟を守ることができなくなっていたためである。特に二年前に元軍が臨安を無血開城してからは、忠誠と効率を求めながらも実に寛容な元の政策の下で、誰でも何処でも何にでも参入することができるようになっており、アノウにとっては将に腕の見せ所であるようだ。

アノウは現在南洋交易が順調で船が足りないので、そのうち高麗・日本との私交易も認められるのを見越して更に数艘の大船を建造中である由。

南宋の残党が、まだ幼い帝を戴いて逃げ回っているようであるが、それに加勢する者は極めて少ないため間もなく終息する筈で、そうなればまた日本とも通商も本復し、再び虎丸殿と見《まみ》えることができると嬉しそうにアノウは笑った。

そして部屋の壁に架けてある日本刀を顎でしゃくって指し、「あの刀は、この地で初めて虎丸殿とお会いした時に盟約の証として虎丸殿が置いていかれたものである。爾来お互いに一度も裏切ったり約束を違えたりすることはなかった。実に信頼できて温かく楽しいお人だ。是非とも再びお会いしたいし、又昔のように交易がしたい」と言って昔の何を思い出したのか豪快に笑った。

アノウは高麗にいた頃よりも顔のつやが良く、声にも張りがあり精気が漲っていて若返ったような印象を受けた。

聞けば高麗から連れてきた妾の蛾美とは、この地で更に二人の子を儲けたとのことであり、その他にもまた、新たに若い四川生まれの妾を一人この屋敷に住まわせていて、それも懐妊している由。

子供の話が出たところで、朴将軍は小飛のことについて話し始めた。

イブラヒムがその後、珍島に人を遣って小飛の行方を捜したが見つからず、また耽羅の多くの虜囚から聞き取ったところでは、小飛が耽羅には渡っていないことが明らかになったと述べた。

するとアノウはそれまでの豪放磊落な態度とは打って変わって「イブラヒムには迷惑をお掛けして恐縮である。やはり珍島のどこかで最後を迎えたのだろうな。可愛そうなことをした」と、朴将軍から目を逸らし、朝日が昇った海の方を見つめて沈鬱に呟いた。

二人の間で暫く沈黙が続いた。

朴将軍は愉快な話に戻そうと、立ち上がり壁に架かっている日本刀に手を伸ばして、鞘を払って朝日に掲げて快活に叫んだ。

「おー、さすが虎丸殿が置いていかれた刀、良く切れそうだ。高麗の将官たちも日本の銘刀は垂涎の的でしてね、大変貴重なものでなかなか手に入らない。鉄の兜を一刀両断することもできれば、刃を上にして置いておくと風に吹かれて舞い落ちた梅の花びらがそれに触れて真二つになる、などと実《まこと》しやかに語られております」

と言いながら刀身を鞘に収めていた朴将軍は鞘の上部を見て、ハッとした。

鞘の漆黒の漆の中から浮かび上がった金箔の紋は、丸に波を蹴る千石船であった。

「この紋は……」

「ああ、それは虎丸殿の家紋。ホラ、覚えているかな、江華島から退去するときに虎丸殿の嫡子が着ていた白の衣の背中に派手に大きくその紋が……」

「アーッ！」

朴将軍は大きな声を出した。

江華島で小金丸が着ていた白い衣の背中の大きな金糸の絵抜きを思い出したのである。また、日本征討時に鷹島の向かいに上陸して山城か砦のようなところへ登った際、首を討たれていた老人の傍にあった土にまみれた幔幕の紋、そしてこの鞘の紋、それら三件が一列に並んで合点したのである。

「そうか、鷹島の向かいが虎丸殿の故郷だったのか」

朴将軍は、一人呟くとアノウにその経緯を話し始めた。

アノウは身を乗り出してその話を聞いた後、「その老人はきっと虎丸殿と極めて近い血筋の者に違いない。そこへ行けば虎丸殿に会えるであろうな。将軍に近々行ってもらって虎丸殿と交易の手筈を整えてもらいたい」と嬉しそうに顔を崩した。

「勿論、行くのは構いませぬが、日本へ行くことを市舶司が許すでしょうか？　また行ったところで戦塵が晴れない日本に元の船が乗り着けると騒動にならないでしょうか？」

朴将軍は、あのように激しい戦いの後なので、交易には後数年、十数年はかかるだろうと勝手に決め込んでいたがアノウは違った。

「構わない。実は昨年日本の宗像の船四艘が交易のために密かにやって来たので市舶司が大都へ伺いを立てたところ、驚くことに世祖は〝柔遠《じゆうえん》の道を尽くせ（取り込んで手なずけるためには、あらゆる手段を尽くせ）〟と交易をけしかけた。さらには沿岸の役所に日本との交易を優遇すべしとの詔書まで下した。なんと度量の広い皇帝であられるのか、他方その宗像の者の話では、日本では幕府から大宰府に、異国船はどれこれ構わず討ち取れと命じられている由」と言ってアノウは笑い、

「従って元国での出入りは問題ないが、問題は日本へ着いてからである。しかし船を高麗で小さなものに乗り換えて日本へ入れば、見つかる訳がないし、万々一見つかったとしても一艘だけなら、な一に、大宰府の役人に〝我々は南宋人で憎いモンゴル人から逃《の》がれてきた〟と言えばよい。一旦、日本への道が開ければ、また虎丸殿の導きで後は競う相手がいないので、いくらでも儲けることができる」

と高笑いした。

もっとも昨年の日本の宗像と交易したのは、現在アノウと競っているアラブ人であったこともあって、高麗・日本との交易についてはこれまでの経緯からもアノウは絶対アラブ人には譲りたくないという強い思いと焦りが見て取れた。


その頃高麗国においては、忠烈王と洪茶丘との間で世祖の信任を巡って忻都やダルカチ長官を巻き込んでの陰険かつ壮絶な戦いが繰り広げられていた。

このことは、後に高麗のダルカチが廃された後も、ダルカチの残務整理を全て終わらすのに更に一年を開京に残留したイブラヒムが、元の大都の尚書省に帰る際にアノウと朴将軍へ送った書簡でその経緯を明らかにしたものである。それには、
忠烈王は、金方慶父子を流刑（方慶は大青島、忻は白翎島）に処した旨を世祖に報じる一方、方慶のこれまでの忠実な働き振りと老齢であることを理由に、方慶だけでも島から引き揚げさせ開京で療養させたいと洪茶丘には内密に陳状したところ承諾を得た。

そのことに怒った洪茶丘は、忠烈王が四月に宮中で談禅法会を行おうとしているが、これは元国を呪詛しようとするものであると、忠烈王を元の役所の中書省に訴えた。

また、高麗国内の不穏な動きは未だ終息していないので自分の手勢として元軍三千人の増援軍と、治安を維持するために高麗南部の街道各所に、脱脱禾孫（トトホスン）という名の関所を兼ねた役所を新たに設置したいと世祖に直訴した。

世祖は呪詛については無視したが、増援軍は認め、先発隊二千五百人が鴨緑江を渡ったところで忻都とダルカチ長官から自分達の存在意義を問われかねない洪茶丘の直訴に対して強い反対の意見具申があったので、心変わりし兵を引き返させた。

また脱脱禾孫の設置も認めなかった。

この事件により洪茶丘に対して忠烈王、忻都、ダルカチ長官の三者の絆が強まり、それが忠烈王の意を強くした。

忠烈王は世祖からの公主の里帰りの誘いに応じて公主、王子そして二月に生まれたばかりの王女を連れて四月に開京を出発し、元の夏の都である上都（開平）に六月に入った。

忠烈王は、世祖が公主と二人の孫との面会で相好を崩すこの機会に洪茶丘に止めを刺すべく奏上した。

「畏れ多くも帝国内にいまだ皇帝陛下に弓を引く者がいると仄聞していますところ、天をも恐れぬ不届千万な輩でございます。臣はこれらの成敗にお役にたちたいと希《こいねが》っております。何なりと御用命いただければ幸せでございます。

また、東海の小国の日本国だけが辺境の地であることをいいことに身の程もしらず元国に不逞・不遜であります。あのような国が元国に報いることなどあり得ません。臣は即刻、軍船と糧飼を整え討伐すべきと思料いたしますところ、これまた何なりと御用命くだされませ」

そして一息整え、平伏の姿勢の頭を一層垂れて額を床に着け、これまでよりも大きな声で、

「ここで伏してお願いの儀がございます。高麗駐留軍の洪茶丘とその帰附軍は、元軍の中でも極めて

勇猛果敢な部隊であることは承知しております。しかしながら、それを笠に着ての高麗国内での傍若無人な振る舞いには目に余るものがあり、高麗の民衆は挙ってこの部隊の国外への転出を願っております。臣が見ますにこれは、同族でありながら元人、高麗人との身分上の違いの問題が根底にあり、また言葉が通じるだけに複雑な様相を呈しております。つきましては、洪茶丘とその帰附軍の元への一刻も早い召還をお願いする次第でございます。勿論この部隊に代わる漢人などによる元軍の駐留は大いに歓迎いたします」

忠烈王の奏上の前段は、あくまでも後段を主張するための時候の挨拶がわりの心算であった。

しかし、前段で洪茶丘憎さから自ら進んで日本征討を口にしてしまったのである。

奏上を聞くや世祖は、待っていたとばかりに破顔一笑し、帝国内騒擾ついては、既に収まっているので、折角の申し出ではあるが心配無用。

日本国については、今はこれといって何も頼むこともないが、国に戻ったら日本について宰相たちと検討をおさおさ怠りなく行い、朕に具申すべきことがあれば遅滞なく具申せよ。

そして忠烈王の主眼であった洪茶丘の元への召還については信じ難い返答が還ってきた。

それは、洪茶丘の召還ばかりでなくダルカチなどの高麗国にある元の全ての役所、そして全ての元の駐留軍と屯田軍を直ちに引き上げさせるというものであった。

更には忠烈王には「駙馬（娘婿）国王」の金印が与えられ、正式に元帝国の一員と認められた。

また、世祖の命により金方慶父子も忠烈王に遅れて流刑地から入朝したが、即座に流刑を免ぜられた。

夢想もしないほど大きな成果を挙げた忠烈王一行は、金方慶親子を伴い喜び勇んで帰国の途につき、九月二十四日に開京に着いた。

開京へ入る街道には、国中の人民が集ったかと思われるほど溢れかえり、かつてない盛大な熱い出迎えを受け、まさに凱旋であった。

開京の北、慈悲嶺以北と耽羅の直轄地は元国支配のままであるが、他は悲願であった元国の直接支配からの完全な脱却を果たすことができ、また諸々の案件が一挙に片付いたことで上下を問わず狂喜し抱擁し合い、絶叫し、感涙したのであった。

その熱気が覚めやらぬ高揚した中で、洪茶丘と通じていた官・軍の一派に対しては裏切り者粛清の声に押され多くの者が処刑や流刑となった。

それを知った大都に召還させられていた洪茶丘は激怒し、世祖に高麗で行われている虐殺、暴虐を訴え出たため、忠烈王は帰国後僅か二ケ月で再び世祖への弁明のため元に呼びつけられることになったが、しかし何故か世祖は到着した忠烈王となかなか会おうとしなかった。

年が明け、忠烈王五年（元暦至元十六年、日暦弘安二年、西暦一二七九年）一月二十日に世祖の前で忠烈王と洪茶丘が激しく対決した。洪茶丘が事例を挙げ理不尽な虐殺・暴虐を非難するのに対し、忠烈王は一つ一つ反駁した。

ところが、世祖が忠烈王をわざわざ呼びつけたのには別な目的があったのだ。

驚いたことに、世祖による本件の断は「このような高麗高官や将軍の処置などの重要案件は、高麗王が勝手に行うのではなく、今後は必ず朕に事前の裁可を求めよ」であった。

忠烈王は自分の臣さえ賞罰ができないことになってしまったのである。

つまり、今回の忠烈王の行った処置は止むを得ないものとするが、元の役所や軍は高麗国から撤退したとはいえ高麗国の生殺与奪の権は朕が握っているのだと釘を刺すためのものであった。ただ呼びつけるそのきっかけに、いつもの如く洪茶丘を利用したまでであった。

忠烈王は、世祖の非情な言葉に現実を思い知らされ、それまでの〝世祖は高麗国を駙馬国として格別の扱いをしてくれるようになった〟との勝手な思い込みに浮かれていた気持ちが沈んでいくのを感じながら二月十日に開京に帰着した。

その帰着の四日前の六日には、洋上を逃げ回っていた流浪の南宋最後の幼帝が崖山島（広州近辺）の海中に身を投じて、名実ともに南宋が滅んだ。

世祖はそれを待っていたかのように翌日の七日、唐突に旧南宋の四路つまり、揚州、贛州、湖南、泉州に日本征討のための六百艘の軍船建造を命じた。

ついで南宋降将を召して、日本征討についての意見を求めたところ、范文虎が進み出た。前回（三年前）には〝日本を即刻討つべし〟と他の降将たちとともに唱和していたが、世祖に大物振りを売り込むためか前言を翻し「親交のあった南宋の説諭に日本は必ず応じる筈なので、自分の部将を使者として派遣し、今一度自分から最後の勧告の書簡を送達し、明年（忠烈王六年、元暦至元十七年、日暦弘安三年、西暦一二八〇年）四月までに必ず返牒を貰うことにしたい」と進言した。

世祖は最初の日本征討の半年後、つまり四年前に日本に完勝したということで宣諭使の杜世忠を日本に送り込んだが連絡が途絶えたままになっていることを極めて不審に思っていたが、自信に満ちた范文虎のその進言を了とし、軍船建造等の準備は進めるものの明年四月までは日本征討は見合わせるとした。

他方、高麗では日本征討が決定されたが元からは何も言ってこないので、今回は駙馬国であることから免れることができたのかもしれないと一縷の希望を抱いていた忠烈王に対して、日本征討のために前回と同様、九百艘の軍船を建造せよとの命が六月に下された。

しかもその命は征東都元帥府からのものであり、その長官は忻都と洪茶丘の二人である。

当然近いうちに、徴兵、造船、糧飼の監督や進捗状況の検分などのため再び軍を率いて高麗へやって来ることになる。

忠烈王は、日本を討つことや軍船の建造を前回入朝時に世祖に自ら申し出ているので拒否できる訳がない。かろうじて八月からの造船・武器製造監督には洪茶丘の高麗派遣だけを止めてもらうのが精一杯であった。

忠烈王は、世祖に全く愚弄されていることにやっと気付き絶望の淵に叩き落とされた。

第八章

小飛は、小金丸が〝犬〟とともに大宰府や博多にほとんど行きっぱなしで時たまにしか館に戻ってこないことに寂しくはあったが不満はなかった。

やはり、人間心身健やかであるのが一番であると、小金丸の長い病を通して身に沁《し》みて感じたので、愛しい小金丸が元気でさえいてくれれば何よりであり、贅沢は言えない。

まして元国の再征があるという今日、小金丸が経資のもとでその対策に忙しくしていることに不平を言うつもりはない。

この頃（弘安三年）には河直（鉄輪）から引き揚げて四年が経ち、小金丸の病は奇跡的に癒え心身ともにもとの小金丸に戻っていた。

小飛は、留守勝ちの小金丸に代わって郷や館の差配と二人の子供の世話で、極めて多忙ではあるが、葉や鉄の助けを借りながら満ち足りた毎日であった。

七歳になった北斗丸は朝の恵慶和尚の手習いはいつも上の空で、昼は早々に悪童たちを引き連れて野山を駆け巡り、また勝手に小船を漕ぎ出しては小魚を釣ったりなどして小飛どころか湊の人たちにまで心配をかけて手を焼かせるが、昨年生まれた長女の木末《こぬれ》は優しい性格な上、髪、目、肌が小飛に生き写しといわれ一層可愛い存在である。

木末とは〝木の若い枝先〟という意味があることから、江華島から珍島そして玄界灘を越えて日本へ持ち込んだ連翹の木の挿し木のうち、根付いたのが若枝の一本だけであったので小飛はこの若枝を慶として長女の名にしたのである。

そのような十月の上旬、朴将軍が泉州から高麗経由で高麗の小船でやって来た。朴将軍の松浦の館への訪問はこれで三度目である、これまでの二度は小金丸が博多での勤番の留守中であったので直接会えなかった。この度も留守であったが、アノウの指示で小金丸とどうしても話さなければならない内密の話があるので、それまで滞在するとのことである。

そこで小飛は、小金丸の今回の博多滞在は勤番ではないので、博多の守護所へ早船を出し鉄に小金丸を呼び戻しに行かせた。

朴将軍の最初の来訪は、一昨年・弘安元年の秋で、この時にはアノウの指示でかつての記憶から幔幕の紋を頼りに虎丸の消息を尋ねに来たのであったが、再建されたこの館で小飛とよもやの再会を果たしたのである。

互いに「アッ」と声をあげ、その驚くまいことか！　このような奇跡がこの世で本当に起こるものなのか、小飛にとっては神が結びつけてくれたものとしか考えられなかった。

鉄も朋輩《ほうばい》との再会に狂ったように喜んだ。

二度目は、昨年の秋にアノウを連れてやって来た。アノウは高麗での交易の最中に密かに抜け出し、朴将軍の案内でこの館に僅か二日ばかりの滞在でしかなかったが、小飛は江華島以来九年振りの父との夢にまで見た再会を果たし、暖かい抱擁に涙した。

アノウは小飛が死んだものだとすっかり諦め、最近では小飛の夢も見なくなっていたところに朴将軍からの小飛との劇的な再会と虎丸の死の報を得たのであった。

飛び立つ思いで来日したかったが、世祖は〝柔遠の道を尽くせ〟と日本との交易をけしかけたりしたが、その後日本からの密偵の取締りのために突然日本人の元入国の取締りを厳しくしたりとなかなか世祖の真意が測りきれないところがある。いずれにせよ大戦を終えて間がなく、また再戦があると噂されている日・元のこのような情勢下に迂闊に日本へ行ったことが知れると鵜の目鷹の目でアノウの利権を狙っている商売仇等からどのような形で足もとを掬われかねないので、逸《はや》る心を抑えて慎重に時期を待ったのである。

再会した親娘は、寝る間も惜しんで積もる話を懐かしいペルシャの言葉で語り合った。

別れ際にアノウは、小飛に家族共々泉州の自分の許への移住を熱心に勧め、それが叶わぬならすぐにここを去って遠くの田舎で隠れ住むようにと真剣な眼差しで語った。万一に備えて小金丸一族の血を絶やさぬために、北斗丸か当時生まれたばかりの木末のどちらかを今般連れて帰ろうとまでの提案があった。なんでも元の日本再征は、今回は旧南宋軍も加わることが噂されており前役よりも桁違いの軍勢で行われるとのことなので、もし噂通りなら日本は完膚なきまで叩かれ国が壊滅するのは間違いないとのことであった。

また、手土産として勤番で留守の小金丸には滋養に良いと言われる高価な南方の薬草、小飛には再びペルシャの貴石ラピスラズリーを鹿皮の袋一杯、更には宋銭を山のように置いていった。この宋銭は後で数えてみると「小金丸」程度の船なら三艘を建造することができる量であった。

小飛にとっては熱望して止まなかった父との再会ではあったが、父には子供の頃から聞いていた南宋人との間のまだ見ぬ兄がいることは知っていたが、新たにその他江華島以降に四人も弟妹ができたとの話に何となく納得がいかなく、釈然としないものを感じた。

それは父を独占できなくなってしまったことへの苛立ちなのか弟妹たちへの嫉妬なのか複雑なものであったが、他方小飛自身も父から「泉州に一緒に帰ろう」と言われても昔なら二つ返事でついていったであろうが、今では小金丸の気持ちや子供達のこと、また館や郷の人と船子達のことなど思い巡らすととても行けるものではなかった。

どんなに愛しく想っている親子の間であっても、時の流れと互いの世間のしがらみで、ままならないことが恨めしかった。

小飛は語り足りなかったが、アノウは高麗での商用名目の中を抜け出してきていたので慌しく戻っていった。

そのような小飛の繊細な気持ちを小金丸は知るや知らずやで、「小金丸」が老朽化してきていることや元の再寇に備えての石築地の負担分が思いのほか多くかかったことに加えて現在、館の周りの郷の四湊を守るために独自に石築地を築いており、それらの出費が嵩んで喘いでいたのでアノウからの宋銭を素直に喜んだ。

鉄が博多へ迎えに行って四日ほどして小金丸が館に戻ってきた。

朴将軍は、小金丸の顔を見ると待ち構えていたかのように江華島以来十年ぶりの再会だというのに挨拶を端折り、人払いし小金丸にアノウからの伝言を高麗の言葉で語り始めた。

「アノウ殿が元国高官から得た内話によれば、今から一カ月半前の八月末に大都で世祖が日本再征の軍議を催し、忠烈王、忻都、洪茶丘、范文虎が召集された。軍議の冒頭で、忻都、范文虎が宣諭使の杜世忠一行が日本へ到着早々斬られていたことが逃げ帰った水手により昨年やっと判明したことから、范文虎が送った使者も四月になっても音沙汰がないので同様斬られたと推測され、不逞・不遜な日本は即刻征討すべきと今日、明日にでも軍の発進を世祖に希《こいねが》った。

しかし世祖は、軍の発進は国の体制と軍の編成を整えてからだとし、そこで、日本征討準備のための中書省の分署として『征東行省』を置くことが決定され、忻都、洪茶丘、范文虎の三人に中書省の官職が与えられることになった。

また、同時に征討軍のおおよその編成が決められ、高麗の合浦から漢・高麗兵を主体に四万人、江南から旧南宋兵を主体に十万人とした。発進時期は未定なるも遅くとも明年春には、それぞれの地で既に建造中のものも含めて兵員に見合う軍船を全て竣工させることと、相応の糧飼を積むことも決められた」

朴将軍は書簡にできない極めて重要な伝言を一字一句間違えないように目を瞑って語り、アノウが最も気にしている次の本題に入る前に一旦、一息入れるため目を開けてみると小金丸は顔色ひとつ変えずに平然として天井を見上げていた。

もっともこれは、小金丸の思索に耽る際のいつもの癖であるのだが、礼儀に外れる無礼な態度が朴将軍の癇に障った。

ましてや、小金丸は、元国との戦いの重責を担っており、これほど重要な伝言を得れば当然、驚きながらも〝国の存亡にかかわる貴重な一報を遠路はるばる伝えてくれた〟と感謝の言葉があって然るべきと朴将軍は自負し期待もしていたのだが、小金丸はまるで他人ごとのように無表情で聞き流しているようにしか見えない。

朴将軍は思わず詰《なじ》るように「御如才なきことながら、明年春以降に前役とは比較にならぬほどの元軍が、大挙して押し寄せてくることが決定されたのでありますぞ」と声高に念押ししたが、小金丸は天井を見上げ続けたままコクリと頷いた。

その態度に朴将軍は眩暈がするほど怒りが込み上げてきたが、なんとか気持ちを抑えると再び目を瞑りアノウからの伝言を続けた。

「アノウ殿は、日本は使節一行を二度までも切り捨てるなど世祖を全く愚弄したので、事ここに到って戦いは避けられず、この元国の大軍では戦というよりも未曾有の殺戮になるやもしれぬと大変懸念されておられる。そこでアノウ殿の御提案であるが、御家族で、または御一族でもかまわぬので泉州に移られぬか。虎丸殿をはじめ御一族の無念もあって元国への恨みも大きいであろうし、また父祖の地に未練もあろう。しかし、元国は牙を剥く者には情け容赦なく徹底的に懲らしめるが、そうでない者には実におおらかで寛容である。異国の者でも才あれば門地門閥にとらわれず登用されるし、また政《まつりごと》も南宋のように腐敗していない。泉州に来れば存分に働くことができ、好きなだけ財を積むことができる。御一家、御一族の存続と繁栄のためには、むやみに戦うばかりで全く聞く耳を持たない固《こ》陋《ろう》な国を見限ることは恥ではないので、速やかに決断していただきたい」

伝言を言い終えて目を開けた朴将軍に小金丸は、目を天井から将軍に戻し「泉州へは……難しかろう」と間延びした声で答えた。

そしてややあって、日本の言葉で「国や故郷の山河は捨てられぬ」と再び天井を見上げてポツリと呟いた。

朴将軍は伝言するまでは、いつまでも小金丸の帰宅を待つと言っていた割には、二人だけの密談を終えるとアノウからの進物として再び多くの宋銭を置きその日のうちに慌しく開京へ向け出航していった。

本当のところ朴将軍は、あと何日か逗留して小飛や葉ともゆっくり話したいと思っていた。しかし小金丸がアノウ殿のあれほどの申し入れにもかかわらず一家で泉州へ移り住むことを一顧だにしないこと、また小金丸がいつも何を考えているのか掴みどころがなく、そのことにもともと以前から虫が好かなかったこともあって、これ以上滞在して顔を合わせると何を言い出してしまうか不安であった。特にそのような小金丸の何が良いのか愛弟子でもあり娘のように思っていた小飛や葉までもがこの男を信頼しきっている姿や話を見聞きするにつけ、言いようもない不快な気持ちになった。

江華島では、あれほど朴将軍と二人が慕ってくれていただけにその落胆は大きい。

これが〝家族のいない天涯孤独な老人の醜い嫉妬なのか〟と、思うこと自体に己自身が情けなくなり、また耐えられないことであった。

朴将軍が、開京に向かったのは船を乗り換えてアノウの許の泉州に戻るのではなく、金方慶に乞われて再び高麗軍に入るためであり、勿論アノウの了解は取り付けてある。

小金丸も翌日、経資が最も知りたがって止まなかった元の再寇の時期と兵力を伝えるためにこれまた慌しく博多へ出航した。


「そうか来年の春には準備を終えるか。噂に違わず高麗、江南の両面からか……」

小金丸の話に対して、鎮西奉行小弐経資は呟いて大きなため息を一つついた後続けた。

「これまで何度か元軍の再襲があると言いながら再襲はなかった。そこでまた〝来年の四月以降に再襲がある〟と言っても誰も信じてくれぬだろう。この度は鎌倉にお願いせざるを得まい」

同席していた弟の景資と小金丸に同意を求めたので、二人は頷いた。

つまり、幕府から鎮西奉行へ近々再襲があると関東御教書《みぎょうしょ》を発出してもらい、それを引いて九国の守護に具体的命令を出したいということである。

それには複雑な経緯があった。

前役後に九国の守護が大きく替わり、前役の際の主な守護は小弐、大友、島津の三家であったが、役の翌年、肥後は安達泰盛、豊前は北条実時、筑後は北条義正が守護となった。

先の役において小弐、大友の働き振りに問題があったと懲罰的に二家の管轄地の一部(小弐は肥後、豊前、大友は筑後)が召上げられ、それを北条一門に下したのである。

小弐も大友も晴天の霹靂であった。

あれほど困難な戦いを鎮西奉行としてなんとか凌いだので、幕府から賞されることはあってもよもや罰されるとは夢にも思っていなかった両家は愕然とした。

小弐、大友両家の極めて近い親族に戦死者が一人も出なかったことが禍したのだとの噂も立った。

小弐、大友への幕府からの直接の叱責はなかったが、役の翌年、建治元年（西暦一二七五）に鎌倉から鎮西奉行宛に送られた関東御教書が全てを物語っている。


「異賊が去年来襲したとき、戦場に臨みながら進み戦うことをせず、あるいは持ち場を守ると言い訳して戦場に馳せ向かわなかった輩がいたと仄聞する。はなはだ不忠の科をまねくことではないか。今後もし忠節をいたさなければ鎮西奉行の注進に従って罪科を行うべきである。この旨をあまねく御家人等に相触れるべし。

将軍の仰せにより以上通告する。　　執権　北条時宗」


鎮西奉行の命令に従順でない御家人たちがいたことで、監督不行き届きであったことを暗に責め、それを理由に両守護が罰せられて管轄地を召上げられたという体裁を取ったが、守護でさえ領地を召上げられてしまうということで、九国内の御家人達は戦慄した。

更に、軍勢不統制を幕府の威厳で正すためとして、鎮西奉行の上に新たに九州探題を置き、評定衆の首席で豊前の守護となった北条（金沢）実時の嫡子実政（豊前守護代、十七歳）を任命して下向させた。幕府は、まさに「一罰を以って百戒となした」と称して九国への支配を強めた。

そして博多近辺での「異国警固の結番《けちばん》」は、役前より一層厳格な勤務が求められた。

同元年四月に長門室津に到着した世祖が送り込んだ宣諭使杜世忠一行は、鎌倉に送られ九月七日龍《たつ》口《のくち》で全員斬られた。これは、執権時宗の〝元国とは一切妥協せず、あくまでも戦う〟という不退転の決意を全国に示すものであった。

以降、元国の使者が来れば幕府に注進することなく何処の浦においても即座に切り捨て、晒し首にせよとの達しがあった。

後の弘安二年六月二十六日に到着した范文虎が送った既に滅んだ「大宋国（南宋国）」の牒状の取り扱いに経資は相手が元国の遣いでないので悩み、幕府に伺いをたてたところ、幕府は朝廷とも協議した結果、亡宋の遺臣が直にわが帝に書を呈するのは過分であり、文書も非礼であるということで全員博多において直ちに斬られた。

更には、「異国征伐（高麗発向）」と「異国防御（石築地の築造）」の二件が幕府で決せられ、九州探題の下で鎮西奉行が取りまとめ執行することになった。

「異国征伐」とは、元と高麗の来襲を座して待つのではなく、こちらから高麗へ攻め込み、もって禍の根を断とうという計画である。兵は九国が主となり必要に応じ山陽・四国等からも兵ばかりでなく、船、糧飼も徴するというものである。

また「異国防御」とは、先の役では、敵は震火雷《てつぽう》を放ち、陽を遮るほどの矢を雨霰と浴びせかけてきたことから苦戦した。右を防ぐためには敵を上陸させず水際で戦うことにし、そのようにすることで、敵は狭く揺れ動く船からの攻撃となって狙いが定まらず、一方我方は防塁の上から上陸しようとする敵を今や改善されて広く行き渡りつつある蒙弓と比べても遜色のない弓で射下ろせば極めて有利となる。そのための防塁を築造することであり、受け持ち地域を区切り、石高に応じて（一反につき一寸）御家人及び本所一円地（寺社や公家の荘園）が分担し築造する。

「異国征伐」に加わる御家人は「異国防御」の石築地の築造は免れることにした。

しかし、本所一円地も鎮西奉行の下に入ることになったとはいえ、異国征伐には膨大な費用がかかることから各地からの船や水手の徴発などかなりの準備が進んだところで経資は探題を通じて鎌倉へ申し入れて沙汰止みとし、「異国防御」一本に絞ることにした。

だが、各地から徴発した船等はそのまま保管し、再寇があれば前面を石築地で守って上陸を許さない一方、敵の背面をこれらの船を含めて水軍で攻撃する策を採ることにした。

目標を一本に絞った甲斐あって石築地は、建治二年（西暦一二七六年）三月十日に着工し、同年八月にはほぼ完成した。

この石築地の海側は切り崖で高さは宋尺で一丈（約三メートル）幅も同じく一丈であるが陸側からは石築地の上にまで一気に馬で駆け上がれるようにするため、土でなだらかな傾斜が造られている。

この石築地は、東は香椎から西は今津までの宋尺で約三十八里（二十キロメートル余り）もあり、博多の海から見ると、ぐるりと高い屏風に囲まれて蟻一匹とても入り込む隙がない見事なものであった。

石築地の築造のために多大な負担を強いられながら警固番役を勤め、更には博多の南宋人や高麗人の噂に惑わされた鎮西奉行から〝敵襲近し〟と何度も無駄な参集を命ぜられたりしたこともあってその度に御家人達は出費が重なって不満が鬱積していた。

そしてなによりも、先の役から六年間元軍の再襲の噂こそあれ何事もなかったことが、鎮西奉行の命令に御家人たちの腰がだんだん重くなっていったという背景がある。

だが、経資の一報と依頼に対して幕府は素早く応えた。

同年（弘安三年）十二月八日「異国用心事条々篇目」を載せた関東御教書が発せられた。経資は翌年（弘安四年）二月十八日付で右御教書を添付しまず自分の管轄国の武士達に「三月一日までに楯と垣楯を用意して要害所（持ち場）に着くように」と命じ、それを九国に順次拡げた。小弐の筑前、肥前の兵がそれぞれの持ち場で陣を構えたということで、「今度こそは間違いない」と続々と全九国の兵が集り始めた。

なお垣楯とは、先の役での敵の雨霰と降り注ぐ矢に懲りたため、身をすっぽり隠すための大きな楯が望まれたが、通常の平板の楯は作成に手間隙《てまひま》がかかりまた高価なため、竹（あるいは柴）を何本か束ねたものを土に埋めた竹杭に斜めに立てかけ、垣根のように並べて降り注ぐ矢から身を隠すためのものである。

忠烈王七年（日暦弘安四年、西暦一二八一年）四月十八日、蒙漢軍三万、高麗軍一万、計四万の征東軍を忠烈王が閲兵する式典が合浦の浜辺で賑々しく執り行われ無事終了した。

朴将軍は、壇上の忠烈王の右手側壇下で忻都の隣に立つ金方慶の真後ろに控えていたが、自分の手兵を持たない金方慶の側近の筆頭幕僚としてこの日を迎えたため、兵を率いての凛々しい行進ができないことに少し寂しい思いであった。

また、忠烈王による閲兵というここまでの険しい道のりに感慨深かった。

「全羅道餓ユ。人或《アルイ》ハ其《ソ》ノ子ヲ食ウ者アリ。（全羅道の者は皆飢餓に苦しんでいる。他人を、或いは自分の子を食う者さえいる有り様だ）」

金方慶が、最も豊かな道の筈の全羅道の守からこの目を疑うような衝撃的な報を得たのは、昨年（忠烈王六年）の三月であった。

毎年全道で数え切れない餓死者が出ているが、特に日本再征が宣せられてからは、徴兵と軍船の建造などに役夫の徴発などが徹底して行われたため村々の疲弊は一層酷くなった。

娘など子供が売れる間はまだよかったが、そのうち皆が貧しくなり子供を買う余力のある者もいなくなると、親達は子を養いきれず野山に捨てるようになった。

そして遂には、人が人を人が己の子を食うという地獄図が繰り広げられることになったのである。

国内がこのような悲惨な状況下であるにもかかわらず忠烈王はその年の八月に元に入朝した。

その理由は、世祖から高麗国には九百艘の軍船建造を命じられているものの日本への出兵の要請がまだ来ていないのである。その一方、忻都と洪茶丘が日本征討のため前回と同様合浦から発出することは決められており、洪茶丘がその際に高麗軍を自軍の傘下に入れるのではないかとの疑念が生じていたためである。

それを防ぐためには、王をして世祖に高麗軍は率先して日本へ出兵することを奏上し、その見返りとして王に忻都や洪茶丘よりも上位の征東行省の官位を授けてもらわなければならなかった。また出征後の日本で高麗軍が元軍に好き勝手に取り扱われない為には、高麗軍のしっかりとした位置付と金方慶をはじめ全高麗軍の兵に元軍と横並びの然るべき位階を授かる必要があったからである。

そして日本征討のため合浦を離れる際には、王が全軍を閲兵する儀式を行い、元軍及び万民に征東軍の官位の序列を明らかにしておくことが是非とも望まれた。

そうすることによってこそ、金方慶は王の代理として元の二人の将軍から独立して高麗軍を完全掌握し、指揮することができるというものである。

結局、世祖への右工作は上首尾で忠烈王には開府儀同三司・中書左丞・行中書省事という意味のよく判らない長い名の官位が授けられ、望み通り合浦から発進する軍を統括し閲兵することが許された。

つまり、世祖の右手として中書右丞は江南から発進する第一軍の蒙古人将軍アラハンが就き、その指揮下に忻都、洪茶丘、范文虎を置く。また世祖の左手としてアラハンより少し位が下る中書左丞に合浦から発進する第二軍として忠烈王（王は出征しない）を任命し、その下に金方慶を置いた。

ただし、忻都と洪茶丘は第一軍傘下ではあるが合浦から発進するとした。

また金方慶は都元帥の称号が与えられ前線では忠烈王に代わって高麗軍を指揮することができる。その他の全高麗軍将兵にも然るべく元軍の位階が与えられた。

しかし、その代償は余りにも大きかった。

高麗が準備すべきものとして、既に建造中の軍船や矢などの他に、正規軍一万、水手一万五千人、兵糧だけでも漢石で十一万石（約四万人の三ケ月分の糧食）であった。

忠烈王は九月に急いで元から開京へ引き返すや、予め用意はさせていたものの予想を遥かに越えるこれらを調えるために血眼になった。

それは高麗人民の最後の血の一滴を搾り取らざるを得ぬほどの過酷なものであった。

このような苦労の末に同年十一月に九百艘の軍船の建造を了した。

この度の軍船建造は、前回よりも一層困難であった。人の入る山々は禿山となっていたため、急峻な深山に分け入らない限り入手できなかったことと、多くの船大工が先の役で船とともに命を落としていたためである。

また、今回も建造期間との関係から生木を使用せざるを得なかった。

舷側の船板と船板との間には浸水しないよう麻紐を縒《よ》って束ねたものに油をしみこませて埋め込むのはこれまでと同じであったが、前役で懲りた元が造船のために派遣越した旧南宋軍の船大工の指導で、その継ぎ目の上から更に漆喰《しっくい》を塗り固めるという新手の工程が加わった。そのため頑丈にはなったが、その分船体が重くなり喫水が深くなることになった。

忠烈王は軍船が完成するやその月に使者を元に遣わし、糧飼にいたるまで全て調った旨を伝え、そして、その使者を追うように金方慶を元に賀正使（帝に新年の賀を述べる）として送った。

金方慶は、高麗軍に再任したばかりの朴将軍を伴って元に入り三日三晩の新年の宴席を終えて退出した後、世祖より蒙弓一千張、甲冑百領等を賜った後、正式に征東の令（陪臣であるため帝直接の命ではない）を受けた。

世祖から念を押されたのは、高麗軍一万はあくまでも忻都と洪茶丘の三万の軍とともに動くこと、日本の壱岐島で江南発の十万の軍と落ち合ったらアラハンの指揮の下で行動することであった。既にその日にアラハン、忻都、洪茶丘、范文虎には出撃の命が出ていた。

金方慶と朴将軍は出陣のために直ちに帰国し、三月十六日に兵をまとめ合浦に向かった。入れ替わりに二日後の十八日に忻都と洪茶丘が三万の兵を率いて元から開京へやって来た。そして、先の合浦の閲兵へと続くのであった。

忠烈王の見送りの下で艦隊が合浦を出航したのは五月三日であり、まず向かった先は巨済島であった。前役の轍を踏まぬように〝船に乗るのは初めて〟という多くを占める俄《にわ》か水手達の艦隊訓練を重ねるためであった。既に内海での訓練は合浦で進めていたが、厳しい外海での操舵は全く別物であるので、この訓練が是非とも必要だったからである。

巨済島に着くと忻都は、軍議を開くとして洪茶丘を除き金方慶とその幕僚全員を旗艦に呼び寄せ、元を出発する前に世祖が四将（アラハン、忻都、洪茶丘、范文虎）を前に垂れた訓戒と日本攻略の概要を語った。

軍議は合浦でも行う余裕は十分あったのであるが、合浦で開くとなると形式上忠烈王を会議の上座に座らせざるを得ないため忻都は巨済島に到着するまで待ったのであった。

世祖の訓戒は次の二件であった。

一、日本国を奪取しようと思えば土地と人民を共に得なければ無意味である、人民を殺し尽して土地だけを得ても何の益があろうか。とまず述べ、

そして「朕は実にこれを憂う」として、

二、日本国から和睦を乞われたときには、必ず身内で会議をいたし、功を競い我《が》を張らぬようにし、

意見の違いがあっても必ず一つの口から発するが如く応答せよ。

というものであった。

朴将軍は世祖が何もかも見通しているとその冷徹さに今度も寒気を催した。

一、については南宋征服時に趙良弼などから得た征服者としての知恵のように聞こえぬでもないが実は、前役での征東軍が戦よりも虐殺と略奪に血眼になり、徒《いたずら》に日数を無駄にしたことを承知の上で、その戒めとも受け止められる。

二、についはこのような軍議に同じ官位の洪茶丘を加わらせない先任の忻都と洪茶丘との関係、そして金方慶親子を裸にして死直前までの拷問を行った洪茶丘と金方慶との関係から世祖の心配は容易に察しがつく。

また、全軍を統括するモンゴル人のアラハンについては、全くの凡人との噂であるし、他方、アラハンに代わって実質的に十万の江南発の軍を指揮する范文虎にいたっては、「猛将」とかの世の評判は自らが喧伝したものであって、見えを切ったり大言壮語したりして大向こう受けはするが、肝心の戦については無能であるとの金方慶の評であった。

金方慶は、范文虎がまだ南宋軍の将軍であった時、元軍にその時点で四年も包囲され籠城していた襄陽・樊城救出のために南宋軍きっての精兵十万の兵と軍艦を率いて北上した戦の詳細を後に取り寄せて検証した。その結果、元軍が待ち構えていると判りきっている所に何ら策を講ぜずにただ飛び込むという児戯に等しい攻撃を繰り返し仕掛け、その結果元軍に完膚なきまで打ち負かされてしまったという無能ぶりが判明した。

当然、これら全てを見通している世祖であるので、両人の力量を十分承知している筈なのに何故征東江南軍に抜擢したのか朴将軍は不思議で金方慶に尋ねた。

金方慶は、「南宋が落ちた以上、元にとって怖い国はなくなった。従ってもう英雄豪傑は要らなくなり、否むしろ害になる」という答えであり、朴将軍は得心した。

同じ南宋の降将でも襄陽・樊城を足掛け六年も籠城した末、己が一身はいかになろうとも兵と住民を処罰しないことを条件に投降した呂文煥や、帝都の臨安が無血開城するまで南宋水軍を率い戦い続けて筋を通した後、元軍に降りた夏貴などは赫々《かくかく》たる実績と南宋人の間で人望と人気がある。しかしそれが更に日本再征で名声を得るとなると世祖にはかえって害になり、元の治世下では禍の因になるのであろう。

もはや、日本征討は間違いなく成功裏に終わるのだから、この世に英傑は世祖一人で十分であり、あとは無能であっても扱い易い者ほど良い。

東征五将の事情や背景そして性格と力量を見抜いていればこそ征服後の日本統治に、世祖をして「朕は実にこれを憂う」と嘆かしめたに違いないと朴将軍は察した。

忻都は、江南の軍と壱岐で会するのは「必ず六月十五日以前」である、と初めて時期を明示し、それまでの間に足場とする対馬、壱岐を席巻し、そして日本近辺を探る。これは江南の軍と会した後の総攻撃を仕掛けるに何処へ上陸を敢行するのが最も良いか、あるいは帝都や鎌倉からの援軍をどこで防ぐべきか、その他日本軍の動向等々を探るためのものであると述べた後、金方慶の顔を見据えて、

「ついては、軍を二手に分ける。貴軍は先行して対馬を落とし、そしてその後に日本軍の援軍が必ず通過する筈の長門を探ってもらいたい。どの程度の備えがあるか、見ただけでは判らぬであろうから、必ず兵を繰り出しどれだけの敵軍が出現し戦に応じてくるか、威力をもって調べてもらいたい。長門と九国を分断してしまえば後は容易である。今回は様子を探るだけで、それを基に今後どのような手を打つかは江南の軍が到着してからとする。後発するわが蒙漢軍は、壱岐にて貴軍が長門から帰ってくるのを待ち、そして揃ったところで今度は一緒に博多を探ることにしよう」

朴将軍は武者震いした。いよいよ開戦である。高麗国は疲弊し切っているのでもし三度目の日本征討があれば民は四散する余力すらない。これを最後の日本征討にしなければならないし、何が何でも今回で決着をつけると肝に銘じた。

それと同時に、朴将軍には以前からの疑問が再び沸きあがってきた。これを金方慶にも以前伺ったことがあるが、「判らん、世祖のご性分かなー」との答えであった。

その疑問とは、日本征討についてであるが、前役は南宋征討のために南宋を完全に孤立させる目的であったので合点できるが、この度の戦で、豊かでもないこの小国をこれほどの軍や軍船を仕立て、遠路はるばる攻め滅ぼしても何の益があるのであろうかということである。漏れ聞く所によれば、元の宰相や文官の多くが〝この度の征討は労多くして無益な戦である〟と揃って世祖を諌《いさ》めた由。分別があり聡明な世祖が何故それらを聞く耳をもたないのであろうか？

第九章

九国から長門への入口である赤間関（下関）と博多の丁度中間辺りに宗像大社と湊がある。その湊に停泊している「小金丸」の艦上で小金丸が、対馬を襲った元軍の艦隊の一部がはるか沖合を長門へ向かったと聞いたのは五月の二十六日であった。

小金丸は宣諭使の杜世忠が、これまでの使節が大宰府で悉く失敗していることから大宰府を嫌ったのか無視したのかは知らないが、直接長門の室津に上陸し帝都と鎌倉を目指した経緯を思い出して、元軍が長門へ上陸しそのまま帝都と鎌倉を目指すのではないかと一瞬ヒヤリとしたが、〝それは無い〟と自分に言い聞かせて首を振った。

長門・周防の守護は前役の後の守護職の大幅入れ替えの際に執権時宗の弟の宗頼が就いており、関東から多くの武者を引き連れて下向しているうえ、博多と同じように長門、赤間関などの要害の地は、長門、周防、安芸、備後の国々が結番体制で警固している。

また長門以外でも、石見、伯耆、越前、能登、播磨、備中の国々は新しい守護職に北条一門か、それに連なる者が任命され、それぞれが多くの関東武者を引き連れて下向しているので守りは固く、易々とは帝都・鎌倉への道は進めない筈である。

それよりも何よりも、元軍は大宰府が指揮する九国の兵に背後を衝かれる心配をしながら長門やその他の地で戦うことをするであろうか、必ずや、まず博多あるいはその周辺に上陸して大宰府を落とし九国の軍を壊滅させ、その後に兵を東に向ける筈である。

朴将軍がアノウからの伝言としてもたらした元軍の規模がもしその通りであった場合、この圧倒的な敵に対して日本に勝機があるとすれば、たった一度だけである。

このことは、鎮西奉行の二人とも入念に打ち合わせし、また九国の兵にも徹底している。

それは、前役と異なり今回幕府は、元軍の侵攻があれば長戸・周防等の防備の兵の他に日本各地より十万余りの兵を結集して、幕府援軍として九国に派遣してくることで準備しており、その大軍の到着を待って一大決戦に臨むことである。

経資は援軍要請の早馬を既に走らせている。

しかし、援軍は何とこれから集めるとのことで、到着までには二、三ケ月あるいはそれ以上の月日を要するのを覚悟しなければならない。それまでの間、敵船からの上陸を何としてでも阻止する必要がある。一旦上陸されると九国の兵の動員数が増えたとはいっても前役の三倍にも届かない兵力にすぎないので、前役を遥かに上回る敵が、震火雷《てつぽう》を炸裂させ雨霰と矢を降りそそぎながら、槍の穂先を揃えて押し寄せてくれば、幕府援軍が到着する前に瞬く間に壊滅してしまう。そして敵がその後、陣を張って幕府援軍を迎え撃つ態勢を整えてしまうと破るのは容易ではない。

したがって、陸の防備を固め何としてでも上陸を阻む一方で、敵船を各個撃破し兵と兵糧を沈めて敵の勢力を削ぎ落としながら弱体化、疲弊させつつ幕府援軍が到着後に一丸となって乾坤一擲の一大決戦を挑むというものである。

そのため、援軍が到着するまでは、第一に石築地を築いた所の守護がその築いた場所を責任をもって守ることにし、香椎は豊後、箱崎は薩摩、博多は筑前・筑後、姪浜は肥前、生の松原を肥後、今津を日向・大隈とし、後詰も十分用意することにした。

だが、前役と比べて統制が格段にとれるようになったものの、九国武者のその身勝手な尚武の気質は変わっておらず、鎮西奉行は懐柔するのに日々苦労している。

たとえば、前役で目覚しい突撃を行い金方慶の心胆を寒からしめた肥後の菊池武房は、自分が普請した生の松原の石築地の上ではなく、なんとその前面の浜辺に陣を敷き一族郎党数百人を展開した。

「元軍の来襲をまだかまだかと待ち続け、辛抱たまらず一族だけで高麗へ打ち込みを掛けようとしていた矢先の元軍の襲来である。先の役で亡くなった多くの我が一族の待ちに待った弔い合戦であるので、真っ先に敵将の首を討って怨みを晴らさん」と浜辺から動こうとしなかったので、景資が頭を下げて宥《なだ》め賺《すか》してやっと石築地の上に移動させて布陣してもらったりした。

そして第二に「異国征伐」の名目で全国から徴発した船と九国の船を総動員して武者を乗せて敵艦隊を襲うというものである。

今役の小金丸は、経資の指示もあって、「小金丸」に乗船し、宗像氏盛のいわゆる宗像水軍と共に敵艦隊を背後から攻めることになっている。

「小金丸」には船を操る異国人の船子が二十人余り、武具を携えた松浦の郷の若者が同じく二十人余りとその他に小弐より宛がわれた肥前の武者十数人が乗船して戦うことになった。

小金丸は対馬が襲われた一報が入るや自身は博多からすぐに宗像へ入り、同時に松浦の郷に使いを遣って四湊七村の住民を避難させ、小飛、葉、鉄をはじめ館の者全員を例の日本軍唯一の兵站地である水城に移動するよう指示した。今般小金丸は倉や馬小屋ばかりでなく小屋も建てていたので、そこで寝起きできるようにしていた。

鉄が今度こそは元軍と戦いたいと騒いだそうだが、葉に一喝されて泣く泣く従って水城に移動したそうである。

そして、かねての手筈通り前役では戦に加わらなかったが、内陸に小さいながらも郷を有する遠縁の松浦党二十数家に四百人余りの兵の出陣を要請した。

これは無人となってしまう館と館の前方に小金丸が私財を投じて新たに構築した防塁で、鷹島を望む前面の海から元軍が上陸するのを阻むためのものである。


金方慶の率いる高麗軍は、五月二十一日に巨済島を出発し同日に対馬に上陸した。前役とは異なり頑強な日本軍を多くの犠牲を払って五日かけて討伐し、五月二十五日全滅させた。

高麗側の犠牲者の内には高名な屈強の武将二名が含まれていた。日本軍の威力が増したのは、元軍の戦法に馴れてきたことと、将兵が対馬の守備を命じられた時から死を覚悟で準備していたこと、更には弓矢の改良によって矢の飛距離に遜色が無くなったことが大きい。

予定に従って、対馬を制圧した翌二十六日早朝に高麗艦隊は長門へ偵察のため出航し、長門近辺や島々に上陸し、日本軍との小競り合いを重ねた。

そして金方慶は、一分隊の艦船を残し、その分隊に今後も長門・赤間関を遊弋して日本軍の動静監視を命じ、残りの全高麗艦隊を壱岐で待っている蒙漢軍の艦隊と合流すべく舳先を西に向けるよう命じた。

合流したのは、六月五日のことであった。

金方慶は忻都が座乗する旗艦に、朴将軍を含む数名の幕僚と共に乗り移り、日本軍の援軍を迎え撃つには、長門に上陸して軍を展開し街道を塞ぐか、或いは海を背にして赤間関に陣を敷くか、それとも九国に渡るため船で漕ぎ寄せてくる敵を九国側から射下ろすのが得策か、どれをとっても長短が有るのでこれらを検討するための軍議のためであった。

援軍を迎え撃つ側からすれば、九国の軍と戦った後に無傷の援軍と戦うことになるので、苦戦を強いられることになるが、これまでの例からもその任がきっと高麗軍に降ってくると金方慶は見ていた。忻都はそれがために高麗軍に「長門を探れ」と命じたのである。

金方慶は援軍の矢面に立つことは、何としてでも高麗軍だけが被《かぶ》ることにならないようにすべく軍議に臨むにあたって気合が入っていた。

しかし、軍議で忻都は何ら結論を出さず「アラハン到着後に改めて決めよう」と全く意欲を示さず素っ気なかった。

そして軍議の中で、金方慶をはじめ高麗の幕僚の一同が驚き呆れたのは、蒙漢軍は壱岐では船繋《ふながか》りだけで、まだ壱岐島の日本軍を掃討していないことであった。

軍議の最後に、江南の艦隊との合流を十日後に控えているので、明日（六月六日）より全軍で博多を威力偵察することが決せられた。

軍議の間中、忻都と洪茶丘は言葉を交わすこともなく、目も合わさず、洪茶丘は終始沈黙していた。

異様な雰囲気の軍議の後、自船に戻った金方慶は幕僚たちを引き止め、蒙漢軍の事情に明るい幕僚の一人に再度旗艦に戻らせて蒙漢軍に何があったのか探らせた。

その者が親しい蒙漢軍幕僚から聞き取ってきたところによれば、
高麗軍に遅れること五日、二十六日に巨済島を発進して壱岐を目指した蒙漢軍の艦船は、漆喰で塗り固められている上、糧飼を満載していたので喫水が思いのほか深くなっていたこともあって、出航早々に強風に煽られるや百十三人の将兵と三十六人の水手が波にさらわれ行方不明となった。

忻都はこれを紛れも無い〝凶兆〟と見て何事にも一層慎重になった。

壱岐到着後すぐに洪茶丘が、予定に従い上陸し日本軍を攻めようとしたが、忻都はそれを許さなかったため二人は激しく言い争った。

もともと二人の仲は諸々の経緯があって険悪であったのは誰もが承知しているところだが、特に忻都が恨みを募らせているのは、世祖が出陣に際しての訓辞の冒頭で「人民を殺し尽して土地を得ても何の益があろうか」と言わしめたのは、前役での征討軍の日本人への行状と忻都がそれを放任したことを世祖へ洪茶丘が大袈裟に吹聴したためであると疑っていることである。忻都は洪茶丘が世祖へ再度密告するのではないかとひどく警戒しており、今次は己が指揮下の兵が間違いを犯して責任を問われないよう、上陸させるのは極力、高麗軍とこれから到着する江南軍に任せようと決心している由。

以上の報を得た金方慶は居並ぶ幕僚を見渡し、「各々方、高麗軍は常に先陣と心得よ」と苦渋に満ちた面持ちで訓じた。

六月六日、宗像の湊の小金丸に元軍の艦隊が博多の海に大挙押し寄せてきたと早馬での一報がもたらされたのは、夕刻であった。

〝すわ一大事〟とばかりに戦支度を整えた九国各地の武者が乗り込んだ宗像の千石船五艘と「小金丸」の都合六艘が出撃したのは、夕闇が迫る頃になってからである。

その後を追って千石船に乗り切れなかった武者を満載した小船二、三十艘が五月雨的に出航した。

志賀島沖には無数の火影が煌いており、目を凝らしてみると火影は志賀島の横から数艘、縦に数十段と長方形に整然と並んでいた。

先頭を走る小金丸は静かに帆を降ろさせ、艪での走行に切り替えると宗像の船もそれに習ったが、その船に氏盛は次の大宮司になる身なので一族が万一を慮って乗船させていない。

船を一旦沖に向け走行し左に舵を切って暫く進んだ後、再び左に舵を切って停止し、敵の真後ろから投錨中の敵千石船の艫《とも》に舳先を向けた。

最後列の横一列に並んでいるうちの六艘をこちらの六艘で一斉に襲う心算である。

幸いまだ敵には気付かれていない。

敵船にはそれぞれ二艘、抜都魯（バートル）軽疾船と汲水船の小船が小判鮫のように母船の左右にくっついているので、敵船に乗り込むには「小金丸」を舷側に並んで着けるのは難しく敵の艫に舳先をぶつけ、そこから乗り込まざるを得ない。

また、敵船は僚船との間を宋尺で約五十歩（八十メートル弱）の距離を規則正しく置いて碇泊している。これは、約二十四、五歩（三十六、七メートル）もある千石船が嵐に遭って波と風に煽られて碇の周りをグルグル一周しても前後左右の船同士で衝突を避けるためのギリギリの間合いである。

小金丸の合図で戦いの火蓋は切って落とされたが、水手を除いた四十人余りが敵船に乗り移るまでは一切静寂の中であった。

小金丸の当初の目論見では、敵船に乗り移って船倉から甲板へ出てくる兵を階段口で塞ぎ、その間に船に火を放つ心算であった。

しかし乗り込んでみると艫の楼閣はどこも波飛沫で湿っていたため火柴（着火用の柴）を持ってきたがこれがなかなか燃え移らない。そのうち敵兵は船倉から囲みを破って次々と出てきたため甲板上のあちらこちらで格闘が始まり、徐々に敵兵が優勢になりつつあった。

見るに見かねたのか、梶取りの〝犬〟が片手に土瓶、片手に棍棒を引っさげて飛び移り、小金丸のところに駆け寄ってきて大櫓《おおやぐら》（主帆柱）にその土瓶を投げつけて砕き、小金丸の柴の火種を奪ってそれを割れた土器《かわらけ》に投げ落とすと火は大櫓の下に畳まれていた蓬《ほう》（竹と葦草で編んだ帆）に一気に燃え拡がり、そしてその炎は瞬く間に大櫓を包み火柱となった。

その炎が巻き起こす風で、蓬の火の粉が舞い上がり音を立てて飛び火しだした。

小金丸は、臭いから〝犬〟が持ってきた土瓶の中身が勇魚油《いさなあぶら》（鯨油）であることを知った。

火の勢いは増し、元軍兵が必死に水をかけたりしているが勇魚油の火は水をかけても水に浮くために消すことができず、むしろ広く拡散してしまう。

炎と火の粉はまごまごしていると「小金丸」に飛び火してしまうので、小金丸は慌てて撤退の号令を発した。

初日の夜襲の戦果は我が方の千石船六艘が敵の千石船六艘を襲い多くの敵将兵を斃したが、焼き討ちして沈めることができたのは「小金丸」の僅か一艘だけにすぎなかった。

遅れて到着した小船からも、二、三艘の敵の千石船に群れ集って乗り移り、こちらも散々敵を斃したが受けた被害も大きく、敵船を奪うとか燃やして沈めることはできなかった。

また、小金丸が奮戦していた頃、博多の石築地を真昼のように篝火を焚いて守っていた武将達が、我も我もと小船を志賀島目指し漕ぎ出し、小金丸が投錨する最後列に並んだ敵船を攻撃したのに対して博多寄りの最前列の数艘の敵船に乗り移って戦い大いに暴れ敵将兵の多くを斃したが、敵船に火を放って沈めることができたのは、こちらも肥前の御家人草野次郎経長の僅か一艘のみであった。

翌、七日は昼下がりからの攻撃となった。

小金丸は、敵船の蓬（帆）に勇魚油を撒いて火を点ければ一気に燃え上がり焼き沈めることができると確信したのでそのことを全艦に触れ回り、各艦に勇魚油を用意させた。

そして、小金丸は出撃に先立ち各艦の主だった者に念を押した。

「敵の将兵の首をいくら取っても、我が方も多くを失うことになって大勢は何ら変わらぬ。それよりも千石船一艘を沈めれば運がよければ敵兵百人と兵糧や馬も損なわしむる。一隻一隻敵船を焼き払って沈めることこそ我らが戦法ぞ！」

しかし、戦の様相は一変していた。

敵艦上には、石弓（小型投石機）が組み立てられ、そこから人頭大の石が唸りをあげて飛んできた。日本軍にとっては、初めて経験する恐怖であり、それは弓の飛距離を上回る。

「小金丸」も敵船に接近中に何発か被弾し、そのうちの一発が甲板と船倉を突き破り、船底近くの側板にめり込んだため浸水が始まった。

また他艦も被害が大きかったので、何ら得るところなく止む無えず全艦引き揚げざるを得なかった。

博多の石築地から出撃した方は、一層悲惨を極めた。

石弓が一発あたると小船は瞬く間に沈み、運よく敵船に取り付いても水を浴びせかけられるが如く矢が射られて全く歯が立たない。

それを遠望していた経資は、やむなく攻撃中止を命じて引き返させ、「追って評定の上で達するまで勝手に寄せては相成らぬ」と小船での攻撃をとりあえず一切禁止する旨を石築地の各将に触れた。

鎮西奉行とはいえ、その上の役職には九州探題が居り、また鎌倉からは軍目付けとして執権の代官が来ているために次の攻撃を勝手に決めることができず、「評定」しなければならないのである。

小金丸は八日も、前日破損した「小金丸」を繕い怯むことなく夜襲をかけた。

ただ石弓の威力を知ったので、甲板上と船倉内に何枚かの戸板や板を張り付け補強した。

この日の昼、志賀島では、海の中道（満潮時は海であるが干潮時には、砂嘴《さし》が伸びて島と本土が繋がる）を通って大友頼泰の嫡子の貞親が先陣を切って豊後勢を率い、島に上陸して陣を敷いている元軍を急襲し散々蹴散らしたとの報を得ていたので、小金丸は敵に夜も休まさずに攻めるべきと決心したのであった。

夜襲で、しかも単独であれば、敵に気付かれずにかなり接近することができ、素早く攻めれば石弓の攻撃を受けずに済むかもしれない。万一、石弓で攻められても船上は揺れている上、昼間と違い暗いので遠近を定めるのにきっと難渋し被弾することが少なくなると踏んだからである。

敵艦隊は全ての灯火を消していたが、かすかな月明かりを頼りに「小金丸」一艘で夜襲をかけたところ案の定、首尾は上々で一艘を焼き払い他の敵船が追撃の構えを見せる前に素早く逃走することができた。小金丸は夜襲こそ効果があると確信した。

九日の朝及び夕刻には、安達盛宗の配下の関東武者を先陣に筑後、肥後、豊後の兵が大挙して志賀島を攻めたてたとの報を得たので、小金丸は再び夜襲をかけるべく志賀島に向かったが、敵艦隊の陣容が以前と全く異なっていたので驚いた。

これまで一艘毎に前後左右五十歩の距離で投錨していたものが昨夜の小金丸の夜襲に懲りたのか、あたかも大きな筏のように千石船二、三十艘が一塊となって縄か鎖で繋ぎ舷側を接してギッシリ方陣に構えており、その一塊毎に周りを取り囲むように小船が一定の距離を置いてポツポツと円陣を組んで投錨していた。

小金丸は「エーィ、儘《まま》よ!」とその小船の包囲を突破し突入を試みたところ、あちらこちらの小船から喇叭や太鼓が鳴り響き、それは襲撃船の位置を知らせるためのものであった。

それが合図かのように塊となった千石船団から一斉に石弓の投石が始まった。

ともかく物凄い数の石が降り注いできたので、何発か連続して被弾し犠牲者を多く出した小金丸は、たまらず撤退の号令を発した。

帰途の船中で小金丸は、塊となって圧倒的な力を発揮する元軍船団を何とか突き崩す方策はないものかと考えたが名案が浮かばず、暗澹たる気持ちであった。

また、石弓の方が弓よりも遠く飛ぶため、火矢を放つこともできない。

恐れるのは石弓だけではない、最も憂慮すべきことは、たとえ石弓の攻撃をかいくぐって将兵が敵船に乗り移ったとしても、敵は繋がった僚船から次々とその襲われた船に飛び移って援軍を送ることができるのである。これでは、手も足も出ない。

小金丸は大きく溜息を一つつくと、雲間の星を見上げた。

船には負傷者の呻き声だけが玄海灘の波音に掻き消されることなくそこかしこから悲しく聞こえてきて、やるせない敗北に唇を噛んだ。


他方、元軍の方では六月六日に壱岐から博多の海に入ったが、前役の時と比べ海岸の景色の変わりように大いに驚いた。見渡す限り石築地が海をぐるりと取り囲んでおり、その石築地の上には等間隔に物見櫓が立ち、楯や垣楯が隙間無く並べられ、更には様々な色合いと模様の旗指物がぎっしりと立ち並んでいた。

朴将軍は、明らかに前役とは比較にならぬほど兵が増え、戦準備が万端整えられており、そして意気込みも並々ならぬものを感じさせられたのであった。

石築地の内側には蟻一匹入り込ませない構えであるが、志賀島、野古（能古）島には石築地が築かれていないので、艦隊を志賀島近辺に投錨することになったが、艦船の数が余りにも多いので、一部は野古島近くに投錨した。

そして、高麗軍だけに志賀島上陸の命令が降りた。

金方慶は、周囲が宋尺で二十二里（十二キロメートル）、中央の山の一番高いところで同百四十歩（二百メートル）の小さな志賀島を隈なく探索させて、日本兵と住民は退去して皆無であることを確かめ忻都に報じたところ、洪茶丘が側近の兵と数百の漢人兵を伴って上陸してきた。

金方慶が島から海の中道が始まる広い浜辺の洲崎に高麗軍の陣を敷くと、洪茶丘はその後方に己が陣を固めた。

八日朝に潮が引き始め海の中道が現れだすと、洪茶丘は金方慶に海の中道を通って石築地を乗り越え、帝都より奉幣使（勅命によって神前に帛《きぬ》を奉る使い）を迎える由緒あると聞いている香椎《かしい》神社を高麗軍で焼き討ちするよう命じた。

これまで二人は言葉も交わさず、目も合わすこともなかったが命令を受けると金方慶は、洪茶丘の顔を睨みつけて「この島への上陸はあくまで偵察であり、江南軍が未接到の今、攻撃を仕掛けるのは聖慮に反する」と抵抗した。

洪茶丘は聖慮（世祖の考え）と言われて怒りに真っ赤となって叫んだ。

「これは威力を以っての偵察である。聖慮に従っているのであって、貴軍が香椎神社まで行くことができぬというのであれば、あの石築地に日本軍がどれほど居るか、また乗り越えることができるのかどうか試してみよ。貴軍でもそのくらいはできよう」と海の中道に面した石築地を指して命じた。

金方慶は洪茶丘に返事もせずに兵を見渡し、おもむろに進軍を命じた。

朴将軍も金方慶に随行したが、偵察が目的の上陸であり本格的な戦闘を念頭においていなかったため騎馬は金方慶と幕僚達だけの数頭のみであり、また石築地を乗り越えるための梯子、石弓などの攻撃の準備は全く整っていない。

朴将軍はそのことを金方慶に告げたが、返事はなく無言であった。

それでも海の中道を渡り石築地の傍まで来たが、激しく矢を浴びせかけられてとても石築地を越すどころか取り付くことさえできないありさまで、斃れた二、三の兵を救い出すこともできずに退却して陣に帰り着いた。

洪茶丘が血相を変えて飛んできて、高麗兵の面前で口を極めて金方慶を罵《ののし》り詰《なじ》った。

その最中に馬蹄が轟いて日本軍の逆襲があったので、洪茶丘は金方慶を面罵している途中であったが慌てて後方の自陣に戻った。

日本軍の先頭は三十数騎が矢のごとく連なり海の中道を疾走し、その後方を遅れて数百人の兵卒が突進してきた。迎える高麗軍の陣形は何時もの鶴翼の陣で、敵騎馬を中に誘い込み翼で包み込むように囲んで殲滅させ、その後に徒歩《かち》の兵卒を屠るのが常套であった。

しかし今回はなぜか誰も命じた訳でもないのに騎馬を包み込むところまでは予定通りであったが、敵を最初に受け止めるべく最も厚く要となる陣形の真ん中の将兵が左右に分かれたため、敵の騎馬は高麗軍の真ん中を素通りする形となって高みの見物を決め込んでいた漢軍の兵に向かってまっしぐらに突っ込んでいった。

漢人兵は、日本軍は石築地で固めているので、よもや騎馬の集団が海の中道から攻め込んでくるとは思ってもいなかった上、前方には多くの高麗兵が展開していたので安心しきって、震火雷《てつほう》の用意や戦いの準備さえもしていなかった。そのため、突然の日本の騎馬が高麗軍を素通りして突進してきたので、慌ててこれまた左右に避けた。

そのため、立派な鎧の洪茶丘と側近が中央に取り残されたため、敵がそこに殺到した。

洪茶丘は慌てて騎乗して命からがらやっと逃げ延びることができたが、高麗軍が故意に日本軍の攻撃をかわしたのではないかとの疑念から、船に戻ると以後二度と島には上陸しなくなった。この戦いでは両軍に多くの死傷者が出たが、勝敗はつかなかった。

翌九日は特に厳しい戦いとなった。

日本軍は元軍が本格的な上陸を開始したものと信じきっているだけに島を奪還し敵を海に追い落とさんと、大軍を動員して海の中道を通り、また小船を漕ぎ寄せて上陸し次々と襲撃をかけた。

しかし前日とは異なって、ある程度の覚悟と準備を整えた高麗兵を主とする元軍は、多くの犠牲者を出しながらも日本軍を迎え撃ち撃退した。

さすがに九日の戦に日本軍は突撃を繰り返したため多くが傷つき疲弊し切ったので、十日以降は小競り合いが昼夜続いたが、大きな戦にはならなかった。

だが、元軍内で大問題が発生した。それは疫病が流行りだしたのである。

最初は日本の夏の湿った暑さに馴れない北方の漢人兵が暑気あたりしたものと見られていたが、この季節、船上の桶に入った生水は十日余りで腐りはじめる。

酷暑と新鮮な水の汲水がままならない中、ほとんどの漢人兵は一月以上も馴れない狭い船中に閉じ込められていたことから閉塞感に満ち満ちていた。

そこに夜襲を恐れて防御のために艦船が互いに鎖で繋がれると、兵は病をおしてでも船を跨《また》いで友人・知人を求めて他船に簡単に行き来しだしたため疫病が一気に蔓延した。

疫病は遅れて高麗軍にも及んだ。

江南の軍と壱岐で会するため元軍は六月十三日に志賀島を撤収したが、朴将軍にはこのとき既に高麗軍一万のうち三千人が戦死または病死しているとの知らせを受けていた。

蒙漢軍の病死はもっと酷い状況の筈であるが、忻都や洪茶丘からは何も言ってこないので、金方慶は朴将軍に高麗軍の状況を両都元帥に知らしめる必要はないと釘を刺した。

壱岐では江南からの軍と必ず十五日に合することになっていたが、二十二日を過ぎても江南の艦隊はやって来ないので、痺れを切らした忻都は旗艦で各幕僚を含めた軍議を開いた。

朴将軍は金方慶の幕僚として後ろに控えた。

それは軍議とは名ばかりで、江南からの軍が約束を違えて来ないのだからすぐに合浦に帰還しようと、後々の世祖への弁明のために満場一致による賛同を得る目的であった。

艦船は腐り始めて水漏れがするうえ、糧食も少なくなったというのがその理由であったが、最も深刻なのは、酷暑の中で昼夜及び陸海を問わない攻撃に晒されての不眠と不潔な水、それらの因が重なり合って一層蔓延している疫病のため戦どころではなかったのである。

高麗軍とは異なり、蒙漢軍のほとんどは巨済島以来一度も上陸もせず、狭い船倉で一月以上も船酔いと疫病で呻吟していたので戦意などあろう筈はなかった。

志賀島で、日本の武将にあわや首を落とされかかったところを漢軍の万戸長に助けられ、九死に一生を得た洪茶丘も忻都以上に強く撤退を主張した。

だが、その日の金方慶は黙したままで首を縦に振らなかった。今日、明日にでも江南の軍が到着すると思っていたので返答を引き伸ばしたのである。

三日後に再び軍議が開かれ、忻都と洪茶丘が金方慶に撤退を厳しく詰め寄った。

金方慶は、今回の戦は最初から日本征討を貫徹することに不退転の決意で臨んでいたので、事ここに及んで堂々と撤退反対を弁じた。

撤退すると再再度の征討の負担も今回のように高麗人民が被ることになるので、高麗人として撤退は絶対に飲めるものではなく、戦は今回で終息させなければならなかった。

「今、撤退すると聖旨（世祖）に背くことになる」とまず両都元帥を脅した。

「日本征討は勅命であるので、江南の軍は遅れても必ずやって来る。我が方はまだ一ケ月分の兵糧が残っているのでそれまで待つべきであり、江南軍と合して攻めればこのような島国など平らげるのはいとも容易である」と強く言い張ったところ二人の都元帥は顔を見合わせた。

特に忻都にとって、撤退した場合の最大の難問は世祖への弁明である。

前役では、「十万の敵に対してわが方は四万で戦い矢が尽きたため……云々」と大勝利こそしたが、矢と兵糧が尽きたため戦を止めて引き返したと言い訳をしている。

そのことを世祖は覚えていて、ならばと今次は忻都が総指揮する四万の兵の他、アラハンに敵に丁度伍する十万の兵を授けて一切の言い訳を封じている。

このまま強引に撤退した後、金方慶に世祖の前で、壱岐の船上でこのようなやり取りしたと言われたら二人の都元帥にとっては命にかかわることになるのである。

結論は江南の軍を今暫く待つことに決せざるを得なくなった。

別れ際に忻都の幕僚の一人が朴将軍に駆け寄り、「今暫くとは半月なのか、それとも一ケ月の心算か？」と聞いてきたので、朴将軍は、「否、二、三ケ月でも半年でも待てるのではないか？　船腐りはさほど深刻とは思えない、少々の水漏れは繕うことができるし、糧食は後一月経てば日本では稲の刈入れも終わるだろうから、長引くようであればそれを襲えば良いまでだ」と平然と答えた。

忻都の幕僚は目を丸くすると、駆け戻っていった。

しかしこれは、杞憂に過ぎなかった。

六月二十七日になって、やっと江南の軍の先遣隊五十艘がやって来た。

語るところによれば、総大将のアラハンが急病で倒れアタハイが後任となったため、その任命などの都合で江南の軍の出航が遅れた由。

先遣隊が十八日に慶元を出航し、以後順次本隊が出航しているが、何分三千五百艘余りもの大艦隊であるうえ各艦の船足も異なっているため、全艦が日本で集結できるのは七月の上旬頃になるであろうとのことであった。

また合流地点は、当初は壱岐沖の予定であったが、東路の軍と併せると艦船は全部で四千四百艘にもなることから船泊りを考慮して急遽平戸に変更とし、合流日を七月上旬とした。

なおこの合流地点の変更は帝も御承知である由。

この先遣隊は、何はさておき東路の軍に合流地点と合流日の変更を一刻も早く伝えようとしたが、焦った余り航路を誤って慶元から七日七晩かけて対馬に着いた。しかし東路の軍が誰もいないので不思議に思い、島民を捕えて問いただしたところこの島は壱岐ではなく対馬だと判明したので到着が本日になってしまったと実に間の抜けた言い訳があった。

忻都は、壱岐島の日本軍掃討には、住民虐殺などをおそれ、また後々そのことを責められるのを避けるため掃討は当初江南の軍に任せる心算であったが到着したばかりの先遣隊ではどうしようもないので、金方慶に高麗軍による島の日本軍掃討を命じた。

また、東路軍は、日本軍の不意打ちや夜襲を恐れて志賀島沖と同じように艦船同士を鎖で繋いで島のあちらこちらの浦で固まっていたが、壱岐に来て以来十五日間、日本軍の襲撃が全くなかったこともあり平戸へ行くためにその鎖を解いて五十歩の距離を置いて投錨させ各艦は汲水などが終わり次第、順次平戸へ向かうことにしていた。

ところが、二十九日の朝に日本軍の十数艘の千石船と数百艘もの小型の兵船が突然姿を現し、果敢に体当たりを敢行するなど多くの犠牲を払いながらも昼夜を問わず攻め続けてきたので、激しい海戦が続いた。

日本軍は、島内の砦に籠もっていた約百騎の日本軍と連係するため上陸する隊もあったが、これら陸上の日本軍は全て高麗軍により壊滅された。

しかし、艦隊による死闘は七月二日まで続いたが、元軍は多くの兵が疫病にかかって苦しんでおり、酷暑の中での戦いは限界に達していた。三日になると日本軍の攻撃が途切れたのを幸いに、江南の軍と会するため逃げるように平戸に向かった。

六月二十九日払暁、小金丸は己の乗る「小金丸」にこの海戦の総大将である鎮西奉行の小弐経資とその父で当年八十四歳になる入道（資能）を座乗させ、宗像の千石船五艘の計六艘に筑前、肥前の兵を満載し玄界灘を横切り壱岐島の瀬戸浦へ向かった。

その他にも千石船では薩摩の島津、肥後の竜造寺などの数艘が追走し、更には松浦党や薩摩の比志島氏などの小型の兵船数百艘が豊前・筑前・肥前の浦々から諸国の武者を乗せ払暁を期して一斉に壱岐島を目指した。

日本軍にとっては総ての艦船を動員して、待ちに待った国の命運を賭けた一大海戦のための出撃であった。

この総攻撃を行うことは、二十七日の評議で決せられ、総大将には経資が命ぜられた。

それは、二十六日に対馬から「江南軍の船三百艘（実際は五十艘）が壱岐に向かうところを誤って対馬に着き、その三百艘がこれから壱岐に出発し他の艦隊（先に志賀島を襲った）と会合する由」との早舟での一報を得た博多の日本軍は評定を開き、この艦船が話に聞く江南軍の一部に間違いなく、現在続々と江南軍が壱岐島周辺に集結しつつある筈との結論に達したからである。

江南からの長旅に疲れ果てて到着した艦隊と、志賀島を襲った艦隊が会合する将《まさ》にその時が敵の艦船及び指揮の最も混乱し隙が生じ易いときである。千載一遇のこの機会に奇襲攻撃をかけ雌雄を決するのが最善と小金丸の進言を経資が評議に上程したのであった。

この時、経資は表情も変えず誰に対しても一言も口には出さなかったが、小金丸は痛いほど経資の心配事が判っていた。

それは経資の嫡子である十九歳の資時が守護の父経資に代わって壱岐守護代として半年前から百人の騎馬武者とともに島を守っているのである。前役の際は、まだ十二歳のあどけない少年であったが単騎で敵に駆け寄り開戦の合図である嚆矢《こうし》を放ったのである。

その資時の生死が小金丸は気にかかった。（後に小金丸は資時が船匿城で血達磨となって壮絶な討死を知らされる）

大友の嫡子が六月八日の志賀島での先陣を切っての突撃であわや敵将（洪茶丘）を討つ寸前だったり、小弐の嫡子は元軍が来襲すれば死が約束されたような壱岐の守護代への任命といい、二人の守護は自らの嫡子を最も危険な最前線に晒して率先垂範を示したのである。

壱岐島の海戦では「小金丸」をはじめ日本軍の千石船は、敵の小船に対しては体当たりで沈め、千石船には石弓を掻い潜り体当たりと火矢で攻めた。

構造上、日本軍の千石船より遥かに頑丈な元軍の千石船ではあったが、日本軍にはそのようなことに頓着する余裕はなかった。

敵の石弓は集中攻撃を受けない限り一対一であれば互いに揺れているうえ、敵船の投石の状況などを注意深く観察しつつ適宜舵を切れば、なかなか当たるものではないことが此の頃になってやっと判ってきた。

しかし、わが方も火矢では、なかなか船は燃え上がるものではなく、やむなく敵船にぶつけ乗り移って火を放つことになり、その分損害も大きくなった。

小船同士での戦いは血で血を洗う凄惨なものであった。

また小船から熊手を使って敵千石船によじ登ったり、自らの小船の帆柱を切り倒してそれを敵千石船の船縁に倒して猿《ましら》の如く伝って登って切り込むことも行ったりしたが、元軍の数はあまりにも多く日本軍は決定的な勝利を得ないまま四日四晩戦い続けた。そのため船の損傷も激しくなり兵も多くが傷つき満身創痍となったため、一旦引き返さざるを得なくなった。

この時、総大将の小弐経資と父の資能（入道）は共に矢で負傷して動けなくなっていた。（入道は数日後に死亡）

金方慶、朴将軍は、執拗な日本軍との壱岐での戦いから這這の体で逃げるように平戸島近くに着いたが、その平戸の海の景観に息を飲んだ。

海一面を埋め尽くした艦船の多さと、更にまだ水平線の彼方から続々とやって来る船の帆の群れを見たからである。

そしてもっと驚かされたのは、千石船を凌ぐ大型船の艦上には羊、山羊、家鴨、鶏などの家禽が群れていたのである。

この瞬間、二人は世祖の深謀遠慮と日本征討の本当の目的を知ったのである。

朴将軍が、世祖が何故豊かでもないないこのような日本に遠路はるばる兵を送るのかの抱いていた疑問が氷解した。この十万の兵は紛れも無く屯田軍なのである。

船倉には武器の他に鋤や鍬なども兵の数だけ揃っているに違いない。

元は、高麗に屯田軍を幾次にも亘って送り込んできた。その目的は、南宋軍を自壊させるための餌として、投降すれば高麗で家、田畑、牛、そして高麗人妻女まで得られるというものであり、その喧伝によって南宋攻略に大きな成果をもたらした。しかし、受け入れざるを得なかった高麗はそのためどれほど負担に苦しんできたことか……。

そして世祖は、高麗が今次の日本征討に率先してかかわることと引き換えに、高麗に住み着いていた屯田軍を全部引き揚げさせた。

その引き揚げの際に妻女になっていた者のうち、無理やり蛮子軍の妻女にさせられたのだから夫には未練はないので共に元へは行きたくないと抵抗する女がかなり現れ、元・麗の間でその取り扱いに苦慮していたところ、「子のある者は夫に従い、子のない者は希望の通りにさせよ」との聖断が下った。

つまり、世祖は屯田軍の下世話のことまで熟知していた。

この度の十万の日本征討軍は、元に降りた百万を超える旧南宋軍の最初の棄兵なのである。

今次の戦いで日本を屈服さえさせれば、次回からは戦わずに第二、第三の屯田軍の受け入れを強要するのはこれまでの高麗の例からも間違いない。

南宋を元国に併呑した以上は、役に立つ兵、例えば西域を守る騎兵や南海を征する水軍、それ以外の旧南宋兵などは全く無用の長物である。雇い続ければ少ないとはいえ給金を払い飯も食わせざるを得ず厄介であり、かといって田畑もなく手に職も無い者ばかりなので、勿論妻女を娶ることなどは夢物語である。したがって解雇すれば元国を恨み他人を怨み妬み自暴自棄に陥り、無頼の輩となって市中の安寧を妨げる。

世の中を恨んで徒党でも組まれると兵であっただけに一層始末に悪い。

やはり世祖のことだから、元国の百年、千年後を見据えての芽雀《めむし》りのための屯田なのであろう。

朴将軍は泉州への逃避行の途中で慶元に滞在したが、その時に町の辻々に多くの旧南宋軍の軍夫達が所在無く屯していた異様な光景を思い出した。

軍夫だけでさえあれだけ街中で目立つのだから、旧南宋軍を解散するとなるとその何十倍ともなり、大変なことになるであろうことは容易に察しがつく。

江南艦隊の艦上を見渡し、海風に乗った家禽の鳴き声を聞きながら朴将軍はあまりの衝撃に、「これは……」と絶句した。

「わが高麗国でなくて良かったな」

金方慶は眉をしかめ思わず大嘆息して呟いた。

高麗側の責任者として屯田経略使の忻都との間で屯田軍受け入れについての陰々滅々とした様々な交渉を永く行ってきた過去を思い出したのである。

屯田軍に田、畑、牛などを与えるということは、国庫が払底している以上それは高麗農民から取り上げることであり、妻女にいたっては最初のうちは僧侶、咎人（三別抄を含む）の妻女や妾そして寡婦であったが、到底それだけでは足りるものではないので、王の命令として結婚都監を置いて全道に割り振り、生木を裂くように女を集めたのであった。

金方慶は艦上を忙しく動き回っている兵や水手というよりは農夫にしか見えない男達を眺めなが

ら、ここに到着した十万人そして二次、三次と送り込まれてくる高麗とは比べ物にならない膨大な数の屯田兵に日本の為政者達が、まもなく訪れる敗戦後の対応に呻吟するのであろうと思うと同情の念を禁じ得なかった。

平戸島へは心配していた日本軍の追撃はなく、各艦は戦闘で大きく傷んだ箇所や腐った板の修繕に勤《いそ》しんだ。

七月七日、総司令官のアタハイが最初の軍議を旗艦で開いたので、朴将軍は金方慶の真後に控えた。予想通りアタハイからは全く発言がなく、范文虎があたかも自分が総司令官であるかの如く全てを仕切った。

范文虎は恰幅が良く、自信満々な話し方は実に明朗であり、既に日本を制圧したかのようであった。忻都がこれまでの威力偵察をした結果と日本軍の戦いぶりをアタハイに述べようとしたところ、それを遮り日本軍がいかにあろうと既に大宰府への侵攻作戦は固まっていると断じた。この暴言には東路の軍の三将と幕僚達は色めきたった。

東路の軍のこれまでの苦労を全く顧みず、また「敵を知り己を知らば……」という三歳の童でも知っている兵法を全く歯牙にもかけない傲慢さであった。

敵を畏れるという謙虚さを失った将ほど危ういものはない。ましてや相手は陸でも海でも叩いても叩いても刃向かい、周りが斃れて一人になっても切り込んでくる武者達なのである。

しかし、范文虎は東路の軍の雰囲気を全く無視し、かつて国信使の趙良弼が二度目の日本滞在中に書状官に作成させ中書省と世祖に献上した地誌から、九国北部を大きく引き写したものを卓上に広げて予め慶元で練ってきたのか、作戦を滔滔と捲くし立てた。

一、この平戸島の高台に砦を築き、兵を四千置く。

二、鷹島には平戸の倍の規模の砦と兵を置く。

この二箇所は水深が深いのと波が穏やかであり、そして何よりも多くの艦船が投錨できる。

鷹島を当面の前線基地とし、平戸を兵站基地とする。

また、今後元への使走（連絡）には、必ずこの二箇所を通過するのでその海の路の確保も兼ねる。

三、大宰府への進軍は、八路から攻め上る。

八路のそれぞれの持ち場については、各軍の操船や兵を検分する必要があるので鷹島到着後に決めたい。

四、鷹島への出航は七月十日遅くとも十二日までに終える。

聞いていた忻都と洪茶丘は、元軍に木っ端微塵に叩き潰された南宋の兵法を知らない降将如きに総司令官面をされ怒りに震えたが、范文虎は目の前のアタハイの代弁者であるとしているので怒鳴りつけることができずにいた。

金方慶は三将の鞘当にかまわず喫緊の案件を提起した。それは、東路の軍は合浦を出航して二ケ月を越えているため兵糧が少なくなり、心もとないので分けてもらいたいと申し出ると、范文虎は快諾したのでその日うちに江南軍の艦船から兵糧を移送した。

この兵糧の移送で東路軍と江南軍の兵が交わったのが禍いしたのか、東路の軍では、やっと終息しかかっていた疫病が江南の軍に飛び火した。

そのため、兵站基地として四千の兵と数十艘の艦船を平戸島に残し、江南の艦隊が鷹島へ向けて出航したのは、予定より大きく十五日余りも遅れた七月二十七日になってやっと始まり全艦移動終了まで更に二、三日かかることが見込まれた。

東路軍は先陣を命じられていたのでそれより三日前の二十五日にから徐々に鷹島に移動を開始し江南の軍の第一陣が鷹島に到着した二十七日、丁度その日にそれまで鳴りを潜めていた日本艦船による夜襲があった。

元軍が鷹島に集結しつつある報が博多にもたらされたのは二十六日の鷹島の向かいの小金丸の館からの早馬であった。

同日に元軍（東路軍）の鷹島に集結について評議が催された。

丁度その直前に、待ちに待った幕府の援軍のうち、宇都宮貞綱の率いる山陰・山陽の数万の兵が二、三日のうちに安芸（広島）に集結を完了するとの一報が入っていたので、十万の内の当面の六万の援軍の博多到着が早ければ、数日か遅くとも十日以内ではないかと推測された。

そこで迎撃についての評議が割れた。

海の戦いを知らない幕府の代官たちは、艦船の戦いも援軍を待ってから、すなわち敵が博多の海に現れてからと主張したが、経資は小金丸の献策である「敵の博多への攻撃の日が我が方の援軍到着後とは限らないこと。もし援軍到着後であったとしても敵は、博多の海に現れた時には海陸ともに万全の態勢を整えているので、これを打ち砕くには難儀すること。したがって鷹島へ移動しつつある今が敵は分散し最も隙があるので、速やかに全艦船出撃し撃滅すべし」と提案した。

種々議論があったが、誰も援軍の博多到着日の確実な日を断言することができないでいること。また、これまでの例からも軍を集結させるには往々にして予定よりも日月を要するものであり、代官達でさえ十日後の博多到着を信じている者は少ない有様であった。

何はともあれ、援軍到着までは敵の上陸を阻止するという当初の案が確認され、鷹島攻撃が二十七日の夜戦を以って決行されることが決せられた。

日本軍全艦隊の指揮は小金丸に委ねられた。

その攻撃は壱岐での戦いも比較にならぬほどの壮絶なものになった。日本軍の千石船はどれもこれも破損してやっと浮かんでいる有様であり、兵も多くが負傷していたが志気だけは旺盛でありったけの艦船を動員し、あたかもこれが最後の戦いであるかのような挑み方であった。

特に松浦党は、松浦党の領地に囲まれた内海ともいえる場所での戦いとなるので悲壮な覚悟があった。

二十八日から二十九日にかけての夜襲が特に激しく、旧南宋軍のしきたりに従って前後左右五十歩の距離を保って投錨していた江南の艦船が徹底的に狙われて多くが被害に遭った。

水上の戦いに馴れているといわれている江南軍は、この想像を絶する日本艦船の捨て身の体当たり攻撃や、小船で群れて払っても払っても蟻のように船縁に取り付いて登っての切り込み、勇魚油を撒き散らしての火付け、白刃を振るっては刺し違えも辞さない捨て身の攻撃に恐れをなした。

そのため二十九日から三十日にかけて江南の艦船は東路軍の艦船に倣《なら》い、石弓の集中投石ができ、また各艦の兵卒が互いに応援に行き来できるようにと艦船同士を鎖で繋ぎ舷側を接して筏式方陣を敷き、集団での防御の陣に変更した。

これが元軍の運命を決めることになった。

その頃、鷹島に上陸した江南の一軍は島を守っていた松浦党を壊滅させて砦を築き始めた。

ところが、晦日《みそか》（太陰暦では七月三十日が晦日）の昼間は雲ひとつ無く晴れわたっていたのだが、夜半雷鳴が轟くと大嵐となった。

艦と艦との間が隙間無く鎖で繋がれ兵が跨いで行き来できるようにしてあったので、狂ったような風と波で舷側同士が激しくぶつかり合ってさしも頑丈な南宋船も破損浸水し、一艘が沈没し始めるとそれに引きずられて一塊の船団が次々と海底に没する有様であった。

また、船団の艦船が鎖を切って己だけ助かろうとしても激しい波浪のため舵が全く利かないため、翻弄されて周囲の艦船と一層激突を繰り返し致命的な損傷を受けたり与えることになり、全く手の施しようのない状態となった。

古老も知らぬほどの激しい嵐は翌閏《うるう》七月一日（元暦八月一日）の丸一日続き、その後博多の石築地の一部を崩すほどの高波は更に一日続いた。

そのため元軍のうち江南軍の艦船のほとんどが沈没し、沈没をかろうじて免れた船も大破して座礁したり、浸水しながらも舵や帆そして碇を失い海上を漂っていた。

范文虎は、一昼夜船板にしがみついて海に漂った後、小船に助けあげられ、その船で平戸島へ向かった。

ところが、平戸の艦船はかつての旧南宋水軍の規則「艦船ハ相去ルコト五十歩ニシテ止泊セシメ、モッテ風濤ニヨル触撃ヲ避ケルベシ」を頑《かたく》なに遵守《じゅんしゅ》していたのでほぼ全艦無事であった。

兵站基地の隊長は范文虎に対し、ここにある艦船と兵四千、そして陸に孤立したり海に漂っている兵を救い出し破損した船を修繕すれば、日本軍と戦っても勝てると主張した。

しかし、すっかり戦意を失くした范文虎は、「責任は全て自分が持つ」と言い捨てるや、堅牢な艦船を選び、その船に搭載していた馬七十五頭を海に捨てさせ、出航地の慶元は遠くて心もとないので合浦へ向けて出航した。

他方、東路軍の艦船は平戸島から移動する際に先陣を命ぜられていたので真っ先に鷹島へ到着していた。そのため、これまでの経験から碇泊場所をできるだけ日本軍の襲撃を受けにくく、また風波が穏やかで三方が島陰になる場所を選んでいた。それでも鎖で繋いでの方陣を敷いていたことから、多くの艦船と兵を失うという被害は蒙ったものの、江南の艦隊のように全滅とまでには至らなかった。

忻都、洪茶丘、金方慶等は損傷の少ない艦船に近くの残兵をまとめ、二重三重と折り重なって浮かんでいる海上一面の骸を蹴立てて合浦へ帰ることができたのである。

勿論、江南軍の将兵を助けようなどとは思いもよらなかった。

しかし、朴将軍の帰国は叶わなかった。

朴将軍は嵐の予兆も無くまだ快晴であった三十日の昼下がり、鷹島を最後まで護り江南軍にほぼ全滅させられたのが松浦党であったと知らされ、念のため知人の屍がないかを確かめるために鷹島に上陸した。一人一人の首を検分し、小金丸や鉄のものがないことに安堵したが、松浦の館がある対岸には博多のものと比べて低くはあるが、石築地が新たに造られ、その上には見覚えのある波を蹴る千石船の紋が染め抜かれた幟が林立していた。

また、その幟竿の間をチラチラと兵が動いているのも見受けられた。

朴将軍は怒髪天を衝《つ》き、「小金丸の馬鹿野郎め！」と毒づいた。

四千四百艘の艦船と十四万の兵が今ここにこのように雲集し、明日にも近辺の松浦の山城や砦を一つ残らず襲い、日本人を一人残らず屠るのは間違いないのである。

よもや小飛や葉は館には居ないと思うが、ひょっとして小金丸のことだから、虎丸や菊のように死を覚悟して陣を敷いているやもしれぬと危ぶんだ。

「対岸に行く、船を出せ！」

汲水船に二、三人の供を従え朴将軍は岸に近づけた。

松浦の館では高麗の言葉が不自由なく通じたので、舳先に立った将軍は石築地に近づくと「自分は小金丸の旧知の者である」と叫び、「小金丸か守将と話したい」と続けた。

しかし、四百人の守兵は松浦党の遠縁とはいえ、山間の二十数箇所の谷間毎に郷を有する山岳の民であったので、高麗の言葉を解する者は一人もいなかった。

てっきり朴将軍は元軍の先遣隊と勘違いされ、数本の矢が一斉に射掛けられ、そのうち二本が胸板を貫いた。

朴将軍は小飛とその二人の子、そして葉のことを憂いながら、これ以上はないと思われる苦渋に満ち満ちた顔で絶命し、そして静かな海に落ちて沈んでいった。

船は更に矢を射掛けられたため、朴将軍の屍を引き揚げることもできずに引き返した。

皮肉なことに朴将軍の命を奪った弓矢は、朋輩の鉄が苦心して造ったものであった。


「死ぬまで一緒に居てくれるものと思っていたのに……」

小飛は、涙を浮かべて恨めしく葉に訴えかけた。

「申し訳ありませぬ」

葉はひたすら頭を下げた。

良く晴れた朝凪の松浦の湊の桟橋での二人の会話である。

話は約七ケ月前の水城の日本軍兵站地に戻る。

小飛も葉も水城では暇を持て余していた。

今回の役では、博多の住民は前役で懲りたこともあって早めに退避し終えていたので、水城が混乱することはなかった。

また、志賀島の戦いは激しいとは聞いているが前役とは比べれば規模が小さいので、負傷者は陣での手当で間に合っているようで水城まで運ばれてくることはなかった。

小飛たちは、小金丸が何時陸戦に必要となるか判らないので十頭の馬と他家から預かった数頭の計十数頭を世話しているくらいで、それらの面倒も鉄などがやってくれている。

そこで葉は、毎早朝に馬の訓練のため水城の原野を乗馬することにした。

小飛もやりたいと騒いだが、二児の母なので万一のことを慮って諦めさせた。

葉にとって乗馬は初めてであるが、水城には西域出身の乗馬の師も多くいたため日々上達し、馴れると早朝に一駆けして汗を流さないと一日の気分が爽快にならない。

いつも通り、ある早朝一人で一駆けして厩近くに戻ってくると鉄が蜘蛛のように地面に這いつくばっていた。

葉は慌てて下馬して鉄に聞いた。

「どうしたんじゃ」

「……」

額を地面に擦りつけたままモゴモゴと何かを呟いているが聞き取れない。

「どうしたんじゃ」

再度聞くと、

「頼む、儂《わし》の嬶《かか》になってくれ」

思いもよらない不意打ちをくらった葉は、気が動転して「痴《し》れ者め！」と怒鳴ると手にしていた鞭で鉄の頭を思いっきり叩いた。

鉄は相変わらず這いつくばり「頼む、儂の嬶になってくれ」と泣き声で哀願した。

葉は何故か体中の血がカッと燃え逆流しているのがよく判った。

振り返りもせずに馬を引いて厩に入り、馬を柵内に入れ厩の隅の秣《まぐさ》の上に股を開いてどっと座りこんで荒い息を整えようとしたが、突然息ができなくなった。

性懲りも無く鉄は腰をかがめて小走りでやって来て、再び葉の前で這いつくばって土下座し、

「頼む、儂の嫁になってくれ、稚児《やや こ》をつくってくれ」

葉はやっとの思いで息を吐き出して見下ろし、

「吾《あれ》は二十八の婆やぞ！」

葉は怒鳴った後、稚児はこの歳からでは無理だが嫁になることを了承したと受け取られたのではないかと心配した。また何故こんなことを言ってしまったのか唇を噛んだ。

鉄は一旦、充血した隻眼に泥に汚れた顔を上げ、葉の目を見つめ首をゆっくり横に振るとまた額を土に押しつけた。

葉は鉄が土下座したまま藁や馬糞混じりの土の上に広げた両の掌の右手の指の二本が醜く潰れているのを見た瞬間、悲惨な過去を背負い自分と同じ薄幸なこの男に突然胸が張り裂けるような愛しさが込み上げてきた。

江華島以来どこまでも尽くしてくれた、否、尽くすどころか、何度も身をもってこの命を救ってくれた男である。

それなのに五十近い歳のこの男に、酒臭いとか要領が悪いと悪態をついたり、いつも何故か心ならずもきつく厳しい言葉と邪険な態度で接してきた。

感謝と愛しい想いで一杯なのに、顔を見るとつい、気持ちとは裏腹な言動ばかりしてしまったが、しかし鉄からはいつかきっと、この時があり、この申し入れがあるのを期待して待ち続けていたような気がする。

自分の心の臓の鼓動が聞こえるほど高まり、息がまたできなくなってきたが、これが恵慶和尚の見立てた小飛の「愛しい病」と同じものなのか。

「そうか、やっと判った」と少し嬉しい気持ちになった途端に止まっていた息がフーッと吐けた。

葉は本当のところ、いつものように悪態をついてこの場を逃げることができたらどんなに楽だろうと思ったが、何故か「ここは逃げたら駄目だ」という気持ちもあった。

葉は承諾も何もしていないのに色々と条件をつけだした。

「酒は止めるか？」

「止める、今日から死ぬるまで飲まぬ」

飲むと咆哮し、暴れて周囲に迷惑ばかりかけているので酒止めは必須である。

「稚児《ややこ》ができても間引かぬか？　子を人買いに売らぬか？」

「間引かぬ、売らぬ！」と即答した。

「あやめら五人（人買いから船上で取り返した子供）は、吾の弟妹じゃが？」

「無論じゃ、弟妹でも子供としても構わぬ」

事実鉄は五人を自分の子のように大事にしているし、五人からも親のように時には兄や朋輩《ほうばい》のように慕われている心算であった。特にあやめは、鉄が江華島で初めて会った頃の葉に素振や性格までもが生き写しである。

結局このとき葉は途中で怖くなり、「痴れ者め！」と再度鞭を振り下ろし罵倒し、この話は他言するなと約束させて土下座の鉄をそのまま置き去りにした。

その数日後に元軍壊滅の知らせに接して全員が松浦の館に帰ることになった。

館の目の前の海で元軍が壊滅したので、数万の水死体が郷の浜辺や入り江のいたるところに折り重なっていたので、住民はそれらを荼毘に付すのに大わらわであった。

元軍のうち壊れた船で漂っている者や陸や島に流れ着いた者たちは博多から大挙して押し寄せてきた景資の掃討軍によって捕えられ二、三万人が博多の八角島に送られた。

日本軍は幕府が約束していた援軍のうちの六万人余りが博多に到着し意気盛んであった。

閏七月の十五日過ぎ頃までには掃討軍は博多に戻ったが、しかし残敵はまだ、あちらこちらの島や陸の山中に隠れ潜んでいて、同月二十日、八人の高麗兵が空腹に耐えかねて松浦の館に投降してきた。

虜囚達は当初こそ怯えていたが、小金丸をはじめ館の多くの者が高麗の言葉が喋れるのと、とりわけ鉄とその配下が伝説の三別抄神義隊の兵であったことを知ると、仰天し尊敬し、そしてすっかり安心しきった様子になった。

小金丸はこの八人に生活を許して鉄に何かと面倒を見させた。

同時に守護所の経資には高麗兵八人の投降があった旨を報告し、この八人の取り扱いについては一任させてもらいたいとの要望書を添えた。

鉄は一滴も酒を飲まなくなったのに虜囚の八人に、さぞ辛い思いをしただろうと酒まで手配し至れり尽くせりの心温まる歓待をしたこともあり、そのような鉄に八人は涙を浮かべて、もう高麗には戻りたくないからこのまま鉄の配下にしてくれと言い出す始末であった。

博多は諸々の戦後処理に多忙であったので、十一月になってやっと小金丸の先の照会に対して、〝虜囚の高麗兵には訊問の筋が是あるので、博多へ連行するように〟と返答があった。

鎌倉からの博多経由の噂では、〝今度こそ異国征伐が決行され、真っ先に高麗を討つことになる由〟と実《まこと》しやかに流れていたので、小金丸はきっとそのことで九州探題や鎮西奉行が高麗兵から高麗の様子を聞きたいのだろうと思った。

ところが船で博多に送って着いたその翌日、八人は他の場所で捕えられていた十五人の漢人ともども那珂川の河原に引き出され全員首を刎ねられてしまった。

鉄がその話を聞くや何日も荒れ狂い、そのうち止めた筈の酒も飲みだし館の内で誰彼構わず喧嘩を吹っかけ全く手がつけられなくなった。

〝犬〟が小金丸の所にやって来て首を絞める仕草で〝始末しようか〟と聞いたが、小金丸は静かに首を横に振った。

小金丸は経資に経緯を照会したところ、すぐに返書があり要旨は、

〝二度の侵寇を受け九国の多くの人々が惨《むご》たらしく殺され、陵辱され、子供が奪われたが、その怨敵は蒙古人、漢人、高麗人であることがつまびらかになった。したがってこれらの虜囚の全員の首を刎ねなければ民の怒りは治まらない。ただし唐人（南宋人）だけは、これまでの永く親しいつながりと今般残虐なことに加担しなかったことから一死を免じ、奴婢《ぬひ》として御家人などに分け与えることにした〟と、淡々としたものであった。

小金丸は、処刑された八人の高麗兵が三ケ月以上も館で過ごしてすっかり身内のようになっていたため、小弐の返書の内容はとても容易に受け入れられるものではなかったが、小金丸自身を含めてこ

の戦塵に散った多くの人々の縁者などの気持ちを忖度すれば、これも戦の法《さだめ》であるとも考え直し、そのことで鉄を呼んで恂々《じゅんじゅん》に諭した。

しかし、鉄の自暴自棄な態度は一向に納まらなかったが、それから三日経つと突然おとなしくなって再び酒を止めた。

鉄が静まったその日、葉がたってのお願いがあると小飛と小金丸を訪ねてきた。

それは、鉄と婚姻することに決めたので認めて欲しいこと。また鉄の配下の洪八も湊の寡婦と婚姻したいと申している。ついては、この四人と吾の弟妹五人の計九人でこの館を出て蝦夷へ行きたいので小船を一艘拝領したいとのことであった。

その理由は、鉄の傍に居てやらないと鉄が駄目になってしまうこと。鉄はこの館にいると博多で斬られた八人を思い出してしまい、また玄界の海を望む度に、その向こうの珍島で亡くなった多くの配下の死に様が目の前に蘇ってきてしまうので、玄界灘を臨むこの郷に居する限りとても心が平静でおれないとのことであった。

更には、また近々元の来襲や、反対に日本軍の異国征伐が実《まこと》しやかに噂されている。

いずれにしても、同じ高麗人との戦いが遠くないうちに見込まれるので、もしそうなると鉄はどのようになってしまうか判らない。

また、吾も五人の弟妹も玄界の海を見ると親に売られて博多に向かったことを思い出し、その度に心の傷が開いて疼き、言いようもない悲しさと寂しさに襲われる。

船子達の話によれば、なんでも十三湊《とさみなと》（五所川原の蝦夷との最大交易湊）より北は、人もまばらな蝦夷地で深い森と多くの川と湖そして豊かな海に恵まれていると聞いている。できればそこへ新しい天地を求めて渡り、この九人で力を合わせて、狩《かり》や漁《すなどり》、そして畑を耕して日々の糧を得て誰とも争わず、心穏やかに静かな世を過ごしたい。

あれほど気丈な葉が語るうちに涙を流しての訴えとなったので、小金丸と小飛は深く同情して喉を詰まらせた。

小金丸は、葉のたっての願いを迷いながらも聞き入れることにしたものの十三湊へは小船では遠すぎて無理だからと〝犬〟に修繕したばかりの「小金丸」で小船を舫《もやい》（船と船を結ぶ）で曳航《えいこう》させ、十三湊で葉らを乗り移らせて切り離すことにした。

二月の中旬の別れの早朝、良く晴れた青空の下、沖には〝犬〟と船子が乗る「小金丸」とそれに曳航される小船が浮んでおり、そこへ向かう艀《はしけ》船には十三湊へ向かう九人が湊の桟橋から乗り移るところであった。

郷の人の総出と言ってもいいくらいの多くの人々が、湊を埋め尽くしての見送りとなった。

鉄の顔色は別人の様に血色が良く、声にも張りがあった。

鉄は、これまで郷の人々に色々と迷惑をかけてきたが、それでいてその性格から心から憎まれることは少なく「鉄なら仕方ない」と大目に見てもらえた一面もあり、子供から老人まで常に鉄の立居振舞が話題になっていたこともあって、あちらこちらから声がかかり、餞別の品の受け取りとか挨拶に大忙しであった。

そして小飛と葉との冒頭の会話となったのである。

葉は下げていた頭をあげると、目に一杯溜まっていた涙が、一気に流れ落ちた。

「吾も一生この館で過ごすものと思っていたのですが……」

それ以降は言葉にならなかった。

小飛も涙を拭うとアノウが来訪した際に置いていったラピスラズリーが入った鹿皮の袋をそのまま餞《はなむけ》として手渡しながら、

「蝦夷地は広くて美しく、極楽のような所だそうですが、しかし冬の風雪は殊のほか厳しいとも聞いています。くれぐれも御身大切にしてくだされ、是非この世でもう一度お会いできればと思って……」

それ以上言葉が続かず、二人は抱き合って号泣した。側で北斗丸が「葉、俺の嫁になれ、どこにも行くな！」と叫んで泣き出した。

艀船に乗り移った葉に小飛は、小間使に持たせていた小さな青磁の壷を受け取り、栈橋からそれを葉に手渡した。それは、江華島、珍島そして日本へと旅した器に小さな連翹が植えられていた。

葉は思わずにっこり微笑んで館を見上げた。小飛もつられて振り返ると、館は真黄色の雲に覆われたかのように連翹の花に包まれている。

そして栈橋を離れだした艀船に伴走するように歩きながら小飛は亡き母の言葉を葉に伝えた。

「この連翹の花は、冬の寒さが厳しければ厳しいほど春には美しい花を咲かせるのよ」

葉は何度も何度も頷いた。

そして、艀船に乗っている者も陸の者もそれぞれが思い思いの喚声をあげ手を振った。

艀船は沖の「小金丸」に漕ぎ向かっていった。

その声を聴き小金丸は手を振りながら、葉たちとはこれが今生の別れになるだろうと感無量であった。

というのも小金丸は、二度の元寇は九国の多くの人々の一身を擲った犠牲と天佑神助もあって何とか負けずに済んだものの、何時起こるか判らぬが、遠からず必ず起こる三度目は、国中の者が命をかけて戦っても間違いなく今まで以上の一層厳しいものになるものと覚悟している。

あれほど多くの人々の命を奪った玄界灘は、まるで何事もなかったかのように鏡のような朝凪の海面を陽にキラキラときらめかせていた。

エピローグ

弘安の役で元軍壊滅の報に接した世祖は震怒（激怒を越える怒り）した。

その後、四度も日本征討の準備を行い、そのうちの一度は三千艘もの大船を建造し終え、征討軍将軍などの任命（指揮官には再度アタハイ、右丞には弘安の役で責任を取らされて一旦失脚した洪茶丘が世祖の特段の計らいで復帰）も済ませ、後は出航を待つばかりになっていたのであったが全てが取りやめになった。

その理由は、併呑後の旧南宋地及び南方征服地の統治に種々問題が生じたからである。

そもそも弘安の役は、将来において不安要因となりうる旧南宋兵を屯田軍として日本へ送り込み、不平不満の芽を予め摘み取り、もって旧南宋地の治安の安寧を計るという深謀遠慮からであったが、思いもよらない大敗北を喫すると、三度目の日本征討のために大戦艦の建造、商船の徴発や兵糧米の徴収などと、思惑とは全く裏腹に旧南宋人民に重い負担を強いることになってしまった。

つまり、歯車が逆回転しだしたのである。

そのため、旧南宋地では盗賊団の跳梁《ちょうりょう》などでの治安の悪化が引き金となり広東、広西、湖南、江西、福建では一揆の発生や叛乱の勃発が頻発した。足許がそのようになると、征服地の占城《チャンパ》・交趾《こうし》王国（ベトナム）などでも公然と元国に反抗するようになり、それらを平定するため日本征討のために用意していた艦船や兵団を転用投入せざるを得なくなった。

弘安の役を境にあれほど隆盛を誇った元国は滅亡への坂道を転げ落ちていくことになったのである。

高麗国はその後（忠烈王後）も国王七代（内二代は復位）の王の名の頭に「忠」の文字をつけさせられたことが示すように元国皇帝への徹底服従を強いられ、万民はその圧制に呻吟した。更に元国滅亡後は、今度は元寇の復讐に燃える倭寇とそれに与する国内叛乱者に脅かされ続け、それが因で臣であった李成桂に王朝を簒奪されてしまったのである。その李朝も建国時から「朝鮮国の国事を（明国皇帝の）代理で処理する臣下の李」と明国との往復書簡で示されるように元国の統治に倣った明国の頸木から永く逃れられないことになってしまった。

その後の松浦党

太閤秀吉の発案による文禄（西暦一五九二～九三年）・慶長の役（西暦一五九七～九八年）は、明国を征服する目的のための戦いであり、日本中の大名は競って秀吉に媚びるため、または疎《うと》まれるのを恐れて参加・先陣を乞うた。

戦いは、明国への通過地である朝鮮での明及び朝鮮連合軍であった。

松浦党の多くは正面きって反対こそしなかったものの明や朝鮮と戦うことに意義を見出せず、全く乗り気でなかった。

そのため、このような反応には極めて敏感な秀吉は松浦党を徹底的に嫌い、戦のための枢要な役割を一切与えなかった。

たとえば、派遣軍の大本営を肥前上松浦の呼子・名護屋に築城するにもかかわらず、その最も重要な縄張り作業などは慣例に背き、秀吉直属の寺沢志摩守に委ねて地元を仕切っていた松浦党には下働きだけをさせた。

また、朝鮮水軍に対抗すべき日本水軍には熊野や瀬戸内の水軍を採り、朝鮮・明国の水軍、地誌や軍備兵制に精通していた松浦党を一切かかわらせずに遠ざけた。そのためこの両役では、海戦・海上輸送で日本軍は朝鮮水軍に主導権を奪われたため派遣軍は大苦戦した。

その挙句秀吉は、松浦党（秀吉に迎合した平戸島近辺のいわゆる下松浦は除く）は「怯懦《きょうだ》」（臆病）であると領地を没収、追放とした。

松浦党の中には、名護屋城内の秀吉を討つべしと声高に叫ぶ者もいたが、むしろ秀吉を見限ることを選び、多くは粛々と瑠求（台湾）、呂宋《るそん》など海外に新天地を求めてそこに住み着くか、或いは日本各地に散っていったのである。

江戸の叛骨の侠客幡随院《ばんずいいん》長兵衛の先祖も、この時に東に流れ下った松浦党の末裔の一人と言われている。


（完）

あとがき

世界の歴史には解明されていない大きな謎が幾つか残されたままになっています。

しかもそれがその後の国の歴史を決定するようなものもあります。

本著の高麗国の叛乱軍「三別抄」からの元軍と戦うために日本への救援を求める牒状もその一つです。

このいわゆる高麗牒状そのものは現存していないものの、吉田経長の日記『吉続記』によると文永八年九月四日に朝議に付されたことが明らかになっています。また、その際の評定資料と思われる「高麗牒状不審条々」という古文書（これは牒状の不審な点を箇条書きにしたもの）が東京大学資料編集所に保管されています。

この牒状が「国書」や「啓」の体裁をなさない上、内容等が常軌を逸した文書であるにもかかわらず幕府は素早く反応し、関東御教書を発してなかなか鎌倉から離れようとしない九州に本領を有する守護・地頭などの御家人に対しては本人が、また分領を有する者には然るべき代理人が元の来襲に備え至急九州へ下向し戦支度をするよう命令しました。

一方、朝廷では同月に幕府から送達された牒状の真贋が議論されただけで結局黙殺することになり、三別抄への救援は議論もされませんでした。

その後の文永の役の展開を見ますと、この九州への御家人の下向による防衛強化がなければ元軍は易々と大宰府を落とし、そして無人の野を行くが如く日本中を席捲したものと思われます。

ところが、通常ならば捨て置かれる筈のこの不審な牒状を一体誰が、大宰府経由で幕府にもたらし、差し迫った元軍の状況を説き、更に幕府をしてこの不審な代物を朝廷にまで送達せしめたかは、今もって日本史の謎となっています。

今日の日本人および日本文化の存在は、この高麗からの一通の不審な牒状に依るところが大きいのではないかとの強い思いから本著の発想を得ました。

また、執筆のため古今東西諸々の資料を渉猟するにつけ、民が挙って故郷や国を護る必死の覚悟がない限り天佑神助、いわゆる「神風」は吹かないものだとも知りました。

平成二十九年九月　　江刺家　丈太郎

【著者紹介】
江刺家　丈太郎（えさしか　じょうたろう）
昭和24年2月、大陸生まれ。
昭和28年、家族とともに帰国。
仕事の関係で、これまで7カ国、通算約20年の外国勤務を経験。
平成19年、『泣くな小太郎』（幻冬舎ルネッサンス）出版。

元寇《げんこう》と玄界灘《げんかいなだ》の朝凪《あさなぎ》

2017年9月29日　第1刷発行

著　者 — 江刺家《えさしか》　丈太郎《じようたろう》

発行者 — 佐藤　聡

発行所 — 株式会社 郁朋社《いくほうしや》

〒101-0061　東京都千代田区三崎町2-20-4
電　話　03（3234）8923（代表）
ＦＡＸ　03（3234）3948
振　替　00160-5-100328

印刷・製本 — 壮光舎印刷株式会社

装　丁 — 根本比奈子

落丁、乱丁本はお取り替え致します。

郁朋社ホームページアドレス　http://www.ikuhousha.com
この本に関するご意見・ご感想をメールでお寄せいただく際は、
comment@ikuhousha.com までお願い致します。

 ISBN978-4-87302-655-8 C0093